Klosterbrot

3. Fall aus der Krimireihe
Seligenstädter Krimi
von
Rita R. Schönig

Inhalt:

Am Morgen, nach den historischen Zunft– und Handwerkermarkttagen wird ein junger Mann tot unterhalb der Mühlräder der Klostermühle gefunden. Schnell stellt sich heraus – es war Mord.

Wie kommen Bettina und Ferdinand Roth, Bewohner des Klosterhofs der ehemaligen Benediktinerabtei, an den Rucksack des Toten? Was hat ein Apotheker aus Alzenau mit der Sache zu tun?

Fragen, die Kriminalhauptkommissarin Nicole Wegener und ihr Team klären müssen.

Erneut stellen Helene und Herbert ihre eigenen Ermittlungen an. Dabei werden sie von Gundel, Sepp und Schorsch, mehr oder weniger hilfreich unterstützt.

Die Autorin:

Rita Renate Schönig

Geboren 1955 in Seligenstadt, verheiratet.

Erlernter Beruf: Industriekauffrau. Bis 1998 tätig in einem mittelständigen Industrieunternehmen (Einkauf)

Von 1998 bis 2015 selbstständig im Einzelhandel.

Seit Juni 2015 eigene Praxis für energetisch therapeutische Behandlungen ***„Raum der Harmonie“***

Autorenstudium von 2002 bis 2006

Klosterbrot

Ein Regionalkrimi mit den typisch urigen Charakteren einer historischen Kleinstadt. Teils in hessischer Mundart und mit einer Menge Humor.

Personen und Handlung sind frei erfunden. Ähnlichkeiten mit lebenden oder toten Personen sind rein zufällig und nicht beabsichtigt.

Die historischen Schauplätze unserer schönen mittelalterlichen Stadt sind authentisch und absolut einen Besuch wert

Impressum

Mailadresse
buch@rita-schoenig.de
www.rita-schoenig.de
ISBN 978-3-7467-6917-2
Oktober 2018

Sonntag, 22. Mai 2016 / 11:30 Uhr

„Ja, Schorsch, Gundel, wo bleibt ehr dann? Guckt, do sinn noch Plätz frei."

Sepp drängte zielstrebig mit seinem Rollator durch die Menschenmassen auf eine Bank zu, die im Schatten der großen Linde stand.

Die bereits dort sitzenden Leute – Besucher des Zunft- und Handwerkermarktes, aber Auswärtige – bedachte er mit misstrauischem Blick. Ein erleichtertes „Hach" ausstoßend, ließ Sepp sich auf das äußere Ende der Holzbank fallen. Es folgte ein Vibrieren der Sitzgelegenheit, sowie eine flüchtige Aufwärtsbewegung derselbigen. Das entlockte der einzigen Frau, die auf dieser Seite saß, ein erschrockenes „Huch".

Sepp nahm es mit einem Grinsen zur Kenntnis. „Ich sitz."

„Ja, des sehn mer", erwiderte Schorsch. „Un wie solle mir do jetzt noi komme?"

„Jetzt steh halt nochmal auf. Oder soll ich etwa über die Bank klettern?", maulte Gundel.

„Solang de net üwer mich kletterst.“ Sepp hob belustigt die Augenbrauen. „Ihr misst doch sowieso erst was zu esse hole. Ich halt euch derweil die Plätz frei.“

„Ach, müssen wir?“ Gundel presste die Lippen zusammen, erkannte aber schnell, dass Sepp, aufgrund der groben Bepflasterung des Klosterhofs, sein Essen niemals unfallfrei an den Tisch bringen würde.

„Na gut. Was hätte der Herr denn gerne?“

„E Bratwoscht, Pommes un e Bier“, orderte Sepp.

„Aha. Und was ist mit Cholesterin?“, fragte Gundel, bestens um Sepps Krankheitsbild informiert.

„Derfst de aach mitbringe“, lachte der. „Heut lass ich‘s mir gut gehe. Wer waas, wie loang noch. Kannst mir ja später was von doine Hausmittelchen gewe.“

Nachdem Gundel und Schorsch auf der Suche nach einem Bratwurststand unterwegs und aus Sepps Blickfeld entschwunden waren, schaute er sich um.

Ach is des schee. Wie lang war ich schon net bei dem Zunft- und Handwerkermarkt? Misse schon Jahre her soi, überlegte er.

Eine Frau in der typischen *Seligenstädter Tracht* – schwarzer Rock mit am Saum bestickten Klatschmohn, Kornblumen, Margeriten und Ähren, darüber eine rote Schürze – lief lachend an ihm vorbei. Hinter ihr tanzte ein bunt gekleideter Possenreißer. Eine andere Frau, in der Kleidung einer Magd, trug einen Korb mit duftenden Brezeln vorbei.

Als gelernter Dachdecker war Sepp früher, es waren mehr als zwei Jahrzehnte her, selbst bei dem Trubel mit dabei. Mit mittelalterlichem Handwerkszeug hatte er den interessierten

Besuchern gezeigt, wie Schindeln gebrochen wurden, um damit ein Hausdach zu decken.

Ob der Stand noch immer do hinne beim Ferdi soim Haus is? sinnierte er nun. *Gleich newedroa warn die Schmiede, die die Gäul beschlache hawe. Da muss ich unbedingt nochher hie.*

Vor zwei Jahren, als der letzte Zunft- und Handwerkermarkt stattfand, konnte Sepp kaum mehr als hundert Schritte laufen. Und jetzt fühlte er sich so gut wie nie zuvor.

Des Zeusch von de Gundel is werklich besser als jede Arznei von dene Dokter. Hoffentlich kimmt die Elfi net irschendwann dahinner.

„Ja Sepp. Was machst denn du hier?", ertönte eine Stimme hinter seinem Rücken. „Mit dir hätte ich hier jetzt aber nicht gerechnet. Schön, dich zu treffen."

Sepp sah auf. „Ei, Ferdi. Ja, do guckst de, gell? Mit mir muss mer immer rechne." Er lachte spitzbübisch. „Komm hock dich e bissje her, bis die annern komme; sinn Esse hole. Wie geht's euch, dir und doiner Bettina?"

„Ach, soweit geht es uns gut. Die Zipperlein, die im Alter kommen, gehen auch wieder. Man muss halt geduldiger sein."

„Wem seechst de des? Bin letzt Johr 90 geworn. Da is mer halt koan Jungspund mehr."

„Trotzdem finde ich es gut, dass du dich nicht hängen läßt. Ich habe dich neulich bei den Kräuterbeeten gesehen und dir gerufen. Hast mich aber wahrscheinlich nicht gehört. Und bis ich hinkam, warst du, flink wie ein Wiesel, schon wieder weg."

Ferdinand Roth lachte und schlug Sepp auf die Schulter.

Sepp erschrak. „Bei de Kräuterbeete?“
„Ja, dich und den Schorsch, erst letzte Woche.“
„Ach so, ja dort. Des ist unser Runde. Dorch en Klostergadde un dann widder üwern Kercheplatz zurick.“
„Tach, Ferdi“. Schorsch stellte ein Getränkekörbchen auf den Tisch. Hinter ihm tippelte Gundel heran.
„Guckt amol, wen ich getroffe hab“, sagte Sepp, erleichtert, dem Thema Kräuterbeete keine weitere Aufmerksamkeit widmen zu müssen.
„Ach, ich dachte du wärst mit deiner Tochter, der Elfi, hier und mit deinem Schwiegersohn.“ Ferdi erhob sich rasch und streckte Schorsch die Hand entgegen.
„Schön, dich zu sehen, Schorsch.“
Gundel hingegen wurde von Ferdi lediglich mit einem kurzen Kopfnicken bedacht.
„Also, ich muss dann auch wieder. Ich guck mich mal nach unserem Mittagessen um. Erspart der Bettina heute das Kochen. Bestimmt wartet sie schon.“
„Ja mach des“, äußerte Sepp. „Des biet sich ja aach o bei euch. Habt ja nur riwer zu spucke.“
Ferdinand Roth nickte und schon war er weg.
„Na, der hatts awer jetzt eilisch“, bemerkte Schorsch. „Ja, jetzt steh halt amol uf“, forderte er Sepp auf.
Unterdessen hatte Gundel das Tablett, das sie bei einem der Essensstände ausgeliehen hatte, auf dem Tisch abgestellt.
Sepp schielte auf die kulinarischen Köstlichkeiten, die Gundel mitgebracht hatte. „Ach, is des e Mattebrot?“
„Ja, Klosterbrot, einmal mit Quark und Schnittlauch und einmal mit Quark und Salz.“

„Un des sinn die Selischstädter Pfannekuche.“ Schorsch deutete auf seinen Teller.

„Ja, des tät ich aach esse.“

„Nix da.“ Gundel klopfte Sepp auf die Finger, die gerade den Weg zu ihrem Brot einschlugen.

„Du wolltest Bratwurst mit Pommes. Und die isst du auch jetzt.“

„Mer kennt ja nachher noch amol zu dem Stand mit dem Klosterbrot gehe“, meinte Sepp und fuhr sich bei dem Gedanken mit der Zunge über die Lippen. „De Daach is ja noch lang. Außerdem will ich unbedingt noch zu dene Dachdecker. Stehn die eischentlich noch dort hinne, vorm Haus vom Ferdi? Hab ich jetzt glatt vergesse, den danach zu froache.“

Sonntag / 21:25 Uhr

Das hier hatte so rein gar nichts mit einem normalen Bruch zu tun. In seiner noch frischen, etwa sechsmonatigen Laufbahn als Einbrecher, stieg er gewöhnlich in Häuser von wohlhabenden Bürgern ein und bediente sich der Dinge, von denen er dachte, dass sie wertvoll sein könnten.

Sebastian mochte es ganz bestimmt nicht in die Privatsphäre anderer Leute einzudringen. Aber er hatte Schulden und einfach keine Wahl. Zudem stand die Sicherheit seiner Freundin auf dem Spiel. Sollte er sich weigern, wäre Charlene dran, drohte der *Boss*. In seinen verschiedenen Nachtlokalen wäre immer Arbeit für ein junges Mädchen.

Also, nutzte Sebastian seine natürliche Begabung – Schlösser zu knacken war für ihn schon immer ein Kinderspiel – und entwickelte sich fast zum Profi. Aber dann wurde er leichtsinnig und der Apotheker erwischte ihn.

Noch immer spürte Sebastian die kräftige Pranke in seinem Nacken. Doch anstatt ihn den Bullen zum Fraß vorzuwerfen, schlug der Alte einen Deal vor.

Jetzt war er in einem Spezialauftrag für den alten Knacker unterwegs, für den er geradezu fürstlich entlohnt werden würde. Ein großzügiges Entgelt für einen ziemlich leichten Einbruch. Einzig auf die beiden Wachleute musste er ein Auge haben. Allerdings kannte er deren Gewohnheiten. Er war selbst jahrelang bei der Truppe, bis er entlassen wurde.

Trotz eines angeborenen Herzfehlers war Sebastian sportlich fit und die mannshohe Mauer die den Klostergarten vom sogenannten Katzenhöfchen trennte, war für ihn ein Kinderspiel.

Auch das Türschloss zur Klosterapotheke stellte kein großes Hindernis dar. In null Komma nix hatte er es geknackt. Nun befand er sich in einem rechteckigen Raum, an dessen Ende ein massiver Tresen aus Holz stand, dahinter ein fast deckenhohes Regal, bestückt mit diversen Töpfen in unterschiedlicher Größe. Rechtsseitig sah er drei weitere kleinere Räume; alle für Besucher als *nicht zugänglich* kenntlich gemacht, durch etwa 80 cm hohe Glasscheiben zwischen den Türrahmen.

Im einem der Räume reichte eine altmodische Schrankwand, bestehend aus Schubfächern, bis unter die Decke. Der andere Raum ähnelte mit seiner steinernen Kochstelle und dem Kaminabzug darüber, fast einer Küche. Daneben befanden sich allerlei Schöpflöffel und jede Menge Becher und Schalen. Alter Krimskrams, der Sebastian absolut nicht interessierte. In den dritten Raum schaute er gar nicht erst hinein. Er widmete sich seiner eigentlichen Aufgabe, der Glasvitrine und dem Exemplar seiner Begierde – vielmehr das seines Auftraggebers.

Für einen kurzen Moment überlegte Sebastian, das Glas einfach einzuschlagen, verwarf diesen Gedanken aber schnell wieder. Erstens würde es Lärm verursachen, zweitens wollte er die Vitrine wieder so verschließen, als wäre nichts passiert, Ganoven-Ehre. Außerdem hatte er genügend Zeit. Die Übergabe war für 23 Uhr an der Orangerie vereinbart. Nun war es gerade mal zwanzig Minuten nach zehn. Warum der Alte selbst hierherkommen wollte, hatte Sebastian gefragt. Er hätte den Wälzer auch in die Villa bringen können.

Weil ich es so will, war die Antwort.

Nach drei Versuchen gab das Schloss der Vitrine auf.

Die Auswahl war begrenzt, wie Sebastian zuvor schon festgestellt hatte. Zwei antike Schwarten, sowie ein dünneres Exemplar. Trotzdem holte er den Zettel aus seiner Jackentasche. *CAZOPHYLACIUM - Medico-Physicum*. Nur diesen einen alten Schinken sollte er mitgehen lassen, sonst nichts. Also steckte Sebastian den Wälzer – er war schwerer als vermutet – in seinen schwarzen Rucksack und verschloss die Vitrine.

Draußen war ein leichtes Grollen zu hören. Ausgerechnet heute hatte die Wettervorhersage einmal recht.

Verdammter Mist!

So unauffällig wie er gekommen war, verließ er die Räumlichkeit, warf den Rucksack über die Mauer und setzte mit einem gekonnten Sprung hinterher.

Die ersten dicken Tropfen fielen. Sekunden später schüttete es wie aus Eimern. Er schaute sich um. Die Bretterbuden der Aussteller wären eine Möglichkeit sich vor dem Platzregen zu schützen. Wenn nicht schon seine ehemaligen Kollegen von der Security-Firma auf die gleiche Idee gekommen waren. Er musste also vorsichtig sein.

Sein Handy vibrierte in seiner Hosentasche.

EINGANG KLOSTERMÜHLE – SOFORT, lautete die SMS.

Klostermühle? Warum jetzt schon und warum gerade dort?

Dicht an der Hauswand, rannte er am Eingang der Klosterverwaltung vorbei, spähte um die Ecke und hastete, im Schutz der Holzhütten, zu der riesigen Linde mitten auf dem Gelände. Ihre, um diese Jahreszeit belaubten Äste, die weit nach unten hingen, boten ebenfalls einigermaßen Schutz vor der Nässe.

Er spurtete weiter, rutschte aus und schlug hart auf dem groben holprigen Kopfsteinpflaster auf. Der Rucksack, den er nur über seine Schulter gehängt hatte, flog in hohem Bogen über die Mauer vor den Zugang des bewohnten Teils der Klostermühle.

Nach einer Schrecksekunde rappelte Sebastian sich auf und humpelte zum überdachten Eingang der Mühle. Schnaufend lehnte er sich gegen die Wand.

Ein Schatten löste sich aus der Dunkelheit. Bekleidet mit einem langen dunklen Kapuzenmantel stand die Gestalt, wie dem Erdboden entsprungen, plötzlich vor ihm; riesig, bedrohlich und – ein Blitz zuckte durch den schwarzen Nachthimmel – ohne Gesicht.

Genauso einer sitzt oben in einem der Räume, erinnerte sich Sebastian an einen kurzen Besuch, irgendwann vor einem Jahr, in der ehemaligen Klosterabtei.

Er fasste sich an seine linke Brust. Sein Herz raste. In seinem Kopf pochte es und es rauschte in seinen Ohren.

Was zum Teufel geht hier …?

In dem Moment spürte Sebastian die Hand an seinem Hals. Er schnappte nach Luft. Erfolglos. Der Druck wurde heftiger und ihm wurde schwindelig.

Den Sturz über die Mauer in die Mühlräder bekam er nur noch halbwegs mit. Sein letzter Gedanke galt der Gestalt ohne Gesicht. Seine Frage: *Warum* blieb unbeantwortet.

Sonntag / 22:10 Uhr

Endlich war Ferdinand eingeschlafen. Leise und unbemerkt verließ sie das Haus. Erste Tropfen fielen aus den Wolken, die schnell am noch nicht ganz dunklen Nachthimmel aufzogen. Aus der Ferne war Donnergrollen zu hören. Trotzdem huschte Bettina zu der großen Linde, gegenüber von ihrem Haus. Hier, unter den schützenden Ästen des alten Baumes fühlte sie sich geborgen und gleichzeitig frei. Hier konnte sie atmen und ihren Gedanken nachhängen, ohne ständig von Ferdinand beobachtet oder umsorgt zu werden.

Sicher meinte er es gut und sie hätte sich keinen verständnisvolleren Ehemann wünschen können; gerade damals, als sie nach den Fehlgeburten in diese tiefe Depression fiel. Aber in den letzten Jahren drohte sie an seiner Fürsorge, die schon fast einer Bevormundung gleichkam, zu ersticken.

Wann immer sie konnte, lief sie deshalb in der Nacht im Klosterhof umher oder saß versteckt hinter der Mauer, die zum Eingangsbereich des bewohnten Teils der Klostermühle führte; oder auch wie jetzt, zu dem großen Baum. Sie kannte alle Möglichkeiten sich neugierigen Augen zu entziehen. Selbst Ferdinand fand sie nicht, wenn sie nicht wollte.

Was war das gerade?

Bettina hatte etwas gesehen, was eigentlich nicht sein konnte. Sie zwickte sich in den Arm. Nein, sie träumte nicht.

Keine zehn Meter von ihr entfernt, huschte der *schwarze Mönch* über den Klosterhof.

Natürlich wusste sie, dass es sich nur um eine gruselige Geschichte handelte, die Eltern im Mittelalter vermutlich ihren

Kindern erzählten, damit diese sich nicht nach Einbruch der Dunkelheit in der Stadt herumtrieben.

Warum läuft jemand in einer solchen Verkleidung über den Klosterhof? fragte sie sich jetzt, während sie sich hinter „ihrer“ Linde versteckte. *Gehörte derjenige zu den Ausstellern, die sich in mittelalterlichen Gewändern unters Volk gemischt hatten? Oder machen sich die Burschen, die die Buden und Zelte der Aussteller bewachen sollen, einen Scherz?*

Bettina schüttelte den Gedanken ab. Sie hatte die beiden beobachtet. Sobald die ersten Regentropfen fielen, hatten sie sich in den Durchgang zum Katzenhöfchen verkrochen. *Auch sind die Burschen nicht annähernd so groß wie dieser Hüne.*

Mit ihren Händen tastete sie sich hinter dem dicken Stamm entlang – jede Vertiefung in der Borke war ihr mittlerweile vertraut. Sie wagte einen Blick.

Die schwarz gekleidete Gestalt huschte unter die Überdachung des Eingangs der Mühle und verschmolz sogleich mit der Dunkelheit.

Nur Sekunden später löste sich vom Verwaltungsgebäude der Klosteranlage, ein weiterer Schatten. In geduckter Haltung lief er direkt auf Bettina zu. Sie machte sich noch kleiner hinter ihrem Baum, wäre am liebsten in ihn hineingekrochen.

Was ist hier los, heute Nacht?

Der Mann, klein und schlank, wie Bettina jetzt erkannte, stoppte an der anderen Seite des Stammes, nur einen halben Meter von ihr entfernt. Dann rannte er weiter in Richtung der Mühle. Doch plötzlich schlitterte er über das nasse Pflaster, stolperte und fiel. Der Rucksack, den er über seine Schulter geworfen hatte entglitt seinen Händen, flog durch die Luft, bis hinter die Mauer, die zum bewohnten Bereich der Klostermühle führte.

Er rappelte sich wieder auf, sah kurz über seine Schulter und humpelte weiter. Kaum, dass der Mann die schützende Überdachung an den Mühlrädern erreicht hatte, zerteilte ein Blitz die Nacht.

Im gleißend hellen Licht sah Bettina, wie sich eine Hand aus der Dunkelheit heraus um den Hals des Mannes legte. Einen Augenblick später wurden beide von der jetzt wieder rabenschwarzen Nacht verschluckt.

Ein Geräusch, als wenn ein Sack prall gefüllt mit Korn ins Wasser fällt, drang über den Hof. Doch Bettina wusste, es war kein Sack Getreide, es war ein Mensch, der jetzt zwischen den Mühlrädern lag.

Der Mann in dem Mönchgewand eilte über den Hof und verschwand aus Bettinas Blickfeld. Gerade wollte sie die Sicherheit des Baums verlassen, als er erneut auftauchte und zur Mühle huschte. Oder war es ein anderer, ebenso hünenhafter Mensch? Bettina war sich unsicher.

Eine ganze Weile trieb sich die Gestalt dort herum und schien nach etwas zu suchen. Bettina konnte sich vorstellen, nach was.

Nun blitzte und donnerte es in immer kürzeren Abständen. Bettina beobachtete, wie der Hüne jetzt zum Tor rannte, das zur Aschaffenburger Straße hinausging.

Trotz ihrer Heidenangst, die sie mehr zittern ließ als ihre durchnässte Kleidung, rannte sie zu den Mühlrädern. Ihre Neugier war geweckt. Jetzt wollte sie wissen, was sich in dem

Rucksack befand, für das es sich vermutlich zu morden lohnte.

Gerade wollte er seinen Wagen starten, als ein großer und kräftig gebauter Mann aus dem Tor rannte, durch das er selbst, keine fünf Minuten zuvor, gekommen war.

Instinktiv duckte er sich tiefer in die Polsterung – obwohl sinnlos. In Statur und Volumen stand er dem Mann in nichts nach, der nun an der Klostermauer entlangeilte. Trotz der schwachen Straßenbeleuchtung erkannte er ihn.

Aber, das ist doch... Hat der mich gesehen? Selbst wenn er mich gesehen hat. Erkennen konnte er mich in der Verkleidung nicht.

Ein Blick auf die Rückbank bestätigte, dort lag die schwarze Kutte, nass und zerknittert. Dann betätigte er den Anlasser, rollte langsam die Aschaffenburger Straße hinunter und bog dann in die Bahnhofstraße ein.

Montag, 23. Mai 2016 / 07:35 Uhr

Ferdinand Roth trat aus seinem Haus, blickte in den grau verhangenen Himmel und gähnte. Er hatte das Gefühl höchstens vier Stunden geschlafen zu haben.

Zumindest regnete es nicht mehr. Wieder einmal, ging es dem 68-jährigen durch den Kopf, war der Wettergott den Betreibern des alle zwei Jahre stattfindenden Zunft- und Handwerkermarktes, gewogen gewesen. Bei angenehmen 24 Grad hatten die Leute, hier auf dem Wirtschaftshof der ehemaligen Benediktinerabtei, ihr Handwerk den interessierten Gästen präsentieren können. Jetzt standen die Buden, Zelte und Gerätschaften, die im Laufe des Tages abgebaut und wegtransportiert werden sollten, in der Nässe.

Als alteingesessener Bürger liebte Ferdinand *sein Seligenstadt* über alles, ebenso die Festivitäten, die in regelmäßigen Abständen stattfanden. Trotzdem freute er sich darauf, dass spätestens heute Abend wieder Ruhe im Klosterhof einkehrte. Allein schon wegen seiner Bettina, die häufig nachts aus dem Haus huschte und im Klosterhof herumschlich.

Zwei Fehlgeburten in den ersten Jahren ihrer über nunmehr 45-jährigen Ehe führten bei ihr zu Schlafstörungen und riefen sogar später eine Depression hervor.

Ferdinand versuchte alles um Bettinas Krankheit geheim zu halten. Mit den entsprechenden Arzneimitteln, die er in einer Apotheke in Alzenau besorgte, besserte sich ihr Zustand im Laufe der Jahre tatsächlich; worüber sich keiner mehr freute als Ferdinand. Dennoch interessierte er sich seit geraumer Zeit für alternative Heilungsmethoden mit weniger Nebenwirkungen.

Aber, auch wenn die Wirksamkeit von pflanzlichen Medikamenten von verschiedenen Personen bestätigt wurde, käme es ihm niemals in den Sinn, im Internet derartige Präparate zu bestellen. Deshalb fasste er sich, vor einigen Wochen, ein Herz und sprach den Apotheker an.

Zu seiner Überraschung war dieser hocherfreut über das Vertrauen, das Ferdinand Roth ihm entgegenbrachte und versicherte ihm, sich darum zu kümmern, bat nur um etwas Zeit.

Um Bettina nicht unnötig aufzuregen, erzählte Ferdinand ihr vorerst nichts von diesem Gespräch, freute sich aber jetzt schon, wenn er sie damit überraschen würde.

Noch müde wegen des Schlafmangels, trottete er nun am Parkplatz vorbei, der linksseitig an die Klostermühle grenzte. Ein weiterer Vorteil, gegenüber den knappen Parkmöglichkeiten in der gesamten Altstadt. Genauso, wie die kurzen Wege zu Geschäften, die zur Grundversorgung nötig waren, wie die Bäckerei, die er vorhatte jetzt aufzusuchen.

„Ferdi, Ferdi!“, tönte die Stimme seiner Nachbarin Klara Kuhn – eine kleine moppelige Frau von 1,56 Meter – über den Klosterhof.

„Du glaubst nicht was passiert ist. Da… da liegt einer im Mühlrad. Ich glaube der ist tot.“

Sie japste nach Luft und schaute zu dem fast 1 Meter 90 Hünen auf.

Noch bevor Ferdinand reagieren konnte, tauchte Hans Wilke, der Gärtner der Klosteranlage, mit seinem Gehilfen auf. Seit drei Jahrzehnten war der 56-jährige Landschaftspfleger für die floristische Gestaltung, sowie für die Nutzgartenfläche der ehemaligen Benediktinerabtei verantwortlich, die ihrerseits unter der Verwaltung der staatlichen Schlösser und Gärten stand.

„Morgen Ferdi. Da liegt einer zwischen den Mühlrädern. Ich glaube der ist tot. Ich habe gerade die Polizei verständigt."

„Wie kann denn so etwas passieren?" fragte Ferdinand. „Da kann doch keiner so einfach reinfallen."

„Vielleicht besoffen", mutmaßte der Gärtnergehilfe, ein stämmiger und muskulöser, 20-jähriger Bursche mit schwarzen kurzen Haaren und stechenden dunklen Augen.

Hans Wilke warf ihm einen Du-musst-es-ja-wissen-Blick zu. Er wurde mit diesem Jungspund einfach nicht warm.

Der Junge ist unzuverlässig, kommt ständig zu spät, hat keinen Zugang zur Gärtnertätigkeit und trinkt, äußerte er sich, vor einiger Zeit, Ferdinand gegenüber.

Klara Kuhn zog ihre Strickjacke enger um ihren Körper. „Also, ich geh' jetzt wieder ins Haus", verkündete sie. „Ist doch recht frisch geworden, nach dem Gewitter heute Nacht. Bin kurz vor elf aufgewacht. Danach habe ich kaum mehr ein Auge zugetan. Zum Glück war die Wasserzufuhr für die Mühlräder seit gestern Abend abgestellt", bemerkte sie, für Ferdi und Hans Wilke vorerst zusammenhanglos und deutete auf die Mühlräder. „Sonst wäre der Ärmste im wahrsten Sinne des Wortes vielleicht auch noch zermalmt worden. Wenn ihr mich fragt, ist der künstliche Wasserzulauf sowieso die reinste Energieverschwendung.“

Auf Zustimmung hoffend blickte sie zu Hans Wilke. Der zuckte nur mit den Schultern.

Der kleine Bachlauf, eigentlich war es nur ein Rinnsal, konnte die Mühlräder aus eigener Kraft nicht bewegen. Deshalb wurde eine zusätzliche Pumpe eingesetzt, um Wasser aus der benachbarten Zisterne in den Zulauf zu leiten.

„Naja, ihr wisst ja, wo ich zu finden bin, falls die Polizei fragt.“

Klara eilte auf ihr Haus zu und Ferdinand Roth ging um die etwa 20 Zentimeter hohe ummauerte Einfassung des Bachlaufs herum.

Es hätte ihn nicht im Geringsten gewundert, wenn da einer drüber gestolpert wäre, aber *über die Mauer in die Mühlräder?* Er schüttelte verständnislos den Kopf und beugte sich über die höchste Stelle, der in drei Abstufungen gebauten Sandsteinmauer.

Herr im Himmel, entfuhr es ihm.

Vor dem ersten der insgesamt drei Mühlenräder lag, in grotesker Position, mit dem Gesicht nach unten, eine männliche Gestalt.

Sofort machte sich ein Gedanke in Ferdinands Kopf breit.

Hatte Bettina etwas damit zu tun?

Vergangene Nacht war er nicht schnell genug. Er war einfach auf der Couch eingeschlafen. Später fand er Bettinas nasse Kleidung auf dem Boden im Badezimmer.

Nein, ganz bestimmt nicht, versuchte er sich selbst zu beruhigen.

„Kennst du den Mann?“, fragte Hans Wilke.

„Woher sollte ich den kennen?“ antwortete Ferdinand hastig und strich mit einer Hand über seinen fast kahlen Kopf. Von seinem früher vollen dunklen Haar war lediglich ein flaumiger Kranz übrig. „Außerdem liegt der mit dem Gesicht nach unten.“

„Hätte doch sein können“, brummte der Gärtner.

„Wo sind eigentlich die jungen Männer, die den ganzen Kram hier über Nacht bewachen sollen?“, wollte Ferdinand wissen.

„Die stehen dort.“ Hans Wilke zeigte zur Rotkastanie, gegenüber der Klostermühle. „Sie haben den Mann gefunden, gerade als wir hier ankamen.“

„Gefunden?“ Ferdinand Roth runzelte die Stirn. „Hätten vielleicht mal besser aufpassen sollen. Beobachtet haben die sonst nichts?“, fragte er zögernd.

Hans Wilke zuckte erneut mit den Schultern. „Frag‘ sie.“

Ferdinand überlegte einen kurzen Moment, entschied sich aber dagegen.

Montag / 08:05 Uhr

Josef Maier, seit einigen Monaten Polizeihauptkommissar und Dienststellenleiter der Polizeistation Seligenstadt, schaute, wie zuvor Ferdinand Roth über die Mauer.

Betrunken über die Mauer gestürzt? Ein Unfall? Oder absichtlich gestoßen? – überlegte auch er, wie zu vor Ferdinand.

Maier ließ seinen Blick weiter über den Klosterhof gleiten und blieb an den jungen Männern haften, die jetzt auf der Bank unter dem Kastanienbaum saßen.

„Sind das die Leute von der Security?“, wurde Hans Wilke, zum zweiten Mal innerhalb einer Stunde, gefragt.

Wilke nickte. „Sie haben den Mann gefunden und stehen noch immer mächtig unter Schock.“

In Windeseile hatte sich der Leichenfund herumgesprochen, und nicht nur unter den Bewohnern der Klosteranlage. Aus der Altstadt drängten zahlreiche Schaulustige durch das kleine Tor, neben dem Klostertorportal. Weshalb Josef Maier seine Kollegen anhielt, die Leute vom Gelände zu entfernen und den Ort des Geschehens durch ein rotweißes Flatterband abzusperren.

Und, als wäre das nicht genug, verlangten nun auch die Aussteller Einlass, um ihre Stände abzubauen und ihre Siebensachen aufzuladen. Kleintransporter und Wagen mit Anhängern schoben sich Zentimeter für Zentimeter dichter vor das Klosterportal.

Der 59-jährige Polizeihauptkommissar seufzte.

Rudelbildung. Auch das noch.

Er schritt auf die Meute zu und drückte sich, seinen gewaltigen Bauch vorausschickend, durch das seitliche Tor und die, von der Polizeiaktion noch immer nicht überzeugten Personen, damit auf den Freihofplatz zurück.

Wie von ihm vorausgeahnt kam es dort bereits zu unschönen Wortgefechten, sowohl unter Fahrzeugführern, als auch unter den neugierigen Fußgängern, die sich zwischen den Fahrzeugen durchschlängelten.

Beide Hände erhoben brüllte er: „Den Platz räumen. Sofort!“

Für einen Sekundenbruchteil herrschte Stille. Danach hob das Gezeter umso heftiger an und Maier wurde von allen Seiten verbal, wie auch körperlich bedrängt.

„Leute, so seid doch vernünftig“, versuchte er es erneut.

„Komm da weg. Die fahrn dich glatt übern Haufe oder lynche dich“, schrie Herbert Walter ihm ins Ohr und zog den Polizeichef aus der Gefahrenzone zu Helene, die einigermaßen sicher vom Bürgersteig aus, den Aufruhr beobachtete.

„Hier darf keiner rein“, fuhr Maier die beiden schärfer an als er eigentlich wollte. „Auch ihr nicht.“

„In der Klostermühle wär e Leiche gefunde worde? Stimmt des, Josef?“

Maier nickte. „Deshalb dürft ihr da jetzt nicht rein“, wiederholte er. „Wir haben alles abgesperrt und warten auf die Spurensicherung und auf die Kollegen der Kriminalwache.“

„Weiß man denn schon wer es ist?“, erkundigte sich Helene.

„Ja, wie denn?“, entgegnete Maier. „Der Mann liegt mit dem Gesicht nach unten vor dem Mühlrad.“

„Ach. Dass es ein Mann ist, steht aber schon mal fest?“, bohrte Herbert weiter.

„Sieht auf den ersten Blick so aus“, murmelte Maier.

„So ein Unglück aber auch“, sagte Helene. „Gestern waren alle noch so fröhlich und jetzt...“

„Ach ja“, wurde sie von Josef Maier unterbrochen. „Bis vor ein paar Jahren, warst du auch dabei. Hast geholfen die berühmten Seligenstädter Pfannkuchen zu backen.“

„Des ist auch heut‘ noch eins von Helenes Spezialitäten.“

Herbert drückte Helenes Arm.

„Ja, was is jetzt?“, schrie einer der Fahrer aus dem geöffneten Seitenfenster seines Autos. „Könnt ihr euer Kaffeekränzje net woannerst halte?“

Herbert machte eine abfällige Geste in die Richtung des Quenglers. „Vielleicht war’s ja einfach nur en Unfall“, brachte er das Gespräch wieder auf den Toten zurück. „Betrunke und über die Mauer gefalle.“

„Möglich. Jetzt muss ich mich erst mal darum kümmern“, entgegnete Maier und zeigte auf die aufgebrachte Menschenmenge. „Du siehst ja, was hier los ist. Man mag nicht glauben, dass es sich um erwachsene Leute handelt, wenn man dieses Chaos sieht.“

„Wart‘ des habe wir gleich“, sagte Herbert und legte auch schon los. „Leut‘, so geht des jetzt aber net“, rief er laut in die Menge. „Wir wolle doch net, dass noch einer unter die Räder kommt, oder? Die Fußgänger gehe jetzt mal da rüber und setze sich dort hin.“ Dabei deutete er auf die Bestuhlung der nahen Gaststätten. „Dann seid ihr schon mal aus em Weg und unser Polizei kann des Durcheinander auflöse.“

Unter vernehmbarem Protest befolgten die Leute tatsächlich Herberts Anweisungen. Josef Maier staunte. Anschließend gelang es auch ihm, unter Aufwand all seiner Geduld, den Ausstellern klarzumachen, dass ein Abbau Ihrer Hütten, sowie die Abholung ihrer Habseligkeiten zum jetzigen Zeitpunkt nicht machbar ist. Auf die unweigerlich folgende Frage, wann die Zufahrt zum Klosterhof wieder möglich wäre, zuckte der Polizeihauptkommissar mit den Schultern.

„Vielleicht heute Nachmittag oder auch erst heute Abend."

Die Reaktion war entsprechend griesgrämig. Immerhin gab es beim Rangieren und Abfahren keinen Blechschaden oder Schlimmeres. Allein dafür war Maier schon dankbar.

Aus dem Kronengässchen heraus beobachtete ein großer und kräftiger Mann in einem hellgrauen Anzug das Treiben. Seinen ebenfalls grauen Hut hatte er tief ins Gesicht gezogen.

Kaum war er heute Morgen erwacht, nach weniger als drei Stunden Schlaf, hatte er nur einen Gedanken im Kopf.

Ich muss herausfinden, was da schiefgegangen ist und was überhaupt passiert ist. Wer zum Teufel war der Kerl in der seltsamen Verkleidung und warum hatte der den König angegriffen?

Nachdem er mehrmals in der Nacht und auch heute Morgen erfolglos versucht hatte die Nummer des Prepaid-Handys, die er auf einen Zettel aufgeschrieben hatte, zu erreichen, machte er sich auf den Weg.

Kurz nach 8 Uhr 30 parkte er dann seinen schwarzen Citroen auf dem Parkdeck am Kloster in Seligenstadt, gegenüber dem Friedhof. Die kurze Strecke zum Klosterhof legte er schnell zurück. Schon am Tor, in der Aschaffenburger Straße, erkannte er, dass dort etwas nicht stimmte. Er ging weiter zum Freihofplatz. Auch dort herrschte Chaos. Und, wie er hörte, gab es eine Leiche.

Also doch. Sebastian König war tot. Aber wo befindet sich das Exponat? Bei der Polizei?

Montag / 08:55 Uhr

Gerade, als auf der Straße wieder Normalzustand herrschte, traf der Rettungswagen ein und sofort dahinter zwei Fahrzeuge der Kriminalwache.

Josef Maier öffnete eigenhändig das Klosterportal, dirigierte die Kollegen zum Tatort und verschloss das Tor sofort wieder.

Herbert und Helene hatte er zwischenzeitlich aus den Augen verloren, wunderte sich aber nicht im Geringsten, als er die beiden, zusammen mit Ferdinand Roth, in der Nähe der Mühle stehen sah.

„Du hast eine Wasserleiche, Josef?", wandte sich der Kriminaltechniker, der als erster aus dem Fahrzeug sprang, an Josef Maier.

„So ist es, Kai."

„Wo?"

Maier deutete zum Mühlenrad. „Dort unten."

Kriminaloberkommissar Kai Schmitt schaute über die Mauer. „Ach du Schande. Das wird eng. Kein Wunder, dass du auf uns gewartet hast." Schmitt schmunzelte und schielte auf Josef Maiers Bauchumfang. „Aber ich denke, das geht ohne die Feuerwehr; wir kriegen das alleine hin.

Lutz", rief er seinem Kollegen zu. „Wir brauchen eine Leiter."

Gleichzeitig schoss Kai Schmitt die ersten Aufnahmen aus der Vogelperspektive.

„Was machen die hier?“, wandte er sich erneut an Maier. Seine Frage betraf Ferdinand, Helene und Herbert. „Zivilisten am Tatort – nicht gut.“

„Ich wohne hier“, antwortete Ferdinand Roth geschwind.

„Und wir wollte ihn grad mal besuche“, sprang Herbert auf den Wagen auf. „Aber wir gehe auch jetzt gleich wieder. Wir wolle ja keine Spur ‘n vernichte.“

„Und wir gucke auch gern Krimis, was?“, konterte Kai Schmitt und zog eine Grimasse.

... und mischen uns auch gerne mal in die Polizeiarbeit ein, fügte Josef Maier gedanklich hinzu.

Der Mord an der jungen Frau, die letztes Jahr in der Noth Gottes Kapelle gefunden wurde, sowie die Festsetzung deren Freunds, eines kleinen Drogendealers, durch Herbert und Helene, waren ihm noch gut parat. Ebenso die Sache mit den Leichenfunden einige Jahre zuvor.

„Hallo Lutz“, grüßte Maier nun auch Kommissar Lutz Berger. Er kam gerade mit der Leiter unter dem Arm an.

„Dann lass ich euch mal arbeiten.“

Mit weitausholenden Schritten ging der Polizeihauptkommissar jetzt auf die Security-Leute zu. Die saßen noch immer, die Kapuzen ihrer Jacken über den Kopf gezogen wie die sprachwörtlichen begossenen Pudel unter der Kastanie.

„So, und nun zu Ihnen, meine Herren. Wie kommt es, dass Sie von dem Vorfall nichts bemerkt haben? Sie sind doch für die Sicherheit hier verantwortlich?“

„Wir sind für die Buden verantwortlich“, antwortete einer der beiden lapidar.

„Und genau das haben wir getan, die ganze Nacht“, bekräftigte der andere.

„Aha. Bedeutet, wenn einer über die Mauer ins Mühlenrad fällt, gehört das nicht mehr zu eurem Aufgabengebiet? Oder wie soll ich das verstehen?“

„Nein…eh, doch…ich, eh… Muss passiert sein, als wir am anderen Ende waren“, stotterte der zweite.

„Der Hof ist auch sehr groß. Da kann man schon das eine oder andere übersehen“, entgegnete Maier spitz. Er spürte, wie ihm die Galle hochkam. „Für wie blöd haltet ihr mich eigentlich?“, schnauzte er die jungen Männer an, lauter als beabsichtigt.

Die Kriminaltechniker und das Notarztteam hoben erschrocken die Köpfe. Genau wie Helene und Herbert, sowie Ferdinand Roth. Die drei standen in der Nähe des Taubenhauses. Weit genug vom Tatort und Josef Maier entfernt, aber immer noch nahe genug, um dessen Befragung mithören zu können, jedenfalls größtenteils.

„Entweder ihr seid selbst betrunken in irgendeiner Ecke gelegen oder einer von euch, oder auch ihr beide, habt etwas mit dem Tod des Mannes zu tun“, bedrängte Maier die Beiden.

„He, Mann, mal ganz langsam.“

Der Stämmigere machte einen Schritt auf Josef Maier zu.

Der wich jedoch keinen Zentimeter vor dem zwar gut durchtrainierten, aber von der Größe her wesentlich kleineren Mann zurück. Vom Gewicht, das Maier auf die Waage brachte, mal ganz abgesehen.

„Wir haben nichts, aber so was von null, damit zu tun.“

„Ich hätte gerne mal Ihre Ausweise.“

„Wieso das denn?“

„Weil ich von der Polizei bin und weil ich es sage. Und den Arbeitsauftrag Ihrer Firma möchte ich auch einsehen. Könnte ja sein, dass Sie nicht die sind, für die Sie sich ausgeben.“

„Den habe ich nicht dabei. Du?“, stellte der Stämmige die Frage an seinen Kollegen.

Der schüttelte den Kopf und reichte Maier seinen Ausweis. „Hab nur die hier dabei“, sagte der andere nun und zeigte Maier, außer seinem Personalausweis, eine Visitenkarte.

„Sie können dort gerne anrufen.“

„Da können Sie sicher sein. Lukas Reimann?“, las Josef Maier halblaut, „und Jonas Fischer?“

Die beiden nickten.

„Seit wann arbeiten Sie bei dem Sicherheitsdienst?“

„Seit einem Jahr. Mann! Wir brauchen die Kohle. Wenn Sie jetzt dort anrufen, wird der Alte viele Scheiß-Fragen stellen und annehmen wir hätten uns volllaufen lassen. Dann sind wir unsere Jobs los.“

Maier steckte die Ausweise der Männer zwischen die Seiten seines Notizbuchs. „Tja, dumm gelaufen, würde ich mal sagen.“

Reimann und Fischer warfen sich einen kurzen Blick zu.

„Eh, Mann. Eh, Herr Polizeibeamter.“

„Josef Maier. Polizeihauptkommissar“, stellte Josef Maier sich vor.

„Herr Polizeihauptkommissar“, versuchte Lukas Reimann einen zweiten Anlauf. „Wir haben schon etwas gesehen. Aber, das ist sowas von abgefahren. Das glaubst du uns sowieso nicht.“

„Versuchs“, ging Maier kurzfristig ebenfalls zum DU über. „Ich bin katholisch erzogen.“

„Also, das war so“, legte Reimann zögerlich los. „Gestern Abend, so kurz nach 10 Uhr, fing gerade zu regnen an, weshalb wir uns dort hinten verkrochen hatten.“

Er zeigte zum Torbogenhaus, von dem aus es linksseitig zum Klostercafé ging und rechter Hand zum Eingang zur einstigen Klosterapotheke.

„Wir sitzen also da eine Zeit lang auf den Stufen. Plötzlich donnert und blitzt es auch noch. Und genau im Blitz sehen wir plötzlich einen Kerl in einem dunklen Kapuzenumhang direkt dort vor der Mühle.“

„Dann war da noch so ein Geräusch, als wenn jemand oder etwas im Wasser aufschlägt“, fiel Jonas Fischer ein. „Dann wieder stockfinster und von dem Kerl ist nichts mehr zu sehen. Wie vom Erdboden verschluckt.“

Lukas Reimann nickte zustimmend. „Genau so war's. Ich schwör 's.“

„Ganz im Ernst, ihr beiden. Wieviel hattet ihr getrunken? Oder hattet ihr sogar gekifft?“ Maier runzelte die Stirn.

„Hab‘ ja gleich gesagt, dass du uns nicht glaubst.“ Lukas Reimann schrappte mit seiner Schuhspitze im feuchten Gras.

„Wir trinken nicht und wir kiffen nicht, jedenfalls nicht bei der Arbeit“, bekräftigte Jonas. „Ansonsten wäre Ende Gelände mit dem Job. Unser Boss kennt da keine Gnade. Erst vor zwei Monaten musste einer gehen, weil der Alte ihn mit einem Bierchen erwischte. Und der Sebastian war schon einige Jahre in dem Betrieb.“

„Und daran haltet ihr euch?“

Die jungen Männer nickten einvernehmlich.

„Also gut. Gehen wir den Ablauf von gestern Abend mal durch. Wann habt ihr euren Dienst angetreten?“

„Achtzehn Uhr“, gab Lukas Reimann bereitwillig Auskunft.

„Aber viele der Aussteller blieben noch bis zwanzig Uhr hier, haben ihr Zeugs zusammengeräumt und anschließend noch einen gehoben. Die wollten wohl so wenig wie möglich an Ballast nach Hause schleppen.“ Jonas Fischer grinste.

„Ja“, stimmte sein Kollege zu. „Da ging's heftig ab. Und die fuhren danach alle noch mit ihren Karren weg.“

„Und ihr habt da wirklich nicht mitgebechert?“, hakte Maier erneut nach. Auf Reimanns vorwurfsvollen Ton, bezüglich der Fahrtüchtigkeit der Aussteller, ging er nicht ein.

„Nein“, war die knappe Antwort der beiden.

„Wir begannen dann, unsere Runden zu drehen. Und kurz nach 8 Uhr war dann auch der letzte, mehr oder weniger *betankt* abgedüst“, setzte Jonas Fischer seinen Bericht fort. „Danach – keine besonderen Vorkommnisse – wie es so schön heißt. Bis auf den Typen im Kapuzenmantel, der auf einmal vor der Mühle stand.“

Lukas Reimann nickte. „Wir sind ja Einiges gewohnt, Halloween-Partys und Ähnliches. Da triffst du auf Typen, Mann, das glaubst du nicht. Aber *der* Kerl war echt unheimlich.“

„Die *Gestalt* mit der Kapuze stand also genau vor der Mühle?“

„Kapuzenmantel“, berichtigte Jonas Fischer. „So bis zum Boden. Und direkt im Blitz. Sonst hätten wir den doch gar nicht gesehen. War ja fast stockdunkel, vorher und nachher.

Die Funzeln an den Gebäuden bringen nicht viel; schon gar nicht, bei so einem Gewitter. Könntet ihr mal auswechseln."

„Und dieses Platschen, habt ihr das vor oder nach dem Blitz gehört?"

„Ich denke, das war vor dem Blitz", antwortete Lukas Reimann.

Die Männer tauschten erneut einen kurzen Blick.

„Ja, was jetzt? Denkt ihr oder wisst ihr das?"

„Also, ich glaub' das war vorher, oder Lukas?"

„Kann mich nicht genau erinnern. Ging alles zu schnell."

„Und warum habt ihr nicht gleich nachgesehen, was da passiert sein könnte?"

„Naja." Lukas Reimann trat von einem Fuß auf den anderen. „Wir haben dem, was wir da gesehen haben selbst nicht so richtig getraut."

Oder ihr hattet die Hosen gestrichen voll, dachte Josef Maier.

Lautes Hupen unterbrach seine Befragung. Er blickte über seine Schulter. Längs vor dem Klosterportal parkte ein dunkles Fahrzeug mit zuckendem Blaulicht auf dem Dach.

„War's das, Meister?", fragte Jonas Fischer. „Können wir jetzt gehn? Wir haben noch nicht gefrühstückt."

„Nein!", antwortete Maier knapp. „Das sind die Kollegen von der Kripo. Die haben bestimmt noch Fragen an euch."

Aus den Augenwinkeln heraus sah er Helene und Herbert im Gespräch mit Ferdinand Roth und jetzt auch mit dessen Nachbarn.

Das passte Josef Maier überhaupt nicht. Aber, was sollte er machen? Roth wohnte nun mal hier im Klosterhof. Und

Helene und Herbert konnte er schlecht verbieten mit den Bewohnern des Klosterhofs zu sprechen.

Naja, heute vielleicht schon, aber…eh zu spät.

„Was hältst du davon, Ferdi?“, fragte Herbert. „Meinst du, die von der Sicherheitsfirma könnte was damit zu tun habe?“

„Schwer zu sagen“, antwortete Ferdinand mit hochgezogenen Augenbrauen. „Eigentlich machen die Burschen einen ganz patenten Eindruck. Aber man kann sich natürlich auch täuschen.“

„Ich frag‘ mich nur, warum die nix gemerkt habe“, sinnierte Herbert weiter. „Der Mann muss doch, bevor er da rein gestürzt is, irgendwie dort hingekomme sein. Und du hast auch nix gehört?“

Ferdinand Roth schüttelte den Kopf. „Nach dem ganzen Trubel am Wochenende, du weißt ja was da immer los ist, bin ich irgendwann auf der Couch eingeschlafen. Nicht mal mehr den Schluss vom Tatort-Krimi habe ich mitbekommen. Als ich wieder aufgewacht bin, das war so halb zwölf, bin ich ins Bett gegangen.“

Dass Bettina offenbar mal wieder das Haus verlassen und er es nicht einmal bemerkt hatte, erwähnte Ferdinand nicht.

„Dann lass uns doch mal mit deinen Nachbarn schnacken“, schlug Helene vor und ging auf die Gruppe zu, die sich mittlerweile zusammengefunden hatte.

„War es ein Unfall? Was ist passiert?“, stürmten die Fragen auf Helene, Herbert und Ferdinand gleichermaßen ein.

„Ich glaube nicht an einen Unfall“, warf Klara Kuhn ein. Jetzt mit einem Popeline-Mantel bekleidet, kam sie ebenfalls hinzu.

„Wir wissen es noch nicht“, antwortete Herbert. „Nur, dass es en Mann is.“

„Da kannst du nicht einfach so hinabstürzen. Dafür ist die Mauer zu hoch. Den hat jemand gestoßen“, beharrte Klara und nickte in die Runde.

„Hoffentlich ist es keiner der Freiwilligen, die beim Zunft- und Handwerkermarkt helfen“, warf einer der Nachbarn ein. „Das werden sowieso jedes Jahr weniger. Bald werden solche Veranstaltungen überhaupt nicht mehr stattfinden können. Die Jugend interessiert sich doch kaum noch dafür. Irgendwann sind die Freiwilligen alle weg – und was dann?“

„Na, so kannst du das aber auch nicht sagen“, wandte Klara ein. „Ich habe am Wochenende eine ganze Menge junger Leute gesehen, die sich engagieren.“

„Muss net unbedingt einer von hier sein. Kann auch einer aus em Umland sein“, beendete Herbert die, seiner Meinung nach, nicht relevante Diskussion bevor sie ausufern konnte. „Vielleicht findet die Polizei einen Ausweis bei ihm.“

„Hat denn keiner von euch irgendetwas in der Nacht gehört?“ fragte Helene erneut in die Runde.

„Also, ich habe die Wachleute reden hören, als sie ihre Runden drehten“, traute einer von Ferdinands Nachbarn sich vor. „Aber das war vor dem Gewitter, danach nichts mehr.“

„Ich auch nicht“, äußerte der nächste.

„Da, jetzt heben sie die Leiche über die Mauer.“

Ferdinand Roth zeigte zur Mühle.

„Geh doch mal hin“, wurde Helene von Klara aufgefordert. „Du kennst *die* doch, von der Polizei.“

Gerade deshalb bleibe ich erst einmal außen vor, sagte sich Helene und äußerte laut: „Besser, wir lassen die Leute ihre Arbeit machen.“

„Ich habe ihn gesehen, den Mörder.“

Unbemerkt hatte sich Bettina dem Grüppchen genähert.

„Bettina!“, knurrte Ferdinand. „Du warst im Bett. Du hast nur schlecht geträumt. Geh‘ wieder ins Haus. Es ist kalt.“

Helene war mit der 66-jährigen nicht gerade befreundet, dennoch wusste sie, dass Bettina an Schlaflosigkeit und Depressionen litt oder zumindest eine gewisse Zeit davon betroffen war und deshalb Medikamente nehmen musste. Auch wenn Ferdinand dies nicht wollte, war die Sache irgendwann durchgesickert.

Fantasiert Bettina oder hatte sie tatsächlich etwas beobachtet? fragte sich Helene nun.

Sie nahm die Frau mit den traurigen blauen Augen am Arm und führte sie einige Schritte weg von ihren Nachbarn und ihrem sichtlich besorgten aber auch gereizten Ehemann.

„Wenn du etwas gesehen hast, solltest du es der Polizei erzählen. Es könnte wichtig sein.“

„Der Polizei? Auf keinen Fall“, erregte sich Bettina. „Wenn ich denen erzähle, dass der schwarze Mönch den Mann umgebracht hat, denken die doch ich spinne.“

„Der schwarze Mönch?“, fragte Helene skeptisch.

Sofort kam ihr das, möglicherweise mit Stroh und Lumpen präparierte Exemplar eines Mönchs, der in einem der oberen Räume der Abtei saß in den Sinn. Sie selbst hatte sich, als sie die Gestalt zum ersten Mal erblickte erschrocken und sich gefragt, ob das eventuell in der Absicht des Klosters lag; sozusagen eine zusätzliche Finesse, die Besucher kurzzeitig zum Gruseln bringen sollte.

„Ich meine natürlich jemand, der sich so verkleidete."

Helene atmete erleichtert auf.

Hatten die Wachleute nicht auch gerade von einer schwarz gekleideten Person gesprochen?

„Und wo genau hast du die als Mönch verkleidete Person gesehen?"

„Ich stand dort hinter meinem Baum. Aber, bitte erzähl Ferdi nichts davon. Der Mann eilte über den Hof zum Eingang der Klostermühle. Und genau, als es blitzte, griff er den anderen Mann an. Dann hörte ich ein Platschen, als ob etwas ins Wasser fällt. Der verkleidete Mann rannte davon und alles war wieder stockdunkel.

Dass ein weiterer Mann, oder auch derselbe, offenbar den Rucksack suchte, den der Tote verloren hatte, erzählte sie Helene nicht. Auch nicht, dass sie den Rucksack gefunden und ihn vorerst unter ihrem Bett versteckt hatte.

Obgleich all das sich mehr als merkwürdig anhörte, war Helene davon überzeugt, dass Bettina die Wahrheit sagte. Und der Tote, der gerade auf die Bahre gehoben wurde, war auch alles andere als eine Fata Morgana.

Herbert kam mit Ferdi auf die Frauen zu.

„Komm, Bettina. Wir wollen frühstücken", sagte Ferdi und nahm Bettinas Arm. „Ich schlage vor, du kochst uns einen schönen Kaffee und ich hole derweil Brötchen."

„Lass uns einfach mal da vorbeigehen“, sagte Helene zu Herbert. „Vielleicht können wir ein Auge riskieren.“

Herbert nickte. „Also, wir mache uns mal wieder auf en Weg“, rief er Ferdi und den anderen zu und winkte zum Abschied. Dann schlenderte er, Arm in Arm, mit Helene in Richtung Mühle.

„Wo wollt *ihr* denn hin?“, wurden sie von Josef Maier abgefangen, kurz bevor sie den abgesperrten Tatort erreichten.

„Na, heim wolle mir halt. Wisst ihr denn jetzt wer der Tote is?“, erkundigte sich Herbert beiläufig. „Ach ja, laufende Ermittlungen.“ Er hob entschuldigend beide Arme. „Aber, frage wird mer aber mal dürfe.“

Er reckte den Kopf und erhaschte einen kurzen Blick auf das Gesicht des Toten. Dessen Mund war weit geöffnet und seine Augäpfel traten fast aus den Augenhöhlen.

„Der sieht ja aus, als wenn der sich ganz furchtbar vor etwas erschrocke hätt. Tippe mal auf Herzinfarkt.“

„Dann können wir uns ja gleich die Autopsie sparen. Der Röntgenblick von Herbert Walter genügt, um die Todesursache festzustellen.“

„Jetzt sei halt net gleich eingeschnappt, Josef. Aber, des Gesicht hast de doch selbst gesehe. Als ob der arme Kerl dem Leibhaftigen persönlich begegnet wär.“

Natürlich waren Josef Maier die verzerrten Gesichtszüge des Mannes aufgefallen. Und ja, auch er war der Ansicht, dass der sich ganz arg erschrocken haben musste.

„Er hatte doch bestimmt Ausweispapiere bei sich, oder?“, fragte Helene und fixierte den Polizeihauptkommissar mit ihren großen blauen Augen.

„Hatte er“, gab Maier zu.

„Ja und? Is es einer von hier? Kenne wir den?“, setzte Herbert nach.

„Glaube ich kaum. Der Mann stammt aus Karlstein“, ließ Maier sich hinreißen, was er sofort bereute. „Aber, das geht euch nichts an! Wenn ihr weitere Informationen braucht, dort kommen Frau Wegener und ihr Kollege.“

Die Wirkung war wie vermutet. Helenes, wie auch Herberts Kopf, schwenkten ruckartig zum Klosterportal, wo eine 1,75 Meter große, schlanke und sportliche junge Frau, in Jeans und schwarzer Lederjacke, aus einem schwarzen Insignia stieg. Ihre dunkelblonden Haare hatte sie zu einem Zopf geflochten. Ihr etwas größerer Kollege strich mit beiden Händen durch seine dunkelblonde Lockenpracht, während er mit sportlichem Schwung die Beifahrertür schloss.

Sie kamen mit weit ausholenden Schritten schnell näher.

„Ach ja, wir müsse dann auch mal wieder.“ Herbert schaute auf seine Armbanduhr. „Ach, wie die Zeit vergeht. Schon fast halb zehn. Komm, Helene, wir wollte doch noch einkaufe.“

Josef Maier sah den beiden nach, wie sie flugs entgegengesetzt auf das Tor zur Aschaffenburger Straße zueilten. Ein Grinsen machte sich auf seinem Gesicht breit.

„Huch, das ging ja grad man gut“, flüsterte Helene aufgeregt. „Meinst du, das Deern hat uns gesehen?“

„Des werde wir spätestens heut‘ Abend wisse. Haste noch von dem Whisky? Hat beim letzte Mal auch geklappt.“ Herbert lachte.

„Wie gehen wir nun vor?“, fragte Helene. „Diesmal haben wir kein Foto des Toten, das wir durchs Netz jagen können.“

In den letzten Monaten hatte sie sich, mit Herberts Hilfe, intensiv mit der elektronischen Datenverarbeitung befasst und surfte oft stundenlang im Internet. Es war tatsächlich *Ein großes Lexikon*, wie Nicole damals gesagt hatte, als sie ihr, vor zwei Jahren, ihren alten Laptop überließ.

Alles was Helene wissen wollte, verrieten ihr die Suchmaschine Google und Wikipedia. Vor allen Dingen aber hatten es ihr die Unmengen von Koch- und Backrezepte angetan, die sie oftmals sofort ausprobierte. Mal mit mehr, mal mit weniger Euphorie von Herberts Seite, der als Versuchskaninchen herhalten musste.

Du solltest deinen eigenen Blog mit Rezepten ins Netz stellen, meinte er. *An deinen norddeutschen Heringssalat kommt sowieso keiner ran.*

„Wir warten hier jetzt auf die beiden Burschen von der Wachfirma. Ich hätte da noch die eine oder annere Frage.“ Herbert zwinkerte Helene zu.

„Hoffentlich dauert das nicht zu lange. Wir wollten doch zum Metzger. Das Gulasch, das ich zu Mittag machen will, braucht seine Zeit.“

„Dein Rindergulasch oder des aus em Netz?“

Skepsis tauchte in Herberts Gesicht auf.

„Meins. Das Szegediner Gulasch hat dir ja nicht geschmeckt.“

„Entweder ein Rindergulasch mit Klöß‘, oder Sauerkraut mit Salzfleisch. Zusamme geht des net. Punkt.“

Montag / 09:25 Uhr

„Hallo, Frau Wegener. Herr Weinert“, begrüßte Josef Maier die Kriminalhauptkommissare.

„Guten Morgen, Herr Maier“, gab Nicole den Gruß zurück. „Selbst an Ort und Stelle?“

„Tja, was soll ich machen? Personalmangel, wie überall. Außerdem, Macht der Gewohnheit.“ Maier lächelte halbherzig. „Der Tote lag dort unten“, erklärte er und zeigte zu den Mühlrädern.

„Nach erster äußerlicher Sichtung, stellte der Arzt eine Kopfverletzung fest, die aber vom Sturz herrühren könnte. Aber das hier sollten Sie sich unbedingt ansehen.“

Der Polizeihauptkommissar deutete auf das Gesicht des Toten.

„Als hätte er sich vor irgendjemandem oder irgendetwas zu Tode erschrocken“, stellte Harald, ebenso wie bereits alle anderen fest, die den Toten zu sehen bekamen.

„Genau“, stimmte Maier zu. „Und, da wäre noch etwas. Diese Druckstellen am Hals.“

Nicole und Harald beugten sich zu dem Toten hinab. Beide nickten.

„Merkwürdig“, stimmte Nicole zu. „Sieht nicht nach Würgemalen aus und trotzdem… Konnte die Identität des Mannes schon festgestellt werden?“

„Sein Name ist Sebastian König, zweiunddreißig Jahre alt, wohnhaft in Karlstein“, antwortete Maier. „Das haben wir in seiner rechten Hosentasche gefunden. Brieftasche, Prepaid-

Handy, einen Schlüsselbund und Autoschlüssel. Fehlt nur noch das passende Auto."

Er händigte die Habseligkeiten des Toten an Harald Weinert aus.

„Wenn Sie möchten, setze ich meine Kollegen auf den Wagen an? Vielleicht steht der ja ganz in der Nähe."

„Das wäre eine große Hilfe, Herr Kollege." Nicole lächelte Josef Maier dankbar an. „Wann ist der Mann gestorben?"

„Der Notarzt meinte, zwischen 23 und 1 Uhr in der Nacht. Genauer könnte er den Zeitpunkt nicht bestimmen, weil die Leiche im Wasser lag und es dort unten am Mühlrad kälter ist, als hier oben. Könnte sich um einen Besucher des Zunft- und Handwerkermarkts handeln", setzte Maier nach.

„Ach ja, stimmt. Wir wollten uns das Spektakel auch gern ansehen. Aber dann kam die Küche dazwischen."

„Ja, so ein Umzug ist nicht ohne."

„Woher wissen Sie…? Ach, was für eine Frage." Nicole lachte. „Natürlich hat es sich bereits herumgesprochen. Oder stand eine Anzeige in einer der Stadtzeitungen?"

Viele Jahre wohnte sie schon in Seligenstadt. Die idyllische Kleinstadt am Main hatte es ihr von Anfang an angetan. Doch erst im letzten Jahr, als sie mit Andy, Helene und Herbert durch die historische Altstadt und über eben dieses Klostergelände spazierte, verspürte sie ein heimeliges Gefühl. Nicht zuletzt deshalb, weil auch Andy von dem malerischen Städtchen mit seinen Fachwerkhäusern im Altstadtbereich, nahezu sofort begeistert war.

Der Wunsch nach einer gemeinsamen Wohnung stand schon lange im Raum und Seligenstadt rückte dabei immer mehr in den Fokus. Nur gestaltete sich die Umsetzung der Suche nach besagtem *Raum* schwieriger als gedacht. Zum einen wegen des angespannten Wohnungsmarkts, gerade in der Stadt sowie im Umland, und zum anderen standen Nicoles unstete Arbeitszeiten einer möglichen gemeinsamen Besichtigung immer wieder im Weg.

Dann kam Helenes Einladung zum Abendessen, bei dem sie fast beiläufig erwähnte, dass Herbert und sie zusammenziehen wollten und zwar in Helenes Haus.

Nicole erinnerte sich noch gut, dass ihr beinahe der von Helene zubereitete Labskaus im Halse stecken geblieben war und sie versucht war zu fragen: *Und ich? Was ist mit mir?*

„Herbert wird sein Haus vermieten“, sagte Helene.

„Hab auch schon einen Mieter an der Hand. Fehlt nur noch die Zustimmung von dessen Lebensgefährtin“, teilte Herbert verschämt grinsend mit.

„Das heißt, dass ich mir eine neue Wohnung suchen muss?“, stellte Nicole die offensichtliche Situation fragend in den Raum.

„Naja. Auf Dauer wird es vielleicht etwas eng“, druckste Helene herum, „so mit drei Personen, in dem kleinen Häuschen. Und Andy ist ja nu man öfter hier. Aber, ihr sucht doch auch nach einer gemeinsamen Wohnung, wenn ich das richtig verstanden habe?“

„Ja, schon. Bis jetzt haben wir noch keine…“

„Jetzt schon“, wurde sie von Andy unterbrochen, dem auffiel, dass sich ihr Gemütszustand zusehends verschlechterte.

In seiner Hand baumelte ein Schlüssel. „Vorausgesetzt, meine Lebensgefährtin ist damit einverstanden.“

Plötzlich verstand Nicole.

„Und, ist sie einverstanden?“, hakte Andy nach, um ganz sicher zu gehen.

„Natürlich. Das ist geradezu wundervoll. Aber seid ihr beide sicher?“, wandte sie sich an Herbert. „Schließlich hast du in den letzten Monaten fast alles in deinem Haus renoviert?“

„Des is kein Problem für mich. War sowieso irgendwann fällig. Und mir is es egal, wo ich wohne. Des wichtigste is doch, dass sich mein Helenchen wohl fühlt. Und wenn des in ihrm Häusje is, dann is es mir auch recht.“

Herbert drückte Helenes Hand. „Und auf euch wartet ein fast kernsaniertes Haus. Aber, wenn ihr was ummodele wollt, könnt ihr des natürlich mache. Nur eine einzige Bitte hätt ich – die Garage für mein alte Benz, die müsst ihr mir lasse. Weil, ihr wisst selbst, hier“, er machte eine ausladende Geste, „gibt's selten en Parkplatz. Außerdem braucht mein *altes Mädche* abends a Dach überm Kopf.“

Aber, außer einer neuen Küche, die Nicole und Andy einbauen ließen, gab es nichts an Herberts Neugestaltungen, an denen Helene vornehmlich beteiligt gewesen war, auszusetzen.

„Was ist mit den Leuten dort? Sind das Zeugen?“, stellte Harald die Frage an Josef Maier und holte Nicole damit wieder in die Gegenwart.

„Das sind die Bewohner des Klosterhofs. Und die beiden dort“, Maier zeigte zu den Männern unter der Kastanie, „das sind die Leute von der Security-Firma, die heute Nacht hier Wache halten sollten. Ich habe sie bereits befragt. Erst sagten sie aus, sie hätten nichts Ungewöhnliches bemerkt. Aber dann kamen sie mit einer mehr als merkwürdigen Geschichte an."

Der Polizeihauptkommissar schnaufte verächtlich, bevor er weiterredete. „Sie werden es nicht glauben, aber die beiden gaben an, eine Gestalt mit einem langen schwarzen Umhang gesehen zu haben, direkt hier vor der Klostermühle."

„Eine Gestalt in einem schwarzen Umhang?", wiederholte Nicole und presste die Lippen zusammen. „Ist mal eine etwas andere Umschreibung des großen Unbekannten."

„Möchten Sie die Burschen selbst nochmals vernehmen?"

„Ich gehe", bot Harald sich an und setzte sich auch schon in Bewegung.

„Die Leiche kann jetzt abtransportiert werden", sagte Kai Schmitt. „Wir wären dann soweit hier durch."

„Gut", antwortete Nicole. „Danke, vorerst."

„Ich freue mich, dass Sie sich nun endgültig in unserem schönen Seligenstadt niederlassen", griff Josef Maier das Thema erneut auf. „Es gibt hier sehr schöne Ecken und Möglichkeiten, sich nach Feierabend runterzufahren, wenn ich mich mal so ausdrücken darf. in unserem Beruf nicht ganz unwichtig."

„Da haben Sie bestimmt recht", erwiderte Nicole. „Aber auch genügend Plätze um Leichen verschwinden zu lassen." Nachdenklich schaute sie zum Tor. „Waren das nicht Helene und Herbert, die da vorhin durchs Tor geflüchtet sind? Was wollten die beiden so früh am Morgen hier? Die fangen doch nicht etwa schon wieder an Sherlock Holmes zu spielen?"

„Die trafen hier rein zufällig ein. Wollten den Ferdinand Roth besuchen, der hier wohnt“, antwortete Maier schnell, glaubte aber selbst nicht wirklich daran.

„Ah, ja?“ Nicole runzelte die Stirn.

Harald kam zurück und die Männer der Security-Firma verließen das Gelände durch das Tor, durch das auch Helene und Herbert sich geschwind aus dem Staub gemacht hatten.

„Ich lasse das Klosterportal öffnen, damit der Tote abtransportiert werden kann“, sagte Maier und wandte sich seinen Mitarbeitern zu.

„Die Nachbarn haben nichts gehört und auch nichts gesehen, wie üblich“, setzte Harald seine Chefin in Kenntnis. „Aber, und das ist der Hammer. Als ich den Security-Leuten den Namen unseres Toten nannte, waren sie total überrascht. Sebastian König war ein ehemaliger Kollege von ihnen. Vor zwei Monaten wurde er wegen Trunkenheit entlassen. Ob und wo er danach gearbeitet hat, wussten die beiden aber nicht. Vielleicht kann uns der Chef der Firma weiterhelfen. Ich rufe gleich mal dort an.“

Nicole nickte. Sie hatte noch immer das Bild des Toten vor sich, vielmehr sein Gesicht, das einer Fratze glich. Den Mund, wie zum Schrei geöffnet und die hervorquellenden Augen, als sei er gewürgt worden, worauf auch die Male an seinem Hals hindeuteten.

„Erhalten wir die Tatortaufnahmen heute noch?“, fragte sie die Kollegen der Spurensicherung.

„Klar doch“, antwortete Lutz Berger. „Ich schick sie euch, sobald wir in unseren heiligen Hallen angekommen sind, zusammen mit dem Termin, wann die Obduktion stattfindet.

Man sieht sich, Frau Wegener, spätestens in der Gerichtsmedizin.“

Berger und Schmitt hoben kurz die Hände zum Abschied, stiegen in ihren weißen Transporter und folgten gemächlich dem Leichenwagen.

„Nicht gerade redselig, Sergei Koslov, der Boss der Security-Firma“, wandte Harald sich wieder Nicole zu. „Bei dem passen Aussehen und Verhalten zusammen. Hier, ich habe die Firma Koslov zusätzlich gegoogelt.“

Der Mann, der Nicole aus Haralds iPad finster entgegensah, war ihr auf den ersten Blick unsympathisch. „Macht auf mich eher den Eindruck eines Türstehers, als der Chef einer Security-Firma. Vertrauensvoll sieht anders aus.“

Mit einem Kopfnicken stimmte Harald ihr zu. „Ich kann verstehen, dass die Jungs keinen Ärger mit dem haben wollen. Bleibt aber vermutlich nicht aus. Letztlich musste ich Herrn Koslov den Grund für meinen Anruf nennen.“

„Andererseits“, entgegnete Nicole, „hätten sie den Mord möglicherweise verhindern können, wenn sie ihren Job ernst genommen hätten.“

„Möglich“, stimmte Harald zu. „Darüber, wo der Tote nach seiner Entlassung arbeitete und ob überhaupt, konnte oder wollte mir der Koslov nicht sagen. Immerhin mailt er uns die Unterlagen von Sebastian König zu.“

„Ok. Ruf bitte Lars an, damit er sich drum kümmert. Sag ihm auch, dass wir beide jetzt nach Karlstein, zur Wohnung des Opfers fahren.

Montag / 09:50 Uhr

Als die jungen Männer der Security-Firma durch das Tor zur Aschaffenburger Straße kamen sprach Herbert sie an.

„Warten Sie mal kurz.“ Resolut trat er ihnen entgegen. „Ich hätte noch eine Frage.“

„Wir haben der Polizei bereits alles gesagt. Und Sie sehen nicht so aus, als wären Sie ein Kollege von denen da drinnen“. Lukas Reimann musterte Herbert kritisch.

„Nur eine oder zwei kurze Fragen. Dauert nicht lange.“ Auf die authentische Zugehörigkeit der ausführenden Staatsgewalt ging Herbert nicht ein. Dagegen bemühte er sich um einen kompetenten Eindruck, sowohl im sprachlichen Polizeijargon, als auch in astreinem Hochdeutsch.

„Wie war doch gleich Ihr Name?“ Herbert holte sein Smartphone raus, schaltete auf Sprechfunktion und hielt es den Männern entgegen.

„Einfach nur reinsprechen. Sie kennen das bestimmt.“

„Lukas Reimann.“

„Jonas Fischer.“

„Wie kann es sein, dass Sie den Verunfallten zuvor nicht wahrgenommen haben?“

„Da war nun mal keiner“, antwortete Reimann trotzig. „Wie oft sollen wir das noch sagen? Nachdem die Aussteller abgezogen waren, war alles in Ordnung und ruhig. Abgesehen von dem heftigen Gewitter.“

„Auf dem gesamten Gelände keine Menschenseele, außer uns“, bestätigte Jonas Fischer. „Wir drehten unsere Runden und als das Gewitter losging setzten wir uns im Tordurchgang auf die Treppe."

Reimann nickte zustimmend. „Wer sollte auch bei dem Wetter unterwegs sein?"

„Irgendjemand war aber unterwegs. Und eine Person kam ums Leben, was Ihnen entgangen ist", erwiderte Herbert in hartem und vorwurfsvollem Ton.

„Vielleicht hätten wir ja etwas erkannt und unser ehemaliger Kollege wäre noch am Leben, wenn die Beleuchtung auf dem Gelände heller gewesen wäre", versuchte Jonas Fischer erneut eine müde Rechtfertigung. „Aber so haben wir nur diese dunkle unheimliche Gestalt gesehen. Und das auch nur, weil die gerade von einem Blitz erhellt wurde."

„Ja genau. Aber, überlegen Sie nochmal scharf. Vielleicht fällt Ihnen…, sagten Sie gerade Ihr ehemaliger Kollege? Sie haben die Gestalt in dem Umhang also doch erkannt?"

„Nein, nicht der unheimliche Typ. Den Toten", erklärte Lukas Reimann. „Bis vor einigen Monaten war Sebastian noch bei unserer Truppe."

„Aha. Und der volle Name ihres ehemaligen Kollegen?"

Herberts Hand, in der er das Handy hielt, zitterte leicht.

„Sebastian König", gab Jonas Reimann an.

„Adresse? Herrgott, lassen Sie sich doch nicht alles aus der Nase ziehen."

„Karlstein. Die genaue Anschrift kennen wir nicht. Da müssen Sie schon unseren Chef anrufen. Aber wieso müssen wir alles nochmal…?"

„Die Adresse Ihres Arbeitgebers?", forderte Herbert stur. Reimann gab auch hierüber gefällig Auskunft.

„Können Sie sich vorstellen, was Ihr ehemaliger Kollege, mitten in der Nacht, hier zu suchen hatte?"

„Woher sollen wir das wissen?", begehrte Jonas Fischer auf.

„Null Ahnung", ergänzte Lukas Reimann.

„Fällt Ihnen zu dieser dunklen Gestalt noch etwas ein? Größe, Umfang, eher dick oder hager? Sonstige besondere Auffälligkeiten? Sie sagen doch, die Gestalt wurde von einem Blitz erhellt. Ein Gesicht vielleicht?"

„Mann, das nervt", erwiderte Lukas Fischer gereizt. „Ein Kerl in einer langen dunklen Kutte halt, mit Kapuze. So etwa eins Neunzig und eher schmal, also jedenfalls nicht dick, soweit man das wegen des Umhangs feststellen konnte."

Lukas und Jonas tauschten die Blicke und Jonas nickte.

„Aber da war kein…" Jonas Reimann starrte mit offenem Mund, die Erinnerung vor Augen, seinen Kumpel an.

„Da war kein was?" hakte Herbert nach.

„Kein Gesicht", kam gleichzeitig die Antwort.

„Nur ein Stück Stoff", krächzte Lukas.

„Nein, auch kein Stoff. Eher so, wie bei einer Burka, wenn Sie wissen…?", ergänzte Jonas.

„Meinen Sie eine Art Gitter?", half Helene dem jungen Mann.

„Ja genau. Die ganze Sache war mehr als spooky."

„Der *Schwarze Mönch*", murmelte Herbert.

„Wer?", fragte Lukas.

„Ach nichts." Herbert winkte ab. „Danke. Das war's auch schon. Schönen Tag noch, die Herren."

„Ich denke, an der Geschichte, die Bettina erzählt hat is doch was dran“, raunte Herbert Helene zu, währenddessen sie sich schnell entfernten.

„Der Meinung bin ich auch. Die Frage ist nun: Wer und vor allem warum geistert hier nachts jemand verkleidet als Mönch umher und bringt Leute um?“

„Zumindest kennen wir den Namen des Toten und wo er zuletzt gearbeitet hat“, sagte Herbert. „Sobald wir daheim sind, ruf ich in dem Lade mal an.“

Montag / 10:10 Uhr

Die Tasse Espresso wirkte lächerlich in der schaufelartigen Hand des Hünen. Schon deshalb, weil er den kleinen Finger abspreizte, während er diese zum Mund navigierte. Eine Geste, die er sich nicht abgewöhnen konnte und immer wieder mal für Erheiterung in seinem Umfeld sorgte.

Jetzt stand er, das heiße Getränk schlürfend, in Jogginghose und Muskelshirt auf dem Balkon seiner Wohnung.

Die Aussicht war traumhaft.

Der Fluss, dessen glatte Oberfläche in der Morgensonne glitzerte und nur ab und zu von kleinen vorbeischippernden Booten aufgewühlt wurde. Die Trauerweiden am Ufer, bewegten sich sanft zu einem lauen Lüftchen als würden sie tanzen. Einige Enten watschelten über die Grasfläche und Schwäne, majestätisch den langen Hals emporgestreckt, schwammen auf dem Main.

Niemand, der ihn kannte hätte vermutet, dass ihn solche Dinge erfreuen könnten. Aber er schätzte diese Idylle. Sie erinnerte ihn an seine Kindheit in Brandenburg, als die Welt, *seine Welt*, noch in Ordnung war.

Nun, gefangen im Strudel der Kriminalität, in den er unfreiwillig geraten war, gaben ihm diese kleinen Wunder der Natur die Kraft weiterzumachen, durchzuhalten.

Er seufzte. *Manche würden für diese Wohnung morden.*

Der Gedanke traf den muskulösen und manchmal auch unbeholfenen Mann wie ein Blitz.

Wie konnte das letzte Nacht derartig aus dem Ruder laufen? Wieder einmal hatte er seine Kraft unterschätzt.

Montag / 10:20 Uhr

„Bei euch weiß auch die eine Hand nicht was die andere tut, oder?“, polterte Sergei Koslov. „Vor einer halben Stunde habe ich Ihren Kollegen alle Unterlagen über den König zugemailt. Meinen Sie etwa ich habe sonst nichts zu tun?“

„Dafür sind wir Ihnen auch sehr dankbar, Herr Koslov“, versuchte Herbert den aufgebrachten Mann zu beruhigen. „Aber ich bin unterwegs und konnte noch keinen Blick in die Unterlagen werfen. Ich will auch nur wissen, wie lange Sebastian König bei Ihnen beschäftigt gewesen war und weshalb Sie ihm gekündigt haben.“

Am anderen Ende der Leitung war ein deutliches Prusten zu vernehmen.

„Der Sebastian war bald fünf Jahre bei mir. Dann erwischte ich ihm mit Alkohol und das nicht nur einmal. So etwas toleriere ich nicht in meiner Firma. Das war vor zwei Monaten. Ich habe ihm sofort gekündigt.“

„Aha. Und Sie wissen nicht, wo er jetzt arbeitet?“

„Nein, und es interessiert mich auch nicht. Außerdem bin ich weder die Auskunft, noch das Arbeitsamt. Oder, wie der Laden heute heißt, die Bundesagentur für Arbeit. Habe ich auch schon ihrem Kollegen mitgeteilt. War’s das jetzt?“

„Die letzte Wohnadresse von Herrn König hätte ich dann noch gerne.“

Nach einem tiefen Atemzug und einem gebrummelten „Was ich alles gerne hätte“, erhielt Herbert auch diese Information.

„Ja, herzlichen Dank für Ihre Zeit und einen schön…“

Sergei Koslov hatte aufgelegt.

Herbert machte eine handschriftliche Notiz in ein kleines Buch unter der Überschrift: **Fall Klosterbrot**.

„Konntest du etwas erfahren?“ Helene kam ins Wohnzimmer und wischte sich die Hände an ihrer Schürze ab. Ein Duft von Zwiebeln und gebratenem Fleisch umgab sie.

„Ein unsympathischer Zeitgenosse“, kommentierte Herbert das kurze Gespräch. „Aber, wir habe wieder ein Puzzleteil. Jetzt gucke wir mal nach, was der Sebastian König so getriebe hat, in der letzten Zeit. Der is nämlich seit zwei Monate arbeitslos. Kommst de mit oder musst de aufs Gulasch aufpasse?“

„Natürlich komme ich mit. Das Gulasch braucht sowieso noch eine Weile. Wie kommst du auf **Fall Klosterbrot**?“, fragte Helene mit Blick über Herberts Schulter.

„Klostermühle war mir zu banal“, antwortete Herbert. „Und unser Klosterbrot ist doch überall bekannt.“

Die beiden gingen in den ersten Stock, wo Herbert sich in Nicoles ehemaligem Wohn- und Essbereich ein Büro eingerichtet hatte.

Er fuhr den Computer hoch und ging als erstes im sozialen Netz auf die Suche. Durch die Eingabe von Namen und Wohnort wurde er auch schnell fündig. Wie der Großteil der jungen und junggebliebenen Bevölkerung, dazu zählten natürlich auch Herbert und Helene, war Sebastian König auf Facebook präsent.

„Ach, so sieht der aus, wenn er net tot is. Gucke wir mal mit wem der so rumgehange hat. Alle Fotos werde wir aber net angucke könne. Dazu müsst er meine Freundschaftsanfrage bestätige, was ja jetzt schwierig sein dürfte."

„Schau doch erst einmal auf die Seite von der Security Firma", schlug Helene vor und setzte sich an Herberts Seite. „Vielleicht finden sich dort Aufnahmen von Firmenveranstaltungen oder ähnlichem."

„Gute Idee." Herbert rief die Internetseite von Sergei Koslovs Unternehmen auf, aber Fehlanzeige. Lediglich Information, die Koslovs Tätigkeiten umschrieben, und die glichen eher einem Abriss, so kurz war der Text gehalten sowie Telefonnummer und Öffnungszeiten fanden sich auf der Webseite. Auch keine Lichtbilder von Mitarbeitern. Nur ein finster dreinblickender, muskulöser Sergei Koslov.

Wahrscheinlich wechsele die zu oft, folgerte Herbert gedanklich.

„Der sieht genauso aus, wie der am Telefon rüberkommt. Mit dem is bestimmt net gut Kirsche esse. Apropos Essen." Herbert schnupperte. „Riecht irgendwie angebrannt."

„Ach herrje." Helene sprang auf und hechtete die Treppe hinab. Nach zwei Minuten rief sie: „Alles gut. Ich konnte das Gulasch noch retten."

Schau mer mal, wie der Kaiser sagt, dachte Herbert.

Montag / 11:20 Uhr

Versunken in düstere Gedanken spazierte der Mann im hellgrauen Anzug in den Klostergarten. Mehrere Kinder im Alter von 5 bis 7 Jahren tobten um ihn herum und rannten rechtsseitig durch das Tor ins Mühlengärtchen, zu den Ziegen und Schafen, einer Art Streichelzoo. Weit im Hintergrund stolzierten zwei weiße Pfauen auf und ab. Ihr durchdringendes Geschrei war weit über die Klostermauern hinweg zu hören.

Der Mann näherte sich der Klostermühle. Ein rotweißes Flatterband mit der Aufschrift *Polizeiabsperrung* blockierte den direkten Zutritt. Weswegen Schaulustige die Hälse reckten und mit hypothetischen Todesmöglichkeiten, was sich hier ereignet haben könnte, nur so um sich warfen.

Ins Mühlrad gefallen. Ein Unfall. Nein! Hineingestoßen. Mord?

Mit festem Schritt überquerte der Mann den Klosterhof, um vor dem Haus, in dem Ferdinand Roth wohnte, stehenzubleiben. Er schaute sich kurz um und klingelte. Sekunden später wurde ihm die Tür geöffnet.

„Was wollen Sie denn hier?“, fragte Ferdinand erschrocken.

„Ich muss mit Ihnen reden. Darf ich reinkommen?“

Erneut schaute der Mann nervös über seine Schultern.

Auch Ferdinand streckte kurz seinen Kopf aus der Tür.

„Kommen Sie.“ Er schubste den Mann beinahe in die Wohnung, schloss hektisch die Tür und dirigierte ihn ins Wohnzimmer. „Seien Sie leise. Meine Frau ist noch im Bad. Sie sollen doch nicht hierherkommen! Wenn jemand Sie gesehen hat.“

„Ich war vorsichtig. Keine Sorge.“

„Was gibt es denn so Dringendes, als dass Sie nicht anrufen konnten?“ Plötzlich weiteten sich Roths Augen. „Haben sie etwa…?“

„Nein, noch nicht.“ Der Mann schüttelte den Kopf. „Ich habe gehört, dass gestern hier die Leiche eines Mannes gefunden wurde. Soll sich um Mord handeln?“

„Ja, stimmt, furchtbar. Aber, ich verstehe nicht? Was hat…?“

„Ach, nichts. Ich habe mir nur Sorgen gemacht. Hätten ja genauso gut Sie sein können.“

„Ach so, ja, natürlich“, flüsterte Ferdinand Roth. „Wir sind auch alle noch geschockt.“

„Hat die Polizei schon einen Verdächtigen?“

„Nicht, dass ich wüsste. Wieso fragen Sie?“

„Nur so“, antwortete der Mann nachdenklich. „Ich nehme an, die Polizei hat hier, auf dem Klosterhof, alles abgesucht?“

„Natürlich haben die hier alles auf den Kopf gestellt. Wieso?“

„Ich dachte nur. Es interessiert mich halt. Und Sie? Ist Ihnen etwas Ungewöhnliches aufgefallen?“, hakte der Mann nach.

„Nein. Überhaupt nichts.“

„Ja dann“. Der Mann wandte sich zum Gehen. „Entschuldigen Sie bitte den Überfall. Wie gesagt, ich hatte mir nur Sorgen gemacht. Sobald ich eine Lösung gefunden habe, melde ich mich.“

Ferdinand schloss leise die Tür und strich über sein Kinn. Er sah dem Besucher hinterher, bis der aus seinem Blickfeld entschwunden war.

Montag / 11:45 Uhr

Helene schüttete gerade die Nudeln ab, als es an der Haustür Sturm klingelte.

„Herbert“, rief sie, „schau mal nach, wer das ist.“

Es schellte erneut und anhaltend.

„Herbert!“

„Ich bin ja schon unterwegs. En alte Mann is doch kein D-Zug.“

Er riss die Haustür auf. „Was machst en du hier? Wir esse gleich.“

„Ich muss euch unbedingt etwas erzählen.“ Gundula Krämer stürmte an Herbert vorbei in die Küche.

„Wisst ihr schon das Neuste?“

Helene und Herbert schauten sie stumm an.

„Es hat einen Toten gegeben, im Klosterhof. Stellt euch vor, der lag im Graben zwischen den Mühlrädern. Der Kopf von dem soll nur noch eine blutige Masse gewesen sein. Hab’s grad beim Metzger gehört.“

„Na passt doch“, murmelte Herbert.

„Hast du dein Essen anbrennen lassen, Helene? Es riecht so komisch.“

„Nee, wir mache des immer so, wege der Röstaromen. Uns schmeckt ’s dann besser“, entgegnete Herbert, setzte sich an den Tisch und gab demonstrativ eine große Portion Gulasch auf seine Nudeln.

„Ach, wirklich? Muss ich auch mal probieren. Ach, ja“, konzentrierte sich Gundel wieder auf den Grund ihrer

Stippvisite. Unsicher, ob des ungünstigen Zeitpunkts, flog ihr Blick zwischen dem Gulasch und Helene und Herbert hin und her.

„Ihr müsst da schnellstens hin. Am besten sofort."

„Warn wir schon, heut Morgen", erwiderte Herbert mit vollem Mund.

„Was? Ei, da habt ihr schon von der Leiche gewusst? Wieso lasst ihr mich dann die ganze Zeit reden?"

„Na, weil wir dich net unterbreche wollte", entgegnete Herbert. „Des is doch unhöflich."

„Ach so, ja. Also, was ich euch ausrichten soll ist, der Sepp und der Schorsch helfen gerne bei den Ermittlungen. Und ich natürlich auch."

Das hatte ich befürchtet. Herbert bemühte sich um einen neutralen Gesichtsausdruck. „Welche Ermittlungen?"

„Die beiden sind auch schon informiert?" fragte Helene.

„Deshalb bin ich doch so spät dran. Jetzt muss ich aber noch Mittag kochen."

Sie schielte noch einmal auf das Essen und trat unschlüssig von einem Bein auf das andere. Als die erhoffte Reaktion einer Einladung ausblieb, sagte sie: „Dann mal guten Appetit. Meldet euch, wenn's für uns etwas zu tun gibt."

„Da kannst de mal wieder sehe, wie's zugeht", sagte Herbert, als Gundel zur Tür draußen war. „Unte, beim Schwane, hast de dir die Hand angeschlage und am Bahnhof, is de Arm ab."

„Schmeckt es dir denn?"

„Ja, schmeckt prima", antwortete Herbert.

Helene schmunzelte. „Glaubst du, die Gundel meinte das ernst mit dem nachkochen?“

Herbert nickte. „Da kannst de Gift drauf nehme. Und selbst wenn’s dann wirklich net schmeckt und sie des ganze Esse wegschmeißt, tät se des niemals zugebe. Aber, es schmeckt wirklich. Vor allem die Nudel sind erste Klasse.“

Helene warf mit dem Küchenhandtuch nach Herbert.

Montag / 11:50 Uhr

Sebastian Königs 1-Zimmer-Dachgeschoss-Wohnung lag im dritten Stock eines Sechs-Familien-Hauses. Die Tür war nur angelehnt. Nicole und Harald sahen sich an. Sofort zogen die erfahrenen Beamten ihre Waffen.

In dem etwa dreißig Quadratmeter großen Raum fanden sie ihre Annahme bestätigt. Hier hatte sich jemand unbefugt Zutritt verschafft.

Die Schubläden eines niedrigen Büffetschranks waren herausgerissen und lagen, neben Socken und Unterwäsche, auf dem Fußboden. Ebenso die Kleidungsstücke, die vermutlich auf dem mobilen Wäscheständer, der zum Kleidungsständer umfunktioniert worden war, gehangen hatten.

Das Bett unter der Schräge sah durchwühlt aus und der Getränkekühlschrank stand offen. Nachdem auch das Bad, mehr eine Nasszelle von zirka zwei Quadratmeter, von Harald Weinert als gesichert erkannt wurde, zogen die Beamten Einweghandschuhe an, zwecks eingehender Durchsuchung, was schnell erledigt war.

Ein Zwei-Platten-Campingkocher auf dem Büffet fristete ein offensichtlich tristes Dasein. Daneben Teller, Tassen, Gläser und Besteck, teils benutzt.

„Keinen Hinweis auf einen Fernseher oder ein Radio", stellte Nicole fest.

„Aber einen Laptop muss der König besessen haben", entgegnete Harald und hielt das Anschlusskabel für einen Rechner in den Händen.

„Den der Einbrecher mitgenommen hat“, kommentierte Nicole.

Harald bückte sich nach Briefen die ebenfalls verstreut auf dem Boden lagen und setzte sich, zur Durchsicht derselben auf einen der Campingstühle.

„Der stand wirklich nicht auf der Sonnenseite des Lebens“, sagte Harald halblaut. „Handelt sich größtenteils um Mahnungen von Stromanbietern und Versicherungsagenturen. Hier ist eine Nebenkostenabrechnung und die dazugehörige Zahlungserinnerung seiner Vermieterin, Luise Sonntag.“

„Im Bad, oder wie auch immer man das nennen will, ist auch nichts Ungewöhnliches. Rasierer, eine offene Tube Zahnpasta und glitschige Seife auf dem Waschbecken. Im Spiegelschrank liegen eine angebrochene Packung Aspirin und ein Päckchen Papiertaschentücher, sowie ein Plastiksack mit schmutziger Wäsche in einer Ecke. Ich habe vorsichtshalber mal alles fotografiert. Also nicht die schmutzige Wäsche“, fügte Nicole hinzu.

Harald lachte. „Hatte ich auch nicht erwartet.“ Er hob einen Werbezettel einer Pizzeria auf, der ihm auf den Boden gefallen war. „Moment mal. Was ist das?“

„Was?“ Nicole folgte ihrem Kollegen mit den Augen. Der kniete vor dem Bett und holte einen dunklen dünnen Gegenstand unter dem Bettgestell hervor.

„Ein Laptop?“ Ungläubig schauten sich die beiden Kommissare an.

„Hat unser Einbrecher wohl übersehen“, grinste Harald, wie ein Erstklässler, der eine Schultüte voll mit Süßigkeiten in der Hand hält.

Beim Verlassen der Wohnung klebte Nicole ein Polizeisiegel an die Tür, während Harald an der Nachbarwohnung klingelte.

„Da werden Sie kein Glück haben. Die sind am Arbeiten."

Eine etwa Mitte 70 Jahre alte Frau kam schnaufend die Treppe hoch. „Genauso, wie alle anderen anständigen Mieter im Haus."

Misstrauisch unterzog sie die Kommissare einer Ganzkörperinspektion. „Wer sind Sie? Wollen Sie ausspionieren, wer wann zu Hause ist, um dann die Wohnungen leerzuräumen? Da werden Sie bei dem da kein Glück haben."

Dann sah sie das Klebeband an der Tür zu Sebastian Königs Wohnung. „Ja was soll denn das?"

„Wir sind von der Polizei. Mein Name ist Wegener, mein Kollege Weinert." Nicole zeigte ihren Ausweis.

„Das wird aber auch Zeit, dass sich die Polizei hier mal blicken lässt. Ich habe schon ein paar Mal auf der Wache angerufen. Aber immer heißt es, dafür sind wir nicht zuständig."

„Und weshalb haben Sie angerufen?", fragte Nicole ruhig.

„Na, weil der Kerl mir zwei Monatsmieten schuldet. Ich will, dass der Nichtsnutz endlich auszieht. Zuvor will ich aber meine ausstehenden Mieten. Deshalb bin ich hier. Auf meine Briefe reagiert der ja nicht."

„Und Sie sind?", erkundigte sich Harald.

„Ich? Ich bin die Hauseigentümerin, wer denn sonst?"

„Und Ihr Name?"

„Luise Sonntag. Wollen Sie meinen Ausweis sehen, damit Sie mir glauben?"

„Das wäre nicht schlecht, Frau Sonntag“, antwortete Nicole. „Seit wann wohnt denn Herr König hier?“

„Seit drei Jahren. Anfangs war auch alles in Ordnung. Aber so ist das halt mit den jungen Leuten. Man kann sich nicht mehr auf sie verlassen“, brummelte sie, den Kopf in ihrer Tasche vergraben. „Ach, da ist ja mein Portemonnaie. Dachte schon, es wäre mir geklaut worden. Heutzutage muss man ja mit allem rechnen.“

Harald notierte die Personaldaten von Frau Sonntag und gab ihr den Ausweis zurück.

„Wann haben Sie Herrn König das letzte Mal gesehen?“, wollte Nicole wissen.

„Gesehen habe ich den schon Monate nicht mehr. Und, seit ich ihm die erste Mietmahnung geschickt habe und die Nebenkostenrechnung gleich mit, ging der nicht mal mehr ans Telefon. Und, wie geht es jetzt weiter? Muss ich noch zur Wache und etwas unterschreiben, damit der Mensch endlich auszieht und ich zu meinem Geld komme?“

„Frau Sonntag, wegen der ausstehenden Miete würde ich mir, an Ihrer Stelle, keine allzu große Hoffnung machen. Aber, zumindest werden Sie mit Herr König keinen Ärger mehr haben“, sagte Harald. „Er ist tot.“

Luise Sonntag schluckte.

Sollte sie wirklich eine Art von Mitgefühl am Tod ihres ehemaligen Mieters zeigen? fragte sich Harald.

Der Schein trog.

„Ab wann kann ich die Wohnung räumen lassen?“

„Wenn die Spurensicherung hier gewesen ist und ihre Arbeit beendet hat“, antwortete Nicole. „Bis dahin darf hier niemand, außer der Polizei, rein. Falls sich doch irgendwer Zugang zu der Wohnung verschafft, ist das eine Straftat. Nur so, zu Ihrer Information, Frau Sonntag.“

Montag / 12:50 Uhr

„Ich habe hier die Personalakte von Sebastian König“, rief Lars Hansen, als Nicole und Harald das Büro betraten. „Und ich habe schon mal die Bundesagentur für Arbeit kontaktiert, von wegen, wo und ob König überhaupt, seit er bei der Security-Firma entlassen wurde, gearbeitet hat.“

„Und, wie sieht's bei dir aus? Gibt es bald Grund zum Feiern?“, wollte Nicole, mit einem spitzbübischen Lächeln um die Lippen, wissen.

Ihre Frage bezog sich auf Lars‘ Weiterbildung zum Kriminalhauptkommissar, zu der er sich endlich entschlossen hatte.

„Sieht gut aus“, antwortete dieser mit starrem Blick auf seinen Bildschirm. Dabei strich er eine Strähne seiner fast schon wieder schulterlangen braunen Haare hinter die Ohren.

„Die Wohnung unseres Opfers wurde bereits durchsucht, von wem auch immer“, setzte Harald seinen Kollegen in Kenntnis. „Aber den hier, hat der Täter wohl übersehen.“ Er hielt den Laptop von Sebastian König, in die Höhe. „Werde ich mir gleich mal vornehmen.“

„Viel Glück, Großer“, antwortete Lars auf die Mail konzentriert, die sich gerade ankündigte. „Hier ist die Antwort von der BfA. Sebastian König, wohnhaft in Karlstein“, trug er laut vor. „Seit dem ersten April dieses Jahres arbeitslos gemeldet. Bis jetzt keine neue Arbeitsstelle. Das war's.“

„Liegt der Bericht der KTU schon vor, wegen des Handys?“ erkundigte sich Nicole und blickte sich suchend um.

„Nee.“ Lars schüttelte den Kopf. „Aber, bitte ruf dort *nicht* an. Die kriegen sonst ein *Wegener-Trauma*, du weißt, was ich meine? Außerdem kam bereits eine Kurzinfo von den Leichenfledderern. Liegt auf deinem Schreibtisch. Die Obduktion vom König ist für 15 Uhr angesetzt. Soll ich die Staatsanwaltschaft informieren oder willst du deine guten Verbindungen ölen?"

Nicole schmunzelt. „Nee, mach du nur. Darfst auch gerne zur Sektion mitkommen."

„Danke. Aber nein, mein Bedarf an Toten habe ich gestern Abend bereits gedeckt. Der Film hatte es in sich", antwortete Lars.

„Was guckst du dir auch solche Horrorstreifen an", erwiderte Harald. „Womöglich hast du dabei auch noch ein halbrohes Steak gegessen."

Die Vorliebe seines Kollegen nach Filmen, in denen Zombies und sonstige Untoten vorkamen, konnte er nicht nachvollziehen.

„Übrigens geben Andy und ich am Samstagabend eine Einweihungsparty. Ich hoffe, ihr beide kommt", warf Nicole dazwischen.

„Klar", tönten Harald und Lars einstimmig.

„Das lassen wir uns doch nicht entgehen", setzte Lars nach. „Was gibt's zu essen?"

„Weiß ich noch nicht", erwiderte Nicole. „Ganz bestimmt aber Steaks. Das klären wir heute Abend, mit Helene und Herbert."

Und noch einiges mehr, fügte sie gedanklich hinzu.

Fünfzehn Minuten später rief Harald. „Bin im Rechner."

Nicole und Lars postierten sich links und rechts von ihrem Kollegen und schauten zusammen auf den Bildschirm.

Hauptsächlich befanden sich Musikvideos und Fotos von König und seinen Kumpels drauf, aufgenommen in immer dem gleichen Lokal. Der schummrigen Beleuchtung nach zu urteilen und der aufreizend bekleideten Damen, handelte es sich um eine Nachtbar.

„Das sind ja heiße Bräute“, äußerte Lars.

In einem anderen Ordner waren drei Bewerbungsschreiben, an Security-Firmen und an eine Detektei, bei denen sich König um einen Job bemüht hatte; offenbar ohne Erfolg.

„Sehr übersichtlich“, bemerkte Harald.

„Was ist das?“ Nicole zeigte auf eine Datei mit der Bezeichnung *Objekte*.

Nach und nach taten sich Fotos von mindestens zwanzig Häusern der gehobenen Mittelklasse auf.

„Wollte der sich ein Haus kaufen? Wovon?“, wunderte sich Harald. „Seine Bude machte nicht den Eindruck, als schwimme er im Geld.“

„Ich besorge uns einen Beschluss für Königs Finanzen.“

Kurz, bevor Nicole die Tür zu ihrem Büro hinter sich zuzog, drehte sie sich nochmal zu ihren Kollegen um.

„Prüft, ob es in den letzten Wochen vermehrt zu Einbrüchen in entsprechende Häuser in der Umgebung von Aschaffenburg und Alzenau gekommen ist. Bauchgefühl.“

Die beiden Kommissare machten sich sofort an die Arbeit und Nicole telefonierte mit ihrem Vorgesetzten, Dr. Ludwig Lechner, Erster Kriminalhauptkommissar des K11.

Nach einigem Hin und Her und der altbekannten Leier, wegen Datenschutz, der auch im Todesfall noch gilt, sagte Nicole leicht genervt: „Ich kann mir nicht vorstellen, weshalb der Staatsanwalt mein Ersuchen zur Einsicht der Finanzen von Sebastian König ablehnen sollte."

„Na ja. Ja, ich besorge den Beschluss", brummte Dr. Lechner ungehalten und legte auf.

Nicole hingegen verzog amüsiert das Gesicht. Noch mehr, als ihre beiden Kollegen, machte sich ihr unmittelbarer Vorgesetzter sehr viele Gedanken um die plötzlich gute Zusammenarbeit zwischen dem Staatsanwalt, Falk von Lindenstein, und seiner Hauptkommissarin. Er konnte diese veränderte Situation nicht einschätzen, und das machte ihn geradezu verrückt.

Kaum hatte Nicole den Hörer auf die Station gelegt, klingelte es erneut.

„Wegener. Oh, Herr Lindner – ja Martin. Entschuldigung."

Vor einigen Monaten hatte der Leiter der Gerichtsmedizin, Dr. Martin Lindner, ihr das Du angeboten. Und obwohl Nicole stets schon einen guten Draht zum *Doc* hatte, war ihr das vertrauliche Du noch immer ungewohnt, nach all den *Sie-Jahren.*

„Na das ging aber schnell ... Ach, keine andere Leiche seit gestern? Das tut mir leid." Nicole hörte am anderen Ende der Leitung ein herzhaftes Lachen. Dann die Frage, ob sie an ersten Informationen interessiert sei.

„Na klar, bin ich neugierig, wie immer ... Spuren von Papier und schwarze Kunststofffasern unter den Fingernägeln? interessant ... Nein, wir haben weder einen Kunststoffbeutel oder ähnliches, noch eine Papiertüte am Tatort gefunden ... Ja, das verzerrte Gesicht ist uns aufgefallen. Sah aus, als ob sich unser Opfer mächtig erschrocken hätte... Ja, auch die

Druckstellen am Hals ... Was? Druck auf den Karotissinus? Du willst damit sagen, ihm wurde die Halsschlagader abgedrückt?“

Nicole schluckte unwillkürlich.

„Ja, danke vorerst. Ach Martin, bevor ich’s vergesse. Du kommst doch mit deiner Frau am Samstag zu unserer Einweihungsparty? ... Super! Sagst du bitte auch Viktor Bescheid? ... Natürlich kann er seine Freundin mitbringen. Ich wusste nicht, dass es da jemanden gibt.“

Erneut fiel Nicole auf, dass alle ihre Bekanntschaften und Freundschaften sich ausschließlich aus Kollegen zusammensetzten. Nicht mal eine *beste* Freundin hatte sie, die nichts mit ihrer Arbeit zu tun hatte, abgesehen von Helene. Sie war aber auch eher in die Kategorie *mütterliche Freundin* einzureihen. Andererseits, wann hätte sie denn die Zeit eine echte tiefere Freundschaft zu pflegen?

„Gibt’s was Neues von unseren Freunden aus Sachsenhausen?“, erkundigte sich Lars.

„Viktor hat eine Freundin. Hat das jemand von euch gewusst?“

Kollektives Kopfschütteln.

„Hoffentlich ist sie nicht so leichenblass wie seine Klienten“, bemerkte Lars spöttisch. „Obwohl es zu ihm passen würde.“

„Ihr werdet sie am Wochenende kennenlernen“, erwiderte Nicole. „Und jetzt zu unserem Fall. Es handelt sich definitiv um Mord, und wir suchen nach einem großen und kräftigen oder zumindest durchtrainierten Mann und er muss Kenntnis in der menschlichen Anatomie besitzen. Laut Dr. Lindner wurde Sebastian König die Halsschlagader abgedrückt. Er könnte also schon nicht mehr bei Bewusstsein gewesen sein, als er in das Mühlrad stürzte. Außerdem fanden die Kriminaltechniker Papierfasern und Spuren von schwarzem Kunststoff unter seinen Fingernägeln."

„Die Jungs von der Security hatten schwarze Kunststoffrucksäcke dabei, machten aber auf mich nicht gerade den Eindruck nach medizinisch qualifizierten Supertalenten und auffallend groß waren sie auch nicht, durchtrainiert schon", grübelte Harald. „Aber einer der Anwohner des Klostergeländes war sehr groß. Herbert unterhielt sich mit ihm. Wie war noch sein Name?" Harald nahm sein iPad zu Hilfe. „Ach ja. Ferdinand Roth."

„Nach Josef Maiers Angabe, wollten Helene und Herbert dem Roth *nur* einen Besuch abstatten. Check mal seinen privaten Hintergrund." schlug Nicole vor.

Ihr Handy kündete eine eingehende Nachricht an.

„Na also. Wir haben die Erlaubnis in Sebastian Königs Finanzen herumzustöbern. Ich übernehme das."

„Übrigens, dein Bauchgefühl hat sich mal wieder als richtig erwiesen", sagte Lars. „In einigen der Häuser, von denen Fotos auf Königs Rechner sind, wurde in den letzten zwei Monaten tatsächlich eingebrochen und Schmuck und Geld entwendet. Unter anderem wurde aus einer Villa, die einem Apotheker aus Alzenau gehört, ein offenbar wertvoller Leuchter geraubt. Der Diebstahl wurde sofort am nächsten Tag bei der Versicherung gemeldet. Und hier ist ein Foto des Kandelabers, falls der zum Verkauf angeboten würde."

„Das ist kein Kandelaber, sondern ein Menora-Leuchter“, berichtigte Harald.

„Wenn du das sagst, Besserwisser“, nuschelte Lars.

„Wenn es sich tatsächlich um ein echtes Stück handelt“, fuhr Harald unbeirrt fort, „ist es höchstwahrscheinlich aus purem Gold und ein kleines Vermögen wert.“

„Nutzt dem Dieb aber wenig, wenn er den Leuchter nicht verhökern kann“, antwortete Lars.

„Es sei denn, ein Sammler kauft ihn und ergötzt sich an seiner Beute im tiefen Keller“, gab Harald zu bedenken.

„Woher hast du all diese Erkenntnisse?“, wollte Nicole von Lars wissen. „Das kann doch unmöglich auf öffentlichen Webseiten zu sehen sein.“

„Ich habe die bayrischen Kollegen angerufen.“

„Wie, du hast schon mit denen gesprochen?“

„Na klar, Boss. Sie kommen in den Einbruchsfällen aber keinen Schritt weiter, wurde mir versichert. Auch Fehlanzeige bei Fingerabdrücken.“

Nicole nickte anerkennend mit dem Kopf.

„Du denkst, es gibt eine Verbindung zwischen den Einbrüchen und unserem Opfer, stimmt's?“ Harald sah Nicole lauernd an.

„Könnte doch sein“, erwiderte sie. „Ist bekannt, wem der Leuchter entwendet wurde?“

Lars blätterte kurz in seinen Unterlagen. „Ein Willibald Eisenbart.“ Er grinste. „Kein Witz, der heißt wirklich so. Wohnt in Alzenau und hat dort eine Apotheke.“

„Ok.“ Auch Nicole musste lächeln. Wieder im ernsten Ton ordnete sie an: „Grabt euch tiefer ins Leben von König.

Welche Hobbys hatte er, ging er ins Fitnessstudio – als Einbrecher musst du doch gut in Form sein.“ Sie schmunzelte erneut. „Mit wem trieb er sich herum. Freunde, Freundin, Bekannte – einfach alles, ihr wisst schon.“

Während Harald und Lars sich der Aufgaben widmeten, sah sich Nicole die finanzielle Situation von Sebastian König an. Wie bereits vermutet, besaß der Tote weder ein Sparkonto noch irgendwelche Bausparverträge oder sonstige Rücklagen. Der Kontokorrentkredit seines Girokontos war ebenfalls bis auf den letzten Cent aufgebraucht.

Da kommt ein Nebenjob als Einbrecher gelegen. Aber dann muss er das Zeug auch loswerden.

Eine Mail von Polizeihauptkommissar Maier unterbrach kurzzeitig ihre Gedankengänge.

Hallo Frau Wegener.

Auf S. König ist ein VW Golf zugelassen. Kennzeichen – AB SK 511. Noch nicht aufgefunden. Bleiben weiter dran.

Gruß Maier, Polizeihauptkommissar.

Erneut öffnete Nicole die Fotodatei von Sebastian König, die Harald mittlerweile auf ihren Computer geschickt hatte. Immer wieder blieb ihr Blick an dem Lokal hängen, in dem König wohl öfter verkehrte und druckte das Foto aus.

Einer inneren Eingebung folgend, klickte sie sich über Google durch Aschaffenburgs nachtaktive Kneipen und Bars und in deren Homepages und verglich, soweit vorhanden, das Ambiente mit der Aufnahme.

Eine Viertelstunde später rief sie: „Jungs, ich glaube, ich habe das Lokal gefunden.“

„Willst du etwa deine Einweihungsparty in einer Gaststätte feiern?“, fragte Harald verwirrt.

„Unsinn! Ich habe womöglich die Bar gefunden, in der König seine Abende verbrachte.“

Sofort waren Harald und Lars zur Stelle.

„Ja, das könnte die Kneipe sein“, stellte Harald fest, wobei sein Blick von der ausgedruckten Aufnahme zu dem Foto auf Nicoles Computer wanderte.

„Mal angenommen, der König steigt in die Häuser ein – warum sonst sollte er Fotos auf seinem Rechner horten – dann steht auch jemand hinter ihm, der das Zeug verhökert. Aber wir haben nichts in seiner Wohnung gefunden, was annähernd nach Diebesgut aussieht. Demnach…“

„…stiehlt er im Auftrag“, beendete Lars Nicoles Hypothesen.

„Wie wäre es, wenn einer von euch diese Lokalität mal näher unter die Lupe nimmt?“, schlug Nicole vor.

„Super! Darf ich mich jetzt ins verruchte Nachtleben von Aschaffenburg stürzen?“, bot Lars sich sofort an.

„Ich hatte gehofft, dass du fragst“, lachte Nicole.

Auch Harald Weinert war erleichtert. Anstatt sich in derartigen Etablissements herumzutreiben, verbrachte er seine freie Zeit lieber mit seiner Freundin. Allein der Gedanke an die harmonischen Abende zauberte ein Lächeln in sein Gesicht.

„Vergiss aber bitte nicht, du bist im Dienst – bedeutet keinen Alkohol, oder nur wenig. Die bayrische Polizei versteht in der Beziehung keinen Spaß“, belehrte er seinen Kollegen.

Montag / 13:20 Uhr

Helene hatte sich nach dem Mittagessen für ein Viertel Stündchen aufs Ohr gelegt und Herbert surfte im Internet als das Telefon klingelte.

Beim Blick auf das Display seufzte er. „Sepp, was gibt's?"

„Jesesmaria. Host de jetzt aach bei de Helene so e Überwachungsdings oigebaut? Mer kemmt sich ja schon vor wie bei de Stasi."

Obwohl Herbert schon oft Josef Richter, seinem ehemaligen Nachbar, erklärt hatte, dass bei den *neueren* Telefonapparaten die Nummer des Anrufers meistens sichtbar ist, wollte diese Information sich nicht so richtig in dessen Gehirnwindungen einfügen. Vermutlich deshalb, weil Sepp selbst noch immer ein analoges Telefon mit Wählscheibe besaß.

Daher antwortete Herbert nun: „Man kann net vorsichtig genug sein."

„Host de aach widder recht, bei dene viele Lumpe, die sich heutzudaach rumtreiwe. Erst neulich hot in der Zeitung gestanne, dass sich do oaner als Enkel ausgewe hot und ner alt Fraa ihr Gespartes abgeluxt hot."

„Na, da brauchst du dir ja keine Sorge zu mache", erwiderte Herbert. „Du hast ja nix auf de Bank; sagst de jedenfalls immer."

„Hab ich aach net. Is alles bei dem Umbau fer die Elfi druffgegange. Hätt net soi misse, aber was tut mer net alles fer soi Dochter."

„Sepp, warum rufst de an?“, unterbrach Herbert den Sermon, der er schon so oft gehört hatte. „Soll ich dich zum Dokter fahr‘ n?“

„Zum Dokter? Warum zum Dokter?“ fragte Sepp erstaunt. „Ich brauch koan Dokter, seit die Gundel…“ Er stockte und hustete verlegen. Dann blaffte er Herbert an: „Red net so en Kokolores.“

Jetzt wurde Herbert hellhörig. Vor mehr als einem Jahr hatte er Sepp und auch Schorsch regelmäßig, mindestens einmal im Monat zum Arzt gefahren, wofür Sepps Tochter Elfi, ihm sehr dankbar war. Eine Autofahrt mit ihrem Vater brachte die 67-jährige regelmäßig an die Grenzen ihrer Belastbarkeit.

Herbert hingegen schaltete bereits nachdem Sepp in den Wagen eingestiegen war, seine Ohren auf Durchzug. Das führte schnell zu meditativem Schweigen, hatte jedoch nichts mit Besinnlichkeit zu tun. Indem Herbert einfach Sepps Ratschläge ignorierte, was die Führung eines Fahrzeugs im Straßenverkehr betraf, zumal Sepp selbst nie ein Auto gesteuert, geschweige denn den Führerschein gemacht hatte, war dieser vorübergehend eingeschnappt.

Jetzt erinnerte sich Herbert, dass sich diese nachbarschaftlichen Gefälligkeiten stark reduziert hatten.

Der Umzug in Helenes Haus, sowie sein eigenes zu entrümpeln, hatte ihn einfach Zeit gekostet und abgelenkt.

Seit wann hat des aufgehört, überlegte er nun. *Eigentlich schon nach Sepps 90. Geburtstag.*

Sofort keimte ein schlimmer Verdacht in ihm auf und unwillkürlich robbte sich die Erinnerung an das absurde und berauschende Szenario vor etwa zwei Jahren in sein Gehirn.

Sepp, Schorsch und Gundel im Rausch durch mit Cannabis *verunreinigte* Kekse. Sollte das etwa…?

„Ich ruf‘ weeche der Leich‘ an, die se im Klosterhof gefunne hawe“, wurde Herbert aus seinem geistigen Rückblick gerissen. „Waas mer schon wer des is? Die Gundel hot verzählt, dass des ganze Gesicht von dem nur noch Matsch wär‘.“

„Na, dann muss es ja stimme“, erwiderte Herbert halblaut.

„Awer, der kann mer aach net alles glawe. Hot dem werklich oaner mit so em Trumm des Gesicht zu Brei geschlache?“

„Net wirklich“, antwortete Herbert. „Des Gesicht war nur sehr stark verzerrt. Die Auge warn weit aufgerisse und de Mund auch.“

„Jesesmaria. Vielleicht hot der sich vor irschendwas so erschrocke und es hot en de Schlaach getroffe. Des is in dene Horrorfilme von de Gundel genauso.“

„Die Gundel guckt Horrorfilme?“ Herbert war verwirrt.

Die gruselst doch schon bei dem Gedanke an eine Leiche.

„Nur mit uns zusamme“, rutsche es Sepp heraus. „Jesesmaria“, rief er gleich danach ins Telefon. „Du host awer aach a Art an dir. Des is ja schlimmer wie e Verheer bei de Polizei.“

Nach einem Moment der Stille sagte Sepp: „Des saachst de jetzt awer net de Elfi, gell?“

„Nein“, versprach Herbert, vor dessen geistigem Auge sich erneut Bilder manifestierten, die er nicht wirklich sehen wollte.

Sepp, Schorsch und Gundel nebeneinander auf der Couch; auf dem Tisch Schnaps, Rotwein und Kekse – in denen Gott-weiß-was verbacken worden war und auf der Mattscheibe wechselten sich Halloween, Es und Der Exorzist ab.

Was die so treibe, in ihrm Alter. Hoffentlich wern mer mal net so, wenn die Helene und ich alt sind.

„Jetzt saach schon, wer is des jetzt, die Leich‘ moan ich?“, ließ Sepp nicht locker.

„Kennst de bestimmt net. Is net von hier“, antwortete Herbert genervt. „Ein Sebastian König aus Karlstein.“

„Sebastian König?“, wiederholte Sepp laut. Herbert hörte gedämpftes Gemurmel im Hintergrund.

„Kenne mer net.“

„Ach, der Schorsch is bei dir?“, mutmaßte Herbert.

„Eh, ja. Mer wolle jetzt mol en Spaziergang in de Klostergadde mache. Mol gucke, was do so abgeht, wie moin Enkel, de Leon, immer seecht.“

„Wenn se euch schon reinlasse“, brummte Herbert.

„Saach mol, woher weißt de eichentlich, dass de Schorsch do is? Host de bei mir jetzt aach schon Kameras oigebaut?“

„Überwachung rundum, Sepp. Jetzt, wo Kriminalbeamte in deiner Nachbarschaft wohne, musst de noch vorsichtiger sein.“ Herbert gluckste und legte auf.

„War das der Sepp?“ Helene stand im Türrahmen.

Herbert nickte. „Er hat sich wege der Leiche erkundigt und ob wir schon was wüsste.“

„Und was sollte das mit *Überwachung rundum*? Du musst ihm nicht noch mehr Flausen in den Kopf setzen“, rügte Helene. „Er ist ohnehin schon kaum mehr zu bremsen, erzählte mir die Elfi vor kurzem.“

„Ach ja?“ Herbert drehte sich auf seinem Bürostuhl in Helenes Richtung. „Wie soll ich des verstehe?“

„Naja. Der Sepp und der Schorsch hängen, in letzter Zeit, ständig mit der Gundel zusammen, wo sie doch früher Spinnefeind waren. Jetzt gehen die drei sogar oft spazieren.“

Und gucke Horrorfilme, warf Herbert in Gedanken dazwischen.

„Natürlich freut‘s die Elfi, wenn es ihrem Vater gutgeht. Aber, jedes Mal, wenn er zurück ist, sagt sie, wäre er wie aufgedreht. Und seine Medikamente nimmt er auch nicht mehr regelmäßig.“

„Hm.“ Herbert strich mit der rechten Hand über sein Kinn. „Hab auch grad drüber nachgedacht, dass ich die zwei schon lang net mehr zum Arzt gefahrn hab. Ich sag dir, irgendwas is da faul im *Staate Dänemark*. Und jetzt grad hat der Sepp verlaute lasse, dass er mit em Schorsch, in de Klostergarte gehe will. Mal gucke, was da so abgeht“, wiederholte Herbert Sepps Ausdrucksweise.

Montag / 15:00 Uhr

Die Fassade der ehemaligen Villa Euler in der Kennedyallee in Sachsenhausen gaukelte dem Betrachter ein ganz normales Stadthaus der gehobenen Bevölkerungsschicht vor.

Die meist unterkühlten Kunden, die in dieses Haus gebracht wurden, würden etwas ganz anderes erzählen, wenn sie denn dazu noch in der Lage wären. Meist lagen sie, nur mit einem weißen Leinentuch bedeckt, auf den kalten stählernen Tischen und ergaben sich still ihrem Schicksal. Nur selten kam es vor, dass, wenn der Gerichtsmediziner das Skalpell ansetzte, einer einen letzten Seufzer, in Art eines Zischens, von sich gab.

Nicole hoffte bei jeder Sektion, die ihrer Anwesenheit bedurfte, dass ihr solch ein letzter Gruß, wie Dr. Lindner das Entweichen der Luft aus einem toten Körper bezeichnete, erspart bliebe.

Der 32 Jahre alte Sebastian König lag auf einem solchen Tisch. Um ihn herum standen der Staatsanwalt, Dr. Falk von Lindenstein, Kriminalhauptkommissarin Nicole Wegener, ihr Kollege, Kriminalkommissar, Harald Weinert, sowie Dr. Martin Lindner und einer seiner Mitarbeiter.

Dr. Ludwig Lechner, hatte sich mal wieder – wegen dringender Termine – entschuldigen lassen.

Alle fröstelten ein wenig oder hatten zumindest eine Gänsehaut. Abgesehen von Dr. Lindner und seinem Kollegen.

Zuerst wiederholte der Gerichtsmediziner, was der Notarzt am Tatort, bei der ersten äußeren Leichenbeschau bereits festgestellt hatte. Dann zeigte er auf die bläulichen Verfärbungen am Hals des Opfers, von dessen Entstehung er Nicole in Kenntnis gesetzt hatte.

„Der Ärmste ist durch Reizung der Barorezeptoren in der Wand des Karotissinus vom Leben zum Tode befördert worden. Heißt: Die Blutzufuhr zum Gehirn wurde unterbrochen, er bekam keine Luft mehr und erstickte. Das bestätigen auch die Einblutungen in seinen Augen. Es kam zu Blutdruck- und Pulsabfall und unvermeidlich, nun ja, zum Herzstillstand. Nein, nicht ganz, pardon. Ich muss mich verbessern, nicht unvermeidlich. Manche Kampfsportler beherrschen diesen Griff und es kommt nur kurzzeitig zu einer Atemlähmung. Entweder der Mörder war sich der Wirkungskraft dieser besonderen Technik nicht bewusst. Oder, es war Absicht. Aber das herauszufinden ist eure Sache.“

„Unserem Opfer wurde die Halsschlagader abgedrückt?“, stellte Harald mehr für sich klar. „Erklärt das auch den verzerrten Gesichtsausdruck?“

„Nein. Der deutet auf eine Panikattacke hin, kurz vorher. Der Tod wurde definitiv durch die Erregung der Barorezeptoren durch einen Ast des Nervus glossopharyngeus an die Kreislaufzentren im verlängerten Mark und an den Nervus vagus weitergeleitet, herbeigeführt.“

„Alles klar“. Harald nickte, obwohl er kein Wort verstanden hatte. Nur so viel, dass das Opfer sich zu Tode erschrocken hatte, bevor ihm auch noch die Luft abgepresst wurde.

Normalerweise drückte sich der Doc, auch für Laien, verständlich aus. Vermutlich lag es an der Anwesenheit von Staatsanwalt Dr. Falk von Lindenstein, vor dem er mit präziser Sachkenntnis glänzen wollte.

„Zudem hatte Sebastian König einen angeborenen Herzfehler. Dennoch war der Mann sportlich und ansonsten kerngesund“, ergänzte Dr. Lindner.

„Aha. Also ist der Ärmste, trotz angeborenem Herzfehler, nicht an Herzversagen gestorben“, sagte Nicole mit hochgezogenen Augenbrauen.

„Letztlich sterben wir alle an Herzversagen.“

Dr. Lindner lächelte nachsichtig.

Montag / 15:30 Uhr

Sepp kannte kein Erbarmen. Seinen Rollator vor sich herschiebend, teilte er die Touristen, die sich auf dem Marktplatz versammelt hatten, wie seinerzeit Moses das rote Meer. Gundel und Schorsch – letzterer derzeit mit Gehstock – folgten direkt dahinter.

Nicht, dass der 88-jährige auf die Gehhilfe angewiesen gewesen wäre. Es amüsierte ihn einfach, wenn die Leute respektvoll Abstand hielten, sobald er den Stock bei jedem Schritt leicht anhob. Zudem war er der Ansicht, sich damit verteidigen zu können, sollte ein Halunke versuchen, durch irgendwelche hinterlistigen Taschenspielertricks, an seine Geldbörse zu gelangen.

Seit letzte Woche ein entsprechender Artikel im Seligenstädter Heimatblatt auf Kleinkriminelle aufmerksam machte, die um eine kleine Geldspende für irgendwelche dubiosen Hilfsorganisationen Passanten ansprachen, hoffte Schorsch auf *seine* Gelegenheit.

Dene Dreggwiwwel werd ich oans üwerbrate, dass dene Heern und Sehe vergeht, teilte er jedem mit der es hören wollte oder auch nicht.

Das Trio hatte inzwischen den Marktplatzbereich hinter sich gelassen und hielt nun auf den Freihofplatz zu. Auch hier saßen etliche *Auswärtige* auf den Stühlen und Bänken der rund um den Platz angrenzenden Gasthäuser und genossen die Stunden bis zur Abfahrt, entweder ihres Busses oder auch Schiffs, mit dem sie das historische Seligenstadt besuchten.

Es reizte Sepp schon, auch hier mitten durch die Sitzgelegenheiten zu preschen – in Punkto kindisches Verhalten, wie Gundel es ausdrückte – war er beratungsresistent.

Was ihn letztlich davon abhielt, waren die zwei Stufen am Ende des Platzes. Sie stellten für ihn und seinen Rollator ein kleines Hindernis dar. Deshalb schlurfte er brav auf dem Fahrweg und somit an der Bestuhlung vorbei. Nur beiläufig machte er einen, freilich *unabsichtlichen* Schlenker, in Richtung der Tische und Füße, einzelner Touristen.

Im Klostergarten musste sich Sepp, wegen des holprigen Pflasters, ganz und gar auf seine eigenen Füße und Schritte konzentrieren; weshalb er auf der Bank unter der Rotkastanie, gegenüber der Mühle, dann auch erst einmal eine kleine Verschnaufpause einlegte.

„Un is was zu sehe?“, fragte er über seine Schulter hinweg.

Schorsch beugte sich über die Mauer, während Gundel von der niedrigeren Stirnseite aus zu den Mühlrädern hinabsah.

„Nix“, antwortete Schorsch. „Was soll do aach zu sehe soi. Die Leich‘ hawe se doch schon weggeschafft.“

„Geht's wieder?“, fragte Gundel.

Sepp stand von der Bank auf. „Nadirlich“, brummte er. „Nur weil ich mir mal korz unsern scheene Klosterhof oagucke will, heest des noch lang net, dass ich mich ausruhe muss.“

In einigem Abstand folgte er Gundel und Schorsch durch den Gewölbedurchgang zum Katzenhöfchen in den Klostergarten. Bei den Kräuterbeeten blieben die drei stehen, sahen sich um und als sie keine Menschenseele entdeckten konnten, sagte Schorsch. „Is koaner do. Ich glaab, du kannst.“

Mit ihrer Körperrückseite schirmten er und Sepp Gundel ab. Die ging in die Hocke und entfernte, mit einer kleinen Gartenkralle, verschiedene Kräuter mitsamt Wurzeln aus dem Beet. Danach glättete sie die Erde wieder. Von anderen Pflanzen zupfte sie nur die Blätter ab. Alles verstaute sie behutsam in ihrem Leinenbeutel. Ganz in ihre Tätigkeit vertieft, bemerkte sie nicht, dass sie vom nahen Gebüsch aus beobachtet wurde.

„Was machst du da?“, fragte eine feine Kinderstimme.

Gundel erschrak. Umso mehr, als sie in ein fast schwarzes Gesicht blickte, keine 50 Zentimeter von ihr entfernt. Die etwa 5-jährige stand, mit schräg nach unten gebeugtem Kopf und mit in die Hüften gestemmten Armen vor Gundel und rollte mit ihren großen schwarzen Augen.

„Die Pflanzen sind giftig. Das weiß doch jedes Kind. Du musst dir auf jeden Fall gründlich die Hände waschen.“

„Was is?“, fragte Schorsch, drehte sich und vollbrachte mit seinem Gehstock eine beinahe elegante 90-Grad-Wende, etwa 30 Zentimeter über dem Boden. Die Höhe, sowie auch der Schwung passten genau, um Gundel, die vor dem Kräuterbeet kauerte, in dasselbige zu befördern.

„Huch!“, war der einzige Laut, der Gundel über die Lippen kam.

Umgeben von blauem Eisenhut, Bilsenkraut, Tollkirsche, Stechapfel und Schierling und anderem schlecht verdaulichem Gewächs, die zappelnden Beine in die Luft gestreckt, sah Gundel einem Maikäfer, der unbeholfen auf dem Rücken lag, nicht unähnlich.

„Des is awer mol e dick Muck, do im Beet“, brachte Sepp es auf den Punkt.

Er und Schorsch prusteten lauthals los.

„Elani!“ Die kräftige Stimme gehörte einer heraneilenden dunkelhäutigen Frau, in einem farbenprächtigen, knöchellangen Kleid. Ihr folgte ein etwa 8-jähriger Junge.

„Oh, was ist passiert?“

Die Frau streckte Gundel hilfreich ihre Hand entgegen, währenddessen Sepp und Schorsch, noch immer ein Dauergrinsen im Gesicht, danebenstanden.

„Sind Sie verletzt? Brauchen Sie einen Arzt?“, fragte die Frau.

„Danke, ich nicht“, erwiderte Gundel und tapste unbeholfen aus dem Beet. „Bei denen bin ich mir nicht sicher.“

Blicke wie Pfeile, giftiger als alle Pflanzen, mit denen sie gerade sehr intim geworden war, fanden ihr Ziel in den Gesichtern von Sepp und Schorsch.

Blitzartig gefror deren Lachen zu einer starren Maske. Vielleicht auch deshalb, weil die dunkelhäutige Frau sie nun ebenfalls aus ihren großen dunklen Augen ansah. Spontan aktivierten Schorschs kleine graue Zellen die Erinnerung an den Film *Zombies – überlebe die Untoten*. Er schüttelte sich.

„Schämen Sie sich. Statt über die arme Frau zu lachen, hätten Sie ihr helfen sollen“, rügte die tiefe Stimme.

An Gundel gewandt, sagte sie: „Entschuldigen Sie, wenn meine Kleine Sie erschreckt haben sollte. Sie hat es bestimmt nur gut gemeint. Diese Kräuter sind wirklich sehr giftig, wenn man sich nicht damit auskennt. Ich habe meinen Kindern schon frühzeitig beigebracht, dass man nicht alles anfassen und in den Mund stecken soll. Sie sollten sich gründlich die Hände waschen."

„Es war nicht die Schuld ihrer Tochter", stellte Gundel richtig und bedankte sich.

„Unser Opa hat auch so einen Rollwagen", sagte der Junge und entblößte dabei eine Reihe weißer Zähne, mit einer, für sein Alter, nicht außergewöhnlichen mittiger Lücke.

Das Mädchen hingegen strich mit ihrem Mittelfinger sachte über Sepps faltige Hand, die den Griff seines Rollators umfasste und sah ihn, mit traurigen Augen an.

„Mein Junge, Amaru und Elani, meine Tochter. Mein Name ist Dalia", stellte sich die Frau und ihren Nachwuchs vor. „Elani vermisst ihren Großvater sehr", erklärte sie das Verhalten ihrer Tochter. „Immer, wenn sie einen älteren Herrn sieht, muss sie ihn berühren. Entschuldigung."

„Also, ich hab nix degeesche", antwortete Sepp mit rauer Stimme.

Seine Augen bekamen tatsächlich einen feuchten Glanz. Die kurze Berührung hatte eine Erinnerung geweckt. Die Erinnerung an seine erste, zu früh verstorbene Frau. Auch sie hatte immer dann, wenn niemand zugeschaut hatte, ihren Mittelfinger über seine Hand streifen lassen. Er seufzte.

„Ist Ihnen nicht gut?", fragte Dalia besorgt.

Sepp schüttelte den Kopf und damit seine Gedanken wieder in den äußersten Winkel seines Gedächtnisses.

„Is nix. Mer misse jetzt aach mal weiter."

„Ja, wir auch. Wir wollen noch Salat kaufen. Der hier aus dem Klostergarten ist noch reine Natur, nicht belastet."

„Kommst du öfter hierher?", fragte Elani.

„Eh…ja“, antwortete Sepp unsicher.

Ein kaum sichtbares Lächeln befiel sein Gesicht.

„Bis bald, Opa“, sagte Elani.

Sie und Amaru winkten und Sepp schaute ihnen verträumt nach, bis sie durch den Torbogen aus seinem Blickfeld verschwanden.

Gundel klopfte sich Sand und Pflanzenreste von ihrem Kleid. Sie griff nach dem Jutebeutel, in dem sie die ausgezupften Kräuter getan hatte und trippelte davon, ohne ihre Begleiter eines Blickes zu würdigen.

„Host du gesehe, wie die Dunkelhäutisch uns oageguckt hot?“, sagte Schorsch zu Sepp.

„Ich hab nur gesehe, wie die Gundel geguckt hot. Des hot mer gelangt. Ich glaab, do misse mer uns was oifalle losse, sonst kriehe mer nix mehr von ihrm Gemixte“, erwiderte Sepp und seufzte.

„Kennst de recht hawe“, stimmte Schorsch zu. „So, wie se druff war. Ach, waaste was? Mer kaafe de Gundel a Schachtel Praline; von dene mit Alkohol, die isst se doch gern. Mer komme doch sowieso do an dem Geschäft vorbei.“

„Des is e gud Idee, Schorsch. Host de Geld dabei?“

Schorsch kramte in seiner Hosentasche nach seiner Geldbörse. Nach dreimaligem Nachzählen des gegenwärtigen Barvermögens, sagte er: „Ich hoab 4 Mack 54 debei. Moanst de des langt?“

„Du host noch Mack?“, rief Sepp erstaunt. „Domit kimmst de awer net weit.“

„Noa, nadirlich net. Ich saach nur immer noch Mack.“

Sepp nickte. „Trotzdem moan ich, des loangt net. Ach, da fällt mer oi; ich hoab noch a Schachtel Mon Chéri von moim 90. Geburtstag. Die kenne mer de Gundel schenke. Die moach se doch so gern. Un, wenn se die all uf oamol verbutzt, hot se bestimmt aach widder gud Laune."

Mit sich und der Welt zufrieden schlenderten die beiden über den Klosterhof. Dort kam ihnen Hans Wilke mit einer Schubkarre entgegen, auf der er allerhand Gartengeräte transportierte.

„Guten Morgen, Sepp, Schorsch. Mal wieder einen Spaziergang gemacht?"

„Aja, mer muss sich halt e bissje bewesche", antwortete Sepp. „Sonst roste die alde Knoche oi."

„Recht habt ihr." Der Gärtner nickte zustimmend.

„Sagt mal. Ihr kommt doch gerade vom Klostergarten. Habt ihr vielleicht in der letzten Zeit jemanden gesehen, der sich an den Kräuterbeeten im Apothekergarten zu schaffen gemacht hat, speziell bei den Giftpflanzen? Ich habe den Eindruck, dass dort Pflanzen wegkommen."

Sepp und Schorsch schüttelten gleichzeitig ihre Köpfe.

„Nix gesehe", erwiderte Schorsch.

„Überhaupt nix", stimmte Sepp zu. „Sinn vielleicht Vöchel odder Mäus odder Ratte."

„Dann sind die Tiere aber mehr als intelligent und haben gelernt mit einer Handharke umzugehen.", lachte der Gärtner. „Ja dann, schönen Tag noch."

Sepp fiel aus allen Wolken, als er seine, erst letztes Jahr weiß gestrichene Hauswand erblickte.

„Ja, was is en des?“

Fassungslos starrte er auf die mit roter Farbe aufgesprühte Kritzelei.

KrUFty.

Der Verfasser beherrschte offenbar nicht wirklich die Sprache seiner zur Schau gestellten Aussage, was an sich schon peinlich genug war. Die gut sichtbare Signatur, auf der rechten unteren Seite, setzte dem Ganzen die Krone auf.

Ein neutraler Beobachter könnte sich fragen: Was will der *Künstler* damit sagen? Aber Sepp war nun mal ganz und gar nicht neutral. Schließlich ging es hier um *seine* frisch gestrichene Hauswand. Und, dank der Unterweisung seines Stiefenkels, Leon, wusste Sepp mittlerweile ein gut gestaltetes, kunstvolles Graffiti, in seinen Augen – e Scheenes – von solchem Geschmiere zu unterscheiden.

Das an seiner weißen Hauswand, war alles andere als *schee* und hatte mit Kunst schon mal gar nichts zu tun. Weshalb Sepp jetzt mordsmäßig sauer reagierte.

„Verdammte Rotzleffel. Hawe nix anneres im Sinn, als de Leut ihr Zeusch zu verschandele. Wenn mer die zwische die Finger komme, derfe se des do“, er fuchtelte wild mit seinem linken Zeigefinger zur Hauswand, „mit de Zunge ablecke. Da druff kannst de Gift nemme.“

„Awer zuerst musst de *die* erwische. Wie willst de des ostelle?“, fragte Schorsch.

„Ich hol amol moi Handy und mach a paar Bilder“, verkündete Sepp.

„Doi Handy?“ Schorsch glaubte sich verhört zu haben. „Du moanst bestimmt doin alte Fotoapparat?“

„Nix do, Fotoapparat“, entgegnete Sepp. „Mit so em aalmodische Zeusch mecht mer heutzudaach koa Bilder mehr. Mit em Handy kann mer die Fotos gleich üwern Computer ins Netz stelle, hot der Leon mir verzählt.“

„Awer du host doch üwerhaupt koan Computer“, hielt Schorsch dagegen.

„Awer de Herbert. Und der muss des dann in des Dingsdo, wie heest des noch? Faselbuch, oder so, stelle und um die Welt schicke. Do is heut fast jeder drin, hot de Herbert verzählt. Dann wern mer die Schmierer schon kriehe.“

„Hot dir doin Enkel aach gezeischt, wie de des Handy bedienst?“, schrie Schorsch seinem Nachbarn hinterher, der bereits mit seinem Rollator um die Ecke hastete.

„No klar. Des is so a Seniorenhandy“, brüllte Sepp zurück.

Nach einer gefühlten Ewigkeit kam er, seinen alten Fotoapparat in der Hand, zu Schorsch zurück. Er stand noch immer vor der Hauswand und versuchte durch Drehen seines Kopfs in alle erdenklichen Richtungen, den Namenszug des Künstlers zu entziffern.

„No, jetzt host de doch doi alt Kamera.“

„Ich konnt des Handy net finde, so uf die Schnelle.“

Das Seniorenhandy hatte Sepp zwar schnell zur Hand, fand aber den Pin nicht, um das Mobiltelefon zu aktivieren. Und sein Gedächtnis wollte, trotz dreimaligem Einhämmern mit den Handknöcheln auf seine Schläfen, die Geheimnummer nicht freigeben.

Selbstverständlich behielt er diese Information für sich.

Jetzt machte er mehrere Aufnahmen von der rotbeschmierten weißen Wand und kündigte an: „Mir müsse was dageesche unnernemme. Die Dreggswiwwel losse mer net so oafach davonkomme. Vielleicht kann de Herbert die Bilder aach von dem Fotoapperat runnerhole. Wenn des net geht, kennte mer mol die dunkelhäutisch Fraa von vorhin fraache, ob die was mache kann. Ich moan, so mit dem Wudu-Zeusch, odder so. Wie in dem Film, den mir vorgestern gesehe hawe. Kannst de dich nett erinnern?“

Schorsch konnte, wollte aber nicht. Es war einer der gruseligsten Filme, die er zusammen mit Gundel und Sepp in letzter Zeit gesehen hatte. Die ganze Nacht hatte er von nichts anderem geträumt, als von furchteinflößenden Gestalten, die mit unkontrollierten Bewegungen hinter ihm her waren.

Montag / 16:50 Uhr

Als Nicole und Harald ins Büro zurückkamen, war Lars gerade dabei, die Glasscheibe, die beide Büros voneinander trennte und an der schon jede Menge Fotos hingen, mittels eines Permanentstiftes mit den entsprechenden Infos zu beschriften.

„Für unsere IT-Spezialisten war das Prepaid-Handy kein Problem“, legte er sofort los. „Waren auch nur insgesamt vier Telefonnummern gespeichert. Zwei davon konnte ich bereits identifizieren. Die Jungs sind aktenkundig. Wurden zusammen mit unserem Opfer wegen Diebstahl, Einbruch, sowie Besitz und Handel von Betäubungsmitteln verurteilt. Alle haben ihre Strafe abgesessen und sind seit etwa einem halben, beziehungsweise einem viertel Jahr, wieder auf freiem Fuß und bis jetzt unauffällig, oder auch nur nicht erwischt worden.

Der eine ist nach Hamburg gezogen, kommt demnach für den Einbruch nicht infrage. Der andere, ein Tim Dörfler – er war übrigens der Hehler der Dreiergruppe – hat seinen Wohnsitz nach wie vor in Seligenstadt.“

„Könnte bedeuten“, sagte Harald, „aus dem ehemaligen Trio wurde ein Duo. Der König besorgt die Ware, der Dörfler verhökert sie.“

„Möglich“, antwortete Nicole. „Ich knöpfe mir den Herrn vor. Liegt auf meinem Weg nach Hause.“

„Super!“ Lars reichte Nicole Adresse und Telefonnummer von Tim Dörfler.

„Bleiben noch die unbekannten Telefonnummern“, fuhr Nicole fort.

Lars nickte. „Ich habe natürlich angerufen; kein Erfolg bei beiden. Ich versuch's weiter."

„Brav. Ok. Genug für heute. Feierabend." Nicole schaute auf ihre Armbanduhr. „Andy und einige Kisten, die noch ausgepackt werden wollen, warten auf mich."

„Für euch Feierabend", intervenierte Lars grinsend. „Mein Dienst geht heute Abend erst richtig los."

„Du sagst es, Dienst! Also denk dran. Und du meldest dich spätestens um zwölf Uhr, entweder bei Harald oder bei mir", richtete Nicole die Order an Lars.

„Erinnert mich an frühere Zeiten. *Dass du mir aber um Zwölf zu Hause bist*", ahmte der die Stimme seiner Mutter nach.

„Hast dich aber vermutlich nicht darangehalten, oder?", feixte Harald.

Montag / 18:00 Uhr

„Wen hast du alles eingeladen, zu unserer Einweihungsparty am Wochenende?“, fragte Andy, auf dem Weg zu Helene und Herbert.

„Bis jetzt nur die üblichen Verdächtigen“, lachte Nicole. „Harald und Lars, Martin und Viktor, und alle mit Anhang. Dann Josef Richter, die Elfi, ihren Mann Gerald und Georg Lenz.“

Andy nickte. „Und Gundula Krämer?“

„Muss das sein?“ Nicole rollte mit den Augen.

„Wat mut, dat mut“, antwortete Andy mit zuckenden Mundwinkeln und Nicole schmollte.

„Könntest du das übernehmen – ich meine die Gundula Krämer?“

„Mach ich.“ Andy zog Nicole an sich und küsste sie.

„Na, na, ist das denn erlaubt, so auf offener Straße?“, erklang die Stimme der soeben erwähnten weiblichen Person. Zu sehen war zunächst niemand. Dann trippelte Gundula Krämer hinter der übermannshohen, in diesem Fall, überfrauhohen Hecke hervor.

Wenn man vom Teufel spricht

„Ach, Frau Krämer“, rief Nicole laut. „Schön, dass wir Sie treffen, dann können wir Sie auch gleich…“

„Aber ja, natürlich. Ich helfe, wo ich kann, Frau Wegener. Was wollen Sie wissen?“

„Was ich wissen will?“, wiederholte Nicole verwirrt.

„Na wegen dem Mord im Klosterhof. Gesehen haben wir nichts. Aber wir halten die Ohren auf, für Sie. Sagen Sie uns nur, worauf genau wir achten sollen.“

„Danke, Frau Krämer. Aber ich denke, wir schaffen das diesmal alleine.“

Nicole stieß die Luft aus ihren Lungen und warf Andy einen *Ich-hab's-geahnt-Blick* zu. Mental legte sie gerade ihre Hände um den nicht vorhandenen Hals ihrer neuen Nachbarin. Dagegen erhöhte sich der reale Druck in Andys Hand.

„Wir möchten Sie einladen zu unserer Einweihungsparty, am Samstag“, brachte Andy sich, mit einem Lächeln, ein.

„Oh! Das ist aber nett von Ihnen. Soll ich meinen berühmten Kartoffelsalat mitbringen?“

„Nein, danke, nicht nötig.“ Nicole versteifte sich merklich. „Helene macht das schon.“

„Also, dann bis Samstag, neunzehn Uhr.“

Andy winkte und zog Nicole mit sich.

„Schön, dass ihr schon da seid.“ Bereits nach dem ersten Läuten, stand Helene an der Haustür.

Nicole hatte zwar noch immer einen Schlüssel – W*enn mal was passiert, könnt ihr wenigstens rein* – hatte Helene darauf bestanden; trotzdem klingelte Nicole, wann immer sie die beiden besuchten.

„Hm. Riecht das gut“, stellte Andy fest.

„Nur etwas Fingerfood“, erklärte Helene und verschwand in der Küche.

„Gläschen Rotwein?“ rief Herbert vom Wohnzimmer aus.

„Wäre nicht schlecht“, erwiderte Andy und umschlang Nicoles Taille. „Können wir jetzt vertragen, oder?“

„Oh, Backe. Ärger im Paradies?“, mutmaßte Herbert mit einem Blick in Nicoles Gesicht.

Andy schüttelte den Kopf. „Eher Groll wegen der Nachbarschaft.“

„Was jetzt schon?“ Helene stellte eine Platte mit verschieden gefüllten Blätterteighörnchen und Käsestangen auf den Tisch, alles frisch aus dem Ofen. „Salat kommt auch gleich.“

„Was soll denn das heißen?“ zischte Nicole in Helenes Richtung.

„Jetzt komm mal runter, Deern. Du bist hier in Freundesland.“

„Tschuldigung“, murmelte Nicole.

„Mit wem?“, fragte Herbert.

„Gundula Krämer“, presste Nicole zwischen den Zähnen hervor.

„Oha. Dann vielleicht eher war Stärkeres?“ Herbert deutete mit der linken Hand ein Glas an und legte Zeige- und Mittelfinger der rechten Hand an das imaginäre Trinkgefäß.

„Nein, wir haben noch einiges zu besprechen. Dafür benötige ich einen klaren Kopf.“ *Bestimmt nicht nur Angenehmes*, setzte sie gedanklich hinterher.

„Dann hockt euch mal hin“, wies Herbert auf die neue taubenblaue Wildledercouch. Gleichzeitig schenkte er einen dunkelroten Merlot, den er zuvor bereits dekantiert hatte, aus einer Karaffe in die bereitgestellten Gläser.

„Zum Wohl, und auf euch.“

Er reichte Helene ein Glas. Sie prosteten sich gegenseitig zu, und schon nach dem ersten Schluck bemerkte Herbert, wie sich Nicoles Gesichtsmuskeln Millimeter für Millimeter entspannten.

„Ein guter Tropfen, oder?“, lächelte er in die Runde.

Andy nickte anerkennend. „Wahrhaftig. Wo hast du denn den her?“

„Direktimport aus Frankreich“, verkündete Herbert stolz. „Schon seit Jahrn lasse wir uns e paar Kiste aus Frankreich komme, immer vom gleiche Weingut und nur die besten Tropfen, damit sich’s auch lohnt.“

„Wir?“, fragte Andy nach.

„Ja, em Sepp seine Elfi, de Josef Maier und de Ferdi Roth. Wenn de magst, kannst de mitmache.“

„*Der* Ferdinand Roth, der im Klosterhof wohnt und *der* Polizeihauptkommissar Maier?“, erkundigte sich Nicole, mit in Falten gelegter Stirn.

Herbert nickte. „Genau.“

„Ich wusste gar nicht, dass ihr so eng befreundet seid.“

„Nur weil wir uns zusammentun beim Weinkauf, müsse wir net zwingend Busenfreunde sein.“ Herbert schwante, was sich gerade in Nicoles Kopf zusammenbraute.

„Hat sich halt mal irgendwann ergebe. Des is aber doch jetzt net relevant, ich mein‘ ermittlungstechnisch, wege dem Tote im Klosterhof, oder?“

Er senkte seine Nase tief ins Weinglas, als ob er die Aromen erschnüffeln wollte und stellte es anschließend auf dem Couchtisch ab.

„Was hat Herr Roth gearbeitet, bevor er in Rente ging?“

„Also, die letzte 15 Jahr, vor seiner Rente, war er als Sanitäter bei den Maltesern“, beantwortete Herbert Nicoles Frage. „Wieso willst de des wisse?“

„Ach, es interessiert mich nur“, erwiderte Nicole ausweichend. „Und seine Ehefrau?“

„Also wo die Bettina gearbeitet hat“, kann ich dir net sage. Ich weiß net mal, ob se überhaupt irgendwo gearbeitet hat. Du Helene?“

„Am Anfang ihrer Ehe schon“, gab Helene an. „Wenn ich mich recht erinnere, war sie in der Stadtapotheke beschäftigt. Aber nach ihren Fehlgeburten war sie dazu nicht mehr in der Lage.“

„Sie hatte Fehlgeburten?“ Herbert schaute Helene verwirrt an. „Des hab ich net gewusst. Aber jetzt wird mir einiges klar. Die Depressionen und dann die Psychiatrie.“

„Ferdi wollte natürlich verhindern, dass es öffentlich wird“, fuhr Helene fort. „Aber in einer Kleinstadt wie hier…“

„Und, vor alle Dinge, wenn die angeheiratete Schwägerin Gundula Krämer heißt“, warf Herbert dazwischen.

„Wie bitte?“ Nicole schaute erstaunt. „Die Krämer ist die Schwester von Ferdinand Roth?“

„Nee. Die Gundel war die Ehefrau von der Bettina ihrm verstorbene Bruder“, berichtigte Herbert. „Die beide habe aber kaum noch Kontakt.“

„Es ist immer wieder interessant, wie hier jeder mit jedem irgendwie verbandelt ist.“ Versonnen drehte Nicole ihr Glas in der Hand.

„Was hattet ihr heute Morgen am Tatort zu suchen?“, wechselte sie plötzlich das Thema.

„Das war reiner Zufall“, erwiderte Helene geschwind. Was ja auch der Wahrheit entsprach. „Wir wollten zum Metzger. Aber dann kamen uns auf dem Marktplatz Leute entgegen, die aufgeregt von einem Toten im Klosterhof redeten.“

„Ja, und da habe wir uns halt Gedanke gemacht und wollte mal nachgucke“, fuhr Herbert fort. „Es hätt ja doch einer von den Bewohnern sein könne.“

„Aha. Und als ihr festgestellt habt, dass alle wohlauf sind, habt ihr so nebenbei und ganz ohne Absicht, einen kurzen Blick auf den Toten und den Tatort geworfen?“

„Wär ja möglich gewese, dass wir den gekannt hätte“, erwiderte Herbert. „Habe wir aber net.“

„Und das war's?“ Nicoles Blick wanderte von Helene zu Herbert.

„Ja, mehr war da nicht“, antworteten beide synchron und kreuzten die Zeigefinger. Helene hinter ihrem Rücken und Herbert unter der Tischplatte.

„Und dabei bleibt es auch, ist das klar? Keine eigenmächtigen Aktionen, kein Rumschnüffeln, keine Einmischung in Polizeiarbeit. Versprochen?“

Helene und Herbert nicken erneut.

Wieso kann ich das nicht glauben? Der Gedanke breitete sich in Nicoles Denkorgan aus.

„Nachdem das geklärt ist“, ergriff Andy das Wort, „können wir uns den wichtigen Dingen widmen – unserer Einweihungsfeier zum Beispiel.“

Montag / 21:15 Uhr

Zwar kannte sich Lars nicht wirklich gut in Aschaffenburgs Nachtleben aus, vermutete aber keinen unwesentlichen Unterschied zu einschlägigen Frankfurter Lokalitäten. Eine ganze Weile verbrachte er in seinem Auto und beobachtete die Klientel, die Einlass in das Nachtlokal begehrten.

Zuerst kam eine Handvoll Jugendlicher, weiblichen Geschlechts, mit unergründlichem Gekicher um die Ecke, steuerten auf den Eingang zu und wurde vom bulligen Türsteher ohne Zwischenfall durchgelassen; aller Wahrscheinlichkeit nach, Stammgäste.

Kurz danach brausten, im Abstand von wenigen Sekunden, zwei Mittelklassewagen auf den Platz und kamen mit quietschenden Reifen zum Stehen. Die Insassen, acht junge Männer, stiegen aus, lachten laut und klatschten sich nacheinander ab. Danach betraten sie ebenfalls ungehindert das Lokal.

Diese Individuen entsprachen schon eher Lars‘ Interesse. Ebenso die drei stämmigen und düster in die Landschaft blickenden Biker, die ihre Harley-Davidson direkt vor dem Eingang abstellten. Sie wurden vom Hüter der Pforte sogar mit angedeuteter Umarmung empfangen.

Lars war der Meinung, dass es Zeit wurde den Amüsiertempel in Augenschein zu nehmen. Nur, jetzt aus dem Wagen zu steigen wäre zu riskant. Der Torwächter hätte sofort gemerkt, dass er und sein Arbeitsplatz die ganze Zeit über beobachtet worden waren.

Muss der Typ nicht mal aufs Klo, fragte sich Lars.

Mittlerweile war es kurz vor 22 Uhr und er wurde kribbelig. Glücklicherweise hatte noch niemand der das Lokal betreten hatte, dieses wieder verlassen; jedenfalls nicht durch den Vordereingang. Ob es einen Hinterausgang gab, wusste Lars natürlich nicht.

Jetzt rollte ein dunkler 7er BMW mit Aschaffenburger Kennzeichen auf den Platz. Sofort setzte sich der Türsteher in Bewegung und Lars war sofort klar: *Here comes the big boss.*

Er machte sich noch kleiner in seinem Ford Focus und schielte zu der Limousine. Eine Glatze, ähnlich einer polierten Billardkugel, dazu passende, mindestens 1,95 Meter lebende Materie, entstieg der Fahrerseite. Der gut sitzende Anzug verbarg nicht wirklich die muskulöse Statur.

Das hulk-ähnliche Wesen bewegte sich um den Wagen herum und öffnete die hintere rechte Tür. Zuerst sah Lars nur lange Beine, endlos lange Beine, in mörderischen Stilettos. Irgendwann auch ein Stück schwarzen Stoffs, der gerade mal das knackige Gesäß bedeckte. Lange schwarze Haare, sowie ein breiter Schal, verbargen die oberen Proportionen – ließen Raum für imaginäre Vorstellungen.

Ein geschniegelter Lackaffe, im Maßanzug und Krawatte, stieg auf der anderen Seite des Luxusschlittens aus, schaute angespannt auf seine Begleitung und schritt flott auf die bereits geöffnete Tür zu. Die Stilettos samt sündiger Formen folgten klappernd, ebenso der Türsteher.

Die Gelegenheit für Lars. Der sprang aus dem Wagen und schaffte es gerade noch bis zum Eingang, als der Gorilla wieder seine Position einnahm.

„'n Abend." Lars hob die Hand. „Noch ein Plätzchen für mich frei dort drin?"

Nach einem mehr als skeptischen Blick, dröhnte die Stimme des hünenhaften Typen. „Dich habe ich noch nie hier gesehen. Muss dich durchsuchen. Mitbringen von Getränken ist nicht erlaubt. Drogen auch nicht."

Wahrscheinlich bekommt man dort drin reichlich davon, folgerte Lars.

Ein elektronischer Körperscan wäre ihm angenehmer gewesen.

„Ok. Kannst rein. Sobald du Ärger machst, fliegst du raus. Verstanden?"

„Geht klar, Meister", nickte Lars und betrat die, in blaues und grünes Licht illuminierten, Räumlichkeiten.

Für einige Augenblicke stand er mehr oder weniger orientierungslos herum.

Der beste Platz ist immer an der Theke.

Gemäßigten Schrittes ging er auf selbige zu. Die verspiegelte Rückwand ermöglichte es ihm zu sehen was sich hinter seinem Rücken abspielte.

Optimal.

Mit Scharfblick prüfte er die Lage. Zwei der vier kichernden weiblichen Teenies saßen an der Bar. Die Biker hatten sich in eine Ecke zurückgezogen, wo sie an Bierflaschen nuckelten. Sechs der acht jungen Männer, sowie eine der jungen Frauen, unterhielten sich lachend an einem Tisch, mitten im Raum. Vom Geschniegelten und seiner Begleitung war nichts zu sehen, auch nicht von Hulk. Das gleiche galt für zwei der blutjungen Damen und zwei der jungen Männer.

Lars hockte sich auf einen der Barhocker, mit zwei Stühlen Abstand zu der pubertierenden Weiblichkeit. Kaum hatte er einen Gin-Tonic bestellt, war er von den jungen Ladies eingerahmt. So hatte er sich das nicht vorgestellt.

Aber gut. Nutze die Möglichkeiten. Wer weiß?

„Hallo, schöner Mann. Ich bin die Sandy“, stellte sich die Rechtsseitige vor. Sie hatte hüftlange feuerrote Haare und dick schwarz umrandete, grüne Augen.

„Und ich bin Charlene“, gluckste die links neben Lars, deren blonde Mähne auch bis zur Taille reichte. Ihre blauen Augen waren ebenfalls stark geschminkt.

„Zum ersten Mal hier?“, fragte Sandy und fixierte Lars wie Kaa, die Schlange aus dem Dschungelbuch. „Alleine trinken macht doch keinen Spaß.“

„Wie wär’s mit einem Glas Champagner?“, schlug Charlene vor.

Kinder, die Masche kenn‘ ich.

„Dürft ihr überhaupt schon Alkohol trinken?“, fragte Lars im Gegenzug.

Die beiden kicherten. „Das hat uns schon lange keiner mehr gefragt, was Charlene?“

Charlene schüttelte ihre blonde Mähne.

„Also gut.“ Lars gab dem Barmann einen Wink und wie von Zauberhand standen drei Gläser Champagner auf der Theke.

„Ihr seid wohl öfter hier?“, versuchte Lars, eine für ihn fruchtbare Konversation in Gang zu bringen.

„Fast jeden Abend“, erhielt er prompt von der Blonden Antwort. „Wir kennen hier beinahe jeden.“

Na, das läuft ja besser, als gedacht.

„Dann kennt ihr doch bestimmt auch Sebastian König."

„Sicher kennen wir Bastian", antwortete Sandy. „Der war aber schon seit drei Tagen nicht mehr hier. Ist irgendwie schon merkwürdig. Sonst kommt er fast jeden Abend, stimmt's Charlene?"

Charlene warf Sandy einen scharfen Blick zu und wackelte kaum merklich mit dem Kopf. Dann setzte sie ihr Glas an die Lippen und nippte am Champagner. „Wer bist du? Und, was willst du von Basti?"

„Ich bin Lars. Wir sind alte Bekannte. Wollte ihn nur mal wiedersehen."

„Komisch. Bastian hat noch nie von dir erzählt." Charlene sah Lars mit zusammengekniffenen Augen an.

In dem Moment wurde eine Tür im hinteren Teil des Lokals geöffnet. Dann stampfte der Hulk an die Theke. Er schaute kurz zu Sandy und Charlene und unterzog Lars einer eingehenden Musterung.

„Alles ok?"

„Alles klar, Steven."

Steven? Lars verkniff sich ein Grinsen. Der Name passte so absolut nicht zu diesem hulk-ähnlichen Typen. Andererseits, Hulk hieß im wahren Leben auch einfach nur Bruce.

Vielleicht verwandelt Steven sich nach Mitternacht auch wieder in einen normalen Menschen, ließ Lars seiner Fantasie freien Lauf.

„Der Boss verlangt eine Flasche von seinem Scotch und Champagner für Lea", wandte Steven sich mit einer Fistelstimme, die ebenso wenig zu ihm passte wie sein Name, an den Barkeeper.

Der griff unter die Theke und beförderte das Gewünschte hervor.

Ach, sieh an. Lars nahm sein Glas und betrachtete eingehend den Inhalt.

„Is was?“, wollte Hulk wissen und trat dicht an Lars heran.

„Nee, alles in Ordnung, Steven.“

„Ich habe dich hier noch nie gesehen?“

„Bin ja auch zum ersten Mal hier“, erwiderte Lars. „Aber vielleicht nicht zum letzten Mal.“

Vielleicht sehen wir uns schneller wieder, als dir lieb ist, fügte er in Gedanken hinzu.

„Komm, wir setzen uns dort hinten hin. Da ist es gemütlicher.“ Charlene nahm Lars‘ Arm und zog ihn in eine schummerig beleuchtete Ecke des Raums. Sandy folgte mit zwei erneut vollen Gläsern Champagner. Beide rückten sie dicht an Lars heran kaum, dass er auf dem Plüschsofa Platz genommen hatte.

Obgleich Lars sich gerne in weiblicher Gesellschaft aufhielt – die auch mal mehr als zehn Jahre jünger sein durften als er es war –, achtete er aber stets darauf, dass die Damen dennoch eine bestimmte Altersklasse erreicht hatten. Diese Damen waren definitiv zu jung.

„Ich will ja kein Spielverderber sein“, sagte er und rutschte nervös hin und her. „Aber, ich will keine Schwierigkeiten bekommen. Ich meine…wegen eures Alters. Ihr seid doch noch keine achtzehn, oder?“

„Keine Bange“, flüsterte Sandy, während sie laut und gekünstelt lachte.

„Außerdem sind wir beide schon über achtzehn", erklärte Charlene nun und legte eines ihrer Beine um Lars' Knie. „Wir müssen nur so tun als ob, wegen Charly, dem Barkeeper. Verstehst du?"

Lars warf einen Blick zur Bar. Tatsächlich beobachtete sie dieser Charly und wechselte dabei einige Worte mit dem Hulk.

Sandy schmiegte sich von der anderen Seite an Lars. „Wenn der mitkriegt, dass wir mit dir reden, steht sofort Steven auf der Matte und dann gibt's Ärger – nicht nur für uns", raunte sie Lars ins Ohr. „Er ist der Bodyguard vom Boss und weicht ihm nicht von der Seite."

„Ach. Passt. Ein Typ mit dem Kopf einer Bowlingkugel und dem Aussehen des Hulk."

„Wer oder was ist ein Hulk?", fragte Sandy.

Lars schüttelte den Kopf. „Vergesst es. Auch dafür seid ihr zu jung. Aber was wollt ihr von mir, wenn nicht mir das Geld aus der Tasche ziehen?"

„Es geht um Basti, Sebastian", erwiderte Sandy. „Seit drei Tagen haben wir ihn nicht mehr gesehen, haben wir ja schon gesagt."

Charlene nickte zustimmend. „Und wir…also ich, mache mir wirklich Sorgen um ihn. Sonst ist er jeden Abend hier. Und jetzt tauchst du hier auf und fragst nach Bastian. Mein Bauchgefühlt sagt mir, dass etwas nicht stimmt."

Noch eine mit Bauchgefühl. „Seid ihr zusammen – du und Sebastian?", hakte Lars nach.

„Mehr oder weniger. Ja, doch." Charlene nickte. „Ist ihm etwas zugestoßen? Weißt du etwas?"

Lars meinte, trotz der Dämmerbeleuchtung, einen traurigen Glanz in Charlenes Augen zu sehen.

„Können wir irgendwo anders reden? Wo wir ungestörter sind?“, fragte Lars.

„In einer Stunde auf dem Parkplatz gegenüber dem Schloss. Geh du zuerst.“ Sandy lachte erneut übermäßig auffallend.

Lars nickte, trank in aller Ruhe sein Glas aus und schlenderte zum Tresen, wo er die Drinks bezahlte.

Der Türsteher sah ihm nach, bis er in seinen Wagen stieg und davonfuhr.

Bereits zehn Minuten später traf er am Schloss ein. Seine Armbanduhr zeigte 22 Uhr 47. Einige Minuten blieb er noch in seinem Wagen sitzen, beobachtete einige Paare, die engumschlungen über den Schlossplatz spazierten und dann in den angrenzenden Gassen verschwanden.

Als gerade niemand zu sehen war, stieg Lars aus. Er ging die paar Meter bis zur Schlossmauer und schaute nach unten zu den parkenden Autos. Als sich auch dort nichts rührte, beschloss er in einer der näheren Gaststätten, etwas zu trinken.

Nach einer halben Stunde und einem Glas Mineralwasser, in dem ein Stück Limette schwamm, zahlte er und ging zurück zum Parkplatz.

„Da ist so ein Typ draußen, zirka 1,95 groß, schlank, sportlich, schulterlange braune Haare. Stellt Fragen nach Sebastian“, informierte Steven seinen Boss, während er die Getränke auf den kleinen nierenförmigen Tisch vor dem Sofa abstellte.

Thilo Schulz sah von den Papieren auf, die vor ihm auf seinem Schreibtisch lagen. Sein Blick flackerte.

„Was für Fragen?“

„Charly hörte, wie er von Sandy und Charlene wissen wollte, ob sie Sebastian kennen und wann er ihn hier antreffen könne. Angeblich ist er ein Kumpel von ihm, von früher.“

„Hat der kleine Wurm jemals einen Kumpel erwähnt?“ Thilo drehte sich nach seiner Freundin um, die hinter ihm stand.

Lea schüttelte den Kopf.

„Finde heraus, wer der Typ ist“, forderte Thilo. „Und schick die beiden Schlampen zu mir.“

Ohne ein weiteres Wort, bewegte sich Lea in den Bar-Raum. Sandy und Charlene saßen auf dem Sofa in der Ecke und nippten an ihren Gläsern. Einen großen, schlanken und sportlichen Mann, mit schulterlangen braunen Haaren, konnte Lea nirgendwo entdecken.

In der Ecke saßen die Biker, wie jeden Abend, mit ihren Bierflaschen und einige junge Männer und eine Frau hatten den Tisch in der Mitte belegt.

Sie ging zu Sandy und Charlene. „Wo ist der Mann mit dem ihr euch unterhalten habt?“

„Gegangen“, antwortete Sandy. „Hat ihm hier wohl doch nicht so gut gefallen.“

„Wer war das?“

„Er nannte sich Lars. Mehr wissen wir nicht“, antwortete Sandy.

„Hat sich nach Sebastian erkundigt“, legte Charlene nach. „Aber, wir wissen ja auch nicht wo er ist.“

„Thilo will euch sehen. Und bitte, keine Spielchen“, setzte sie nach. „Er ist heute nicht besonders gut drauf.“

Ängstlich sahen sich die beiden Frauen an und schlichen in Richtung Büro. Was sich hinter der Tür jetzt abspielte, wollte Lea nicht wirklich wissen. Sie setzte sich auf einen Barhocker und orderte von Charly ein Glas Tonic Wasser.

Nach etwa fünf Minuten kamen Sandy und Charlene zurück und hockten sich neben Lea. Die roten Flecken an den Armen beider Frauen waren nicht zu übersehen; ebenso nicht die tränengefüllten Augen.

„Steven?“, fragte Lea.

Die beiden nickten.

„Aber wir haben wirklich nichts über Sebastian gesagt“, betonte Charlene. „Bitte ein Wasser, Charly“, bat sie den Barkeeper.

Der stellte zwei Gläser auf den Tresen und füllte Wasser hinein.

„Zum Glück habt ihr den Kerl gleich abgewimmelt“, sagte er und blickte Lea dabei an.

Sie wusste, was Charly damit andeuten wollte, nahm ihr Glas und ging zurück in Thilos Büro.

„Charly bestätigt, dass Sandy und Charlene den Mann nur zu ein paar Gläser animierten. Nach kaum einer viertel Stunde ging er wieder.“

Steven schaute sie schuldbewusst an und zuckte kaum merklich mit den Schultern. Er hasste es *diese Dinge* für Thilo erledigen zu müssen. Sein Versprechen, immer für Thilo da zu sein; ihn zu beschützen, hatte ihn blind werden lassen. Dafür hasste er sich selbst am meisten.

Montag / 23:15 Uhr

Erneut ging Lars zur Mauer. Diesmal lehnte er sich mit dem Rücken dagegen, um sehen zu können, ob sich ein Auto näherte. Nur Sekunden später zuckten mehrmals die Scheinwerfer eines Wagens auf. Lars wartete. Das Scheinwerferlicht flammte erneut auf. Jetzt öffnete sich die Beifahrertür. Sandy winkte und Charlene stieg ebenfalls aus. Die beiden kamen auf ihn zu. Sie hakten sich rechts und links bei Lars unter und zogen ihn, einige Meter weiter, zu einem Gebäude mit mehreren Säulen.

„Hier können wir reden", sagte Charlene. „Also, was ist mit Basti? Ich weiß, dass ihm etwas passiert ist. Er meldet sich weder auf meine Anrufe, noch ist er in seiner Wohnung. Ist er…?"

„Ist dir bekannt, womit er sein Geld verdient", unterbrach Lars, ohne wirklich auf ihre Frage einzugehen.

„Wieso ist das wichtig?", fragte Sandy.

„Wisst ihr es, oder wisst ihr es nicht?"

Die beiden Frauen sahen sich an. „Seit seinem Rauswurf bei der Security", antwortete Charlene ausweichend, „nahm er Gelegenheitsjobs an."

Plötzlich schlug sie sich mit der flachen Hand an die Stirn. „Wie konnte ich nur so blöd sein. Du bist von der Polizei, stimmt's? Nur ein Bulle stellt solche Fragen, wie du sie stellst."

„Ertappt", gab Lars zu. „Ja, ich bin von der Kripo. Und ja, deinem Sebastian ist etwas zugestoßen. Er ist…"

„Er ist tot. Ich hab's geahnt. Wie? Ich meine, wie ist er gestorben?" Charlenes Stimme war nur noch ein Flüstern.

Lars hasste solche Augenblicke. Wann immer es möglich war, überließ er es Harald den Angehörigen mitzuteilen, dass sie einen geliebten Menschen für immer verloren hatten, weil jemand dessen Leben ungefragt ausgelöscht hatte. Im Moment war Harald aber nicht da.

„Nach unseren bisherigen Erkenntnissen", er räusperte sich, „müssen wir von einem Mord ausgehen."

„Thilo. Dieses Schwein. Ich mach ihn fertig."

„Wisst ihr schon, wer es getan hat?", wollte Sandy wissen und legte Charlene die Hand auf den Arm.

„Nein. Noch stehen wir am Anfang. Deshalb bin ich hier. Wollte das Umfeld von Kö...eh, Sebastian unter die Lupe nehmen. Wer ist Thilo?"

„Thilo Schulz, der Inhaber des Nachtklubs, in dem du gerade gewesen bist."

„Was hat dieser Thilo, eurer Meinung nach, mit dem Tod von Sebastian zu tun?"

„Nun sag's ihm schon, Charlene."

Obwohl nur ein fahles Licht von einer unweit stehenden Straßenlaterne in den Säulengang fiel, meinte Lars ein aufforderndes Kopfnicken von Sandy wahrzunehmen.

„Bastian trank viel in letzter Zeit", sagte Charlene mit flacher Stimme, und es klang wie eine Entschuldigung. „Er machte bei Thilo immer mehr Schulden, die er nicht bezahlen konnte. Thilo hatte Bastian schon lange im Visier und witterte nun seine Chance. Er bot ihm an für ihn zu arbeiten."

„Wie sollte diese Arbeit aussehen?", fragte Lars.

„Sag's wie's ist, Charlene", drängte Sandy ihre Freundin. Als diese nicht redete, fing Sandy an zu erzählen.

„Thilo hat Sebastian bedroht, sollte er nicht tun, was er von ihm wollte, würde Charlene seine Schulden abarbeiten müssen. Was das bedeutet, ist ja wohl klar. Also stieg Sebastian in die Häuser der Reichen ein."

Charlene nickte. „Ich war von Anfang an dagegen. Aber Bastian sagte, er würde das nur solange tun, bis er seine Schulden bei Thilo beglichen hätte. Es ging auch eine ganze Zeit lang gut. Bis er in die Villa von diesem Kerl eingestiegen ist und von ihm erwischt wurde. Bastian sagte, der Typ wäre riesig gewesen und er hätte keine Chance gegen den gehabt. Der Mann stellte ihn vor die Wahl – er sollte ihm etwas ganz Bestimmtes beschaffen, oder er ginge zur Polizei. Natürlich ließ Bastian sich auf den Deal ein. Was blieb ihm anderes übrig."

„Was war das, was er beschaffen sollte?", fragte Lars dazwischen. „Und wer ist dieser Mann?"

„Das wissen wir nicht", antwortete Sandy. „Also wer der Mann ist, noch wo er wohnt."

„Nur dass der Bruch in Seligenstadt, in einer ehemaligen Klosteranlage, stattfinden sollte", erzählte nun Charlene. „Bastian war der Meinung, je weniger ich weiß, desto sicherer wäre ich. Thilo ist bestimmt dahintergekommen. Weshalb sonst hätte er oder dieser Steven, Bastians Wohnung auf den Kopf stellen sollen?

Als ich heute Morgen dort ankam, fand ich die Wohnung verwüstet vor. Ich weiß nicht, was oder ob der Kerl überhaupt etwas gefunden hat. Aber, als wir, also Sandy und ich heute

Abend in die Bar kamen – ich wollte wissen, ob Bastian sich gemeldet hatte, oder vielleicht sogar dort ist – brachte mich Steven sofort in Thilos Büro. Dort musste ich einen Vertrag unterschreiben, so eine Art Arbeitsvertrag, dass ich…freiwillig… Also, dass ich für Thilo arbeiten würde, bis… bis.“ Charlenes Stimme brach ab und Sandy nahm ihre Freundin tröstend in den Arm.

„Bis Bastians Schulden beglichen wären“, berichtete Charlene, als sie sich wieder im Griff hatte.

„Aber, wir kennen Thilo“, fuhr Sandy fort. „Charlene wird Jahre brauchen, um Sebastians Schulden abzuarbeiten. Dem Schwein fällt immer wieder etwas anderes ein, um seine Mädchen zu behalten.“

„Und wieso geht ihr nicht zur Polizei?“

In dem Moment, als Lars die Frage stellte, kam sie ihm sofort naiv vor.

„Was hätte das gebracht?“, sagte Charlene mit erhabener Stimme. „Außer geschwollene Augen und blaue Flecken“, fügte sie wieder leiser hinzu.

„Bring dieses Schwein zur Strecke.“

Diese Kälte in Charlenes Stimme hatte etwas Bedrohliches. Und mehr noch das Unausgesprochene. *Bevor ich es tue.*

Lars hatte noch immer Gänsehaut, als er vom Seligenstädter Kreuz ab und auf die A3 in Richtung Offenbach fuhr.

Dienstag / 07:10 Uhr

„Das nenne ich mal Arbeitseifer. Das muss der Neid dir lassen. Hast deine zwei Jungs im Griff."

Andy parkte den Insignia direkt neben Haralds Astra. Zwei Autos weiter stand Lars' Ford Focus.

Zumindest ist er hier. Auch wenn er mal wieder meine Anweisung nicht befolgt hat, dachte Nicole verärgert. Weshalb sie, seit der Auffahrt auf die A3, das Gaspedal bis zum Anschlag durchgetreten hatte. Zum Glück für sie beide, saß Andy am Steuer und brachte Wagen samt Insassen wohlbehalten ins Präsidium.

In der Eingangshalle grüßten sie mit Handzeichen einige Kollegen. Dann fuhr Andy mit dem Fahrstuhl ins Untergeschoss – zu den Katakomben – wie das Archiv allgemein betitelt wurde und Nicole spurtete die Treppe hoch, in den zweiten Stock.

„Guten Morgen. Was gibt es Neues?"

Lars und Harald grüßten zurück, mit einem breiten Grinsen im Gesicht.

„Nur, weil ihr mal früher hier seid, braucht ihr eure Gesichtsmuskeln nicht unnötig strapazieren."

Nicole hängte Tasche und Jacke an den Kleiderständer und schaute erwartungsvoll in die Runde.

Harald hob beide Hände. „Mir hat er auch noch nichts erzählt, vom gestrigen Abend."

„Na dann will ich mal loslegen." Hochmotiviert reichte Lars seiner Chefin und seinem Kollegen ein bereits ausgedrucktes Protokoll seiner nächtlichen Aktion; setzte beide aber sogleich verbal in Kenntnis.

„Wer diese Person ist, der Sebastian König zu dem Einbruch zwang, wissen wir aber nicht?", fragte Nicole, nach Lars' kurzer Berichterstattung.

Lars verneinte. „Charlene wusste nur, dass der Einbruch in Seligenstadt geplant war. Aber, bis jetzt liegt weder eine Anzeige wegen eines Einbruchs, noch wegen eines Diebstahls vor. Was wir haben sind die sterblichen Überreste von König, die auf dem Stahltisch der Leichenfledderer liegen."

„Dann fand der Einbruchdiebstahl womöglich noch gar nicht statt", sinnierte Harald.

„Oder er wurde noch nicht entdeckt", ergänzte Nicole. „Zumindest wissen wir jetzt, dass König im Auftrag von Thilo Schulz in die Häuser und Villen einbrach. Vielleicht hängt der Mord an König damit zusammen. Zumal diese Charlene ja doch felsenfest davon überzeugt zu sein scheint, dass Schulz am Tod ihres Freundes schuldig ist."

„Du hättest die Stimme von Charlene hören sollen, als sie zu mit sagte, *bring dieses Schwein zur Strecke*. Ich hoffe nur, dass sie nichts Unüberlegtes tut."

„Das hoffe ich auch“, antwortete Nicole.

„Sag mal, können wir denn gar nichts gegen diesen Kerl unternehmen?“, fragte Lars. „Er scheint sich ja doch auch mit Prostitution zu beschäftigen. Wie gesagt, Charlene musste einen Vertrag unterschreiben und Sandy meinte, er lässt die Frauen nicht so schnell da wieder raus.“

„Ich fürchte nicht“, erwiderte Nicole. „Wir haben keinerlei Beweise, nur die Aussagen der beiden Frauen. Außerdem liegt das nicht in unserem Ermittlungsbereich. Dafür sind die bayrischen Kollegen, und zwar die von der Sitte, zuständig.“

„Weiß ich auch“, brummte Lars.

„Konnten unsere bayrischen Kollegen noch irgendwelche Spuren in Königs Wohnung feststellen?“, fragte Nicole, obwohl sie wenig Hoffnung hatte.

„Darüber haben wir noch keine Info. Aber ich erkundige mich gleich.“ Lars griff zum Telefonhörer.

Auf Nicoles Computer kündigte sich durch ein kurzes Piepsen eine Mail an.

Guten Morgen, Kollegen.

Wagen von Sebastian König aufgefunden, Parkdeck am Friedhof. Weiträumig abgesperrt.

Bitte um Info, zwecks weiterer Vorgehensweise.

Gruß Josef Maier, POK Seligenstadt

„Der Wagen von König wurde in Seligenstadt gefunden, auf dem Parkdeck am Friedhof“, rief Nicole ins benachbarte Büro.

„Spurensicherung?“, kam die Frage von Harald zurück.

„Mach ich schon“, erwiderte Nicole, klemmte ihr Handy zwischen Schulter und Ohr und beorderte die Kollegen der

Spurensicherung zum Parkdeck in Seligenstadt. Gleichzeitig tippte sie einige Zeilen an Seligenstadts Dienststellenleiter.

Kurz darauf rief sie: „Wir fahren nach Seligenstadt, schauen kurz am Parkdeck vorbei und sprechen nochmals mit den Anwohnern des Klosterhofs. Vielleicht ist denen über Nacht doch noch etwas eingefallen. Und zu Tim Dörfler. Den konnte ich gestern Abend nicht antreffen. Wer kommt mit?“

„Lars ist dran“, bestimmte Harald. „Aber bevor ihr losfahrt. Schaut euch das mal an. Ein Ausschnitt aus der Offenbacher Tageszeitung von 2010.“ Er zeigte auf seinen Bildschirm.

Anwohner stellt Dieb in ehemaliger Benediktiner Abtei

lautete die Schlagzeile.

Der aufmerksame Sanitäter Ferdinand R. kam gerade von seiner Nachtschicht nach Hause, als er einen Lichtschein im Untergeschoss der Prälatur des ehemaligen Benediktinerklosters bemerkte. Kurz darauf rannte ein Mann aus der Tür und direkt in die Arme von Ferdinand R. Der Langfinger hatte gegen den fast 1,90 Meter großen Bewohner des Klosterhofs, der zufällig auch noch Judosport praktiziert, keine Chance.

Die Polizei stellte bei dem Einbrecher einen Geldbetrag von 85 Euro sicher, sowie einige antike Kupfermünzen. Der Schaden des Einbruchs und die Zerstörung einer Glasvitrine belaufen sich in etwa auf 350 bis 400 Euro und übersteigen weit den Wert der Beute.

„Wow“, stieß Lars aus. „Wer hätte das gedacht. Ein richtiger Held, der Ferdinand Roth.“

„Ach übrigens, Gestern Abend erfuhr ich von Helene, dass Bettina Roth, vor ihrer Ehe in einer Apotheke gearbeitet hat.“

Dienstag / 08:45 Uhr

„Viel weitergekommen sind wir bis jetzt nicht“, stellte Helene frustriert fest und gab einen ordentlichen Löffel Himbeermarmelade auf ihr mit Butter beschmiertes Brötchen.

„Ja, wieso? Wir wisse doch jetzt, was wir noch alles für die Einweihungsfeier hole müsse“, sagte Herbert und biss herzhaft in das letzte, vom Vorabend übriggebliebene Schinkenhörnchen. „Die zwei mache es sich aber schon einfach. Wolle feiern und wir dürfe alles richte.“

„Ja, so ist das eben mit den Kindern“, lachte Helene. „Man ist ein Leben lang für sie da.“

„Hm. Nur, dass es net unser oder deine Kinner sind.“

„Aber fast“, entgegnete Helene. „Und es ist schön, dass man gebraucht wird, oder, mein Brummbär?“

Sie legte kurz ihre Hand auf die seine.

„Ja, hauptsächlich wenn’s ums Esse geht“, brummte Herbert. „Und nenn mich net Brummbär.“

„Bist du doch, ein Brummbär, aber meiner“, entgegnete Helene heiter. „Aber das meinte ich nicht. Ich hatte unseren Fall im Sinn“, fuhr sie ernst fort. „Wir treten auf der Stelle.“

„Ja, leider. Ich denk, wir sollte nochmal mit dem Ferdi und der Bettina rede. Irgendwie hab ich des Gefühl, dass die zwei uns net alles erzählt habe.“

„Den Eindruck hatte ich auch“, bestätigte Helene.

„Ich check mal meine Mails“, sagte Herbert stand vom Frühstückstisch auf.

„Ich komm dann auch hoch, Betten abziehen“, äußerte Helene und räumte den Tisch ab.

Schon nach drei Minuten rief Herbert: „Helene, komm mal hoch. Ich muss dir was zeige."

Sie eilte die Treppe hoch. „Was ist?"

„Hier, guck mal." Herbert zeigte auf ein Video, das jemand auf Facebook gepostet hatte. „Des Auto von dem Tote soll auf dem Parkdeck am Friedhof entdeckt worde sein."

Helene grinste über beide Backen. „Machen wir halt einen Umweg zu Ferdi und Bettina."

Dienstag / 09:20 Uhr

Die Einfahrt zum Parkdeck am Friedhof war abgesperrt und Wagen der Spurensicherung, wie auch zwei Autos der Verkehrspolizei standen quer in der Straße. Nicole musste wieder zurücksetzen, wobei es beinahe zu einer Kollision mit einem Escort älteren Baujahres kam.

Der Fahrzeugführer, ebenfalls fortgeschrittenen Alters, gestikulierte heftig und mit einwandfrei erkennbarer Zeichensprache. Er wollte partout keinen Zentimeter von seiner beabsichtigten Route abweichen. Zusätzliches Hupen bekräftigte seinen Plan.

„Gut, dann eben nicht", entschied Nicole und machte den Motor aus. Lars und sie verließen den Wagen und gingen Josef Maier, der die beiden bereits gesehen hatte, entgegen.

Dem permanent hupenden Verkehrsteilnehmer winkte er freundlich zu. Sofort hörte der Lärm auf und der Wagen bewegte sich vorsichtig zurück.

„Sie haben Ihr Volk unter Kontrolle, wie ich sehe", lachte Lars und streckte Maier seine Hand entgegen.

„Meistens", erwiderte der Polizeihauptkommissar und begrüßte auch Nicole mit Handschlag.

„Frau Wegener. Ihre Kollegen sind schon fleißig am Arbeiten. Kann sich aber noch hinziehen. Der Wagen sieht aus, wie eine Müllkippe."

Nicole und Lars folgten Josef Maier.

Rund um Sebastian Königs Auto wuselten vier Leute der Kriminaltechnik herum. Einer davon hob kurz den Kopf. Es war Kai Schmitt.

„Morgen, Frau Wegener, Lars.“ Er winkte mit seiner Kamera. „Vielleicht sollten wir uns hier Zimmer mieten. Alle paar Stunden über die A3 zu fahren, macht nicht wirklich Spaß.“

„Trotzdem sind Sie immer vor uns da“, feixte Nicole.

„Möglicherweise fahren wir schneller als Sie.“ Schmitt zwinkerte Nicole zu.

„Außer einer Menge Müll im Innenraum des Fahrzeugs, haben wir das gefunden“, fuhr er in dienstlichem Ton fort und hielt eine Plastiktüte, in der sich zwei Handys befanden, in die Höhe. „Eines steckte zwischen den Vordersitzen. Das andere lag im Handschuhfach, wo wir auch eine tabakähnliche Substanz entdeckt haben. Um was genau es sich handelt, müssen die im Labor feststellen. Und bevor Sie fragen, werte Kollegin – dieses Mal keine Ergebnisse vor den nächsten vierundzwanzig Stunden. Wir haben fünf Einbrüche und zwei weitere Mordfälle abzuarbeiten.“

„Schon in Ordnung“, erwiderte Nicole. „Wir wollten auch nur mal kurz vorbeischauen. Eigentlich sind wir wegen einer Befragung hier.“

„Passt.“ Kai Schmitt atmete hörbar auf. „Ach ja, im Kofferraum konnten wir eine gut sortierte Sammlung an Einbruchswerkzeugen sicherstellen.“

„Aber die Handys hätte ich schon gerne etwas früher, falls das möglich ist.“

„Ich hab’s geahnt. Hier.“ Schmitt reichte Nicole die eingetüteten Mobiltelefone. „Die Fingerabdrücke haben wir bereits eingescannt. Konnten zweifelsfrei Sebastian König zugeordnet werden. Viel Spaß damit.“

„Danke, Herr Schmitt.“ Nicole lächelte.

„Wir lassen den Wagen hier irgendwo stehen“, wandte sie sich an Lars. „Das kurze Stück Weg über den alten Friedhof zum Klosterhof gehen wir zu Fuß.“

„Hauptsache, du verläufst dich nicht“, witzelte Lars, der Begräbnisstätten und Ähnliches mied.

Die Kriminalkommissare hatten den Friedhof schon fast durchquert, als ihnen Helene und Herbert entgegenkamen.

„Was macht ihr denn hier?“ Skepsis lag in Nicoles Stimme.

„Auch euch einen Guten Morgen“, antwortete Helene. Und Herbert sagte: „Na, was wohl? Wir besuchen die Gräber unserer Angehörigen.“

„Ach so, ja. Na dann. Tschüss, bis später.“

Nicole schaute den beiden hinterher und Lars sagte: „Du nimmst an die wollen zum Parkdeck, stimmt‘s?“

„Hundert Pro. Ich frage mich nur, woher die das schon wieder wissen.“

„Ich nehme an, aus dem Internet. Jemand hatte es bereits heute Morgen auf Facebook gepostet.“

„Internet, Segen und Fluch.“ Nicole schnaubte verärgert.

Dienstag / 9:25 Uhr

Seinen Wagen hatte er in Höhe der evangelischen Kirche abgestellt. Im Parkdeck gegenüber, wuselten die weiß gekleideten Leute von der Kriminaltechnik herum.

Hoffentlich war der nicht so dumm irgendetwas zurückzulassen, was die Polizei auf meine Spur bringt.

Jetzt fuhr der schwarze Insignia vor, der bereits gestern am Klosterportal parkte. Die Kriminalbeamtin war die gleiche. Er erkannte sie an ihrem forschen Auftreten und der sportlichen Figur. Für so etwas hatte er auch heute noch einen Blick.

Durch sein Fernglas konnte er sehen, wie der Kriminaltechniker eine kleinere Plastiktüte überreichte.

Er stieg aus seinem Wagen, überquerte die Straße und warf kurz einen Blick ins Innere des Parkdecks. Näher traute er sich nicht. Dann schlenderte er gemächlich an der Klostermauer entlang, in Richtung Altstadt.

Dienstag / 09:50 Uhr

„Guten Morgen, Herr Roth. Wegener von der Kriminalpolizei. Das ist mein Kollege, Hansen.“ Nicole zeigte Ihren Ausweis. „Dürfen wir reinkommen?“

Ferdinand Roth blickte misstrauisch, führte die Kriminalbeamten aber dann in die Küche. „Wir sind gerade am Frühstücken. Bettina, das sind Leute von der Kriminalpolizei. Du weißt schon, wegen dem Toten. Lässt du uns grad mal ein paar Minuten alleine?“

„Nein, nein. Ihre Frau sollte schon auch dabei sein. Bleiben Sie ruhig, Frau Roth“, sagte Nicole.

Resignierend setzte sich Ferdinand Roth an den Tisch und deutete auf die beiden noch freien Sitzgelegenheiten aus den Siebzigern – Stahlrohrgestelle, Sitz und Rückenlehne aus Plastik – jeder Stuhl in einer anderen Farbe.

„Herr Roth. Jetzt steht fest, dass der Mann ermordet worden ist. Deshalb denken Sie bitte noch einmal genau nach. Vielleicht haben Sie gestern Nacht doch etwas gesehen oder gehört. Alles kann wichtig sein“, eröffnete Lars die Befragung.

„Mord? Sagten Sie gerade, dass der Mann ermordet wurde?“ Ferdinands Finger streiften nervös über die buntgemusterte Kunststofftischdecke.

Lars nickte.

„Das ist ja furchtbar. Aber, nein. Ich muss Sie enttäuschen. Wir haben weder etwas gehört noch gesehen“, antwortete Ferdinand. Dabei legte er seine Hand auf die seiner Frau.

„Und Sie, Frau Roth?“

„Nein.“

Der kurze Blick, den Bettina Roth ihrem Ehemann zuwarf, entging Nicole nicht.

Hat sie etwas bemerkt und Angst es zu sagen?

Obwohl seine Frau ihr Frühstück noch nicht beendet hatte, stand Ferdinand Roth auf und räumte Tassen und Teller in die Spüle.

„Vielleicht haben unsere Nachbarn, Klara und Berthold Kuhn, etwas bemerkt oder gesehen. Sie wohnen im Mühlenhaus, direkt neben den Mühlrädern. Oder Sie fragen den Frank Reuter, den Verwalter der Anlage. Hat sein Büro gleich nebenan. Vielleicht kann er oder einer seiner Mitarbeiter Ihnen weiterhelfen."

Nicole hatte das Gefühl, dass Roth sie schnellstens loswerden wollte.

„Danke, Herr Roth", sagte sie. „Wir werden Ihrem Hinweis nachgehen. Ach, eins noch."

Sie stand schon an der Haustür. „Ist Ihnen der Name Sebastian König bekannt?"

„Sebastian König?", wiederholte Roth nachdenklich. Dann schüttelte er den Kopf. „Sagt mir nichts. Wer soll das sein?"

„So heißt der Tote."

„Ein seltsames Pärchen", sagte Lars. „Ich habe das Gefühl, dass die zwei etwas verschweigen."

Nicole nickte. „Ich auch. Nur was? Einen Mord traue ich keinem der beide zu. Aber, wie heißt es: *Man kann nicht in einen Menschen hineinschauen.* Und oftmals wurden wir auch schon eines Besseren belehrt."

Vorbei am Taubenhaus gingen die Kommissare zum Büro der Verwaltung. Lars betätigte die Klingel. Auf dem Schild stand:

Verwaltung staatlicher Schlösser und Gärten in Hessen

Sekunden später ertönte ein Summen.

Der Eingangsbereich war breit und lang und durch eine Glastür abgeteilt. Gleich dahinter trat rechtsseitig ein junger Mann, zirka Ende Dreißig, aus einem Raum.

„Ja bitte. Was kann ich für Sie tun?“

„Kriminalpolizei, Mordkommission.“ Erneut zeigte Nicole ihren Dienstausweis und stellte sich und ihren Kollegen vor. „Sie sind der Verwalter?“

„Ja. Das ist richtig. Reuter, Frank Reuter. Also, wenn das keine Fügung des Schicksals ist.“

Frank Reuther lachte gequält.

„Wie bitte? Ich verstehe nicht…?“, sagte Nicole.

„Wie sollten Sie auch. Ich habe es selbst gerade erst festgestellt. Bitte hier entlang.“ Mit einer Armbewegung dirigierte Reuter die Beamten in sein Büro.

„In unsere Klosterapotheke wurde eingebrochen. Es ist ganz furchtbar. Ich wollte gerade die Polizei anrufen. Ein Buch – ein sehr wertvolles Exemplar über mittelalterliche Medizin wurde entwendet.“

„Ein Buch?“, fragte Lars gedehnt.

„Kein normales Buch. Unser *CAZOPHYLACIUM - Medico-Physicum,* eine Publikation von 1743 über Heilkunde.“

Frank Reuter griff nach einem Ordner auf seinem Schreibtisch. „Hier schauen Sie.“

Er zeigte ein Foto.

MEDICO–PHYSICUM
oder
Schatz-Kammer Medicinich- und Natürlicher Dinge

„Sie haben den Einbruch heute Morgen festgestellt?“, fragte Lars. „Weshalb erst heute?“

„Nun, das ist ganz einfach. Montags ist Ruhetag. Daher mache ich Dienstagmorgens meine Runde, bevor die Besucher kommen. Um zu sehen, ob alles in Ordnung ist. Dabei habe ich den Diebstahl festgestellt; und auch erst nach dem zweiten Blick. Denn die Vitrine, in der die wertvollen Bücher liegen, war wie immer verschlossen. Nichts deutete auf einen Einbruch hin; wie gesagt, auf den ersten Blick.“

„Verstehe“, sagte Nicole. „Wir werden den Diebstahl sofort unseren Kollegen vom Einbruchsdezernat melden. Aber deshalb sind wir nicht hier.“

„Nicht? Ach ja richtig. Sie sind von der Mordkommission, sagten Sie ja. Bitte, entschuldigen Sie. Ich stehe noch immer völlig neben mir. Sie kommen wegen dem Toten in der

Mühle, stimmt's? Schrecklich so etwas. Haben Sie schon eine Spur oder gar schon den Täter?"

„Nein, noch nicht. Deshalb hätten wir ein paar Fragen an Sie."

„Ja. Natürlich. Ich fürchte nur, ich kann Ihnen nicht viel weiterhelfen. Ich war letztes Wochenende mit meiner Familie auf Usedom – ein paar Tage Erholung – nach all der Hektik und den Vorbereitungen für die Zunft- und Handwerkertage."

„Aber vielleicht ist Ihnen in den Tagen davor irgendetwas Besonderes aufgefallen?", wollte Lars wissen.

Marcus Reuter tippte nachdenklich mit seinem Zeigefinger an die Lippen.

„Jetzt, wo Sie es erwähnen. Aber ob es etwas mit dem Toten zu tun hat, kann ich mir nicht vorstellen, eher vielleicht mit dem Diebstahl. Aber dafür sind Sie ja nicht zuständig."

„Erzählen Sie uns trotzdem, was Ihnen aufgefallen ist", forderte Nicole den Verwalter auf, währenddessen Lars die Spurensicherung anrief.

„Nun gut. Da war letzte Woche ein Besucher, der mich sehr intensiv zu gerade diesen drei medizinischen Werken in besagter Vitrine befragte. Natürlich kommt es ab und an mal vor, dass jemand größeres Interesse zeigt. Aber dieser Herr war – ja, ich möchte sagen, er war schon beinahe aufdringlich. Auch als alle anderen Besucher den Raum bereits verlassen hatten, hielt er mich noch weiter auf und wollte wissen, ob die alten Rezepturen auch heute noch angewendet werden könnten."

„Und können sie?", fragte Nicole.

„Nun ja, ich bin kein Mediziner. Aber soweit ich weiß, greifen Heilpraktiker wieder immer öfter zu den althergebrachten Mitteln. Das sagte ich dem Herrn auch.“ Reuter lächelte. „Die Kräuterkunde erlebt zurzeit ohnehin eine Art Renaissance. Aber, wie schon gesagt, ich kenne mich dahingehend nicht gut genug aus.“

„Können Sie den Mann beschreiben?“, hakte Lars nach.

Reuter blickte einen Moment an die Decke, als wäre das Bild des Mannes dort oben haften geblieben.

„Er war recht groß, würde sagen so in etwa 1,85 bis 1,90 und korpulent, braune kurze Haare, an den Schläfen ergraut, braune Augen und eine Brille mit Goldrand. Er trug einen hellgrauen Anzug und ein weißes Hemd, keine Krawatte. Alles in allem ein, wie man so sagt, distinguierter Herr in den Sechzigern. Und, er dürfte einige Vorkenntnisse haben. Seine Fragen waren sehr präzise.“

„Und Sie meinten, Sie können uns nicht weiterhelfen?“ Nicole schmunzelte. „Wenn jede Personenbeschreibung derart detailgetreu wäre, würde das unsere Arbeit wesentlich erleichtern.“

Frank Reuter lächelte ebenfalls. „Ich schaue mir meine Mitmenschen nur genau an. Zudem hielt mich der Mann, wie erwähnt, länger als vorgesehen auf. Ich hatte also genügend Gelegenheit ihn mir genau anzusehen.“

„Vielen Dank, Herr Reuter. Sollte Ihnen doch noch etwas einfallen. Hier meine Karte.“

Frank Reuter nahm Nicoles Visitenkarte entgegen.

„Die Kollegen von der Spurensicherung werden bald eintreffen“, sagte Lars. „Bitte, rühren Sie nichts mehr an.“

„Ach, eine Frage hätte ich noch.“ Nicole stand bereits in der Tür. „Sagt Ihnen der Name Sebastian König etwas?“

„Nein, nicht dass ich wüsste. Sollten Sie unser wertvolles Exponat finden – was ich von Herzen hoffe – gehen Sie bitte sehr behutsam damit um.“

„Ich würde mal sagen, jetzt wissen wir definitiv, dass der König hier eingebrochen ist und was er gestohlen hat“, fasste Lars zusammen, als sie wieder im Klosterhof standen.

„Und, sagtest du nicht, wir suchen einen großen und kräftigen oder zumindest durchtrainierten Mann und er muss Kenntnis in der menschlichen Anatomie besitzen? Dieser ominöse Mann könnte unser Mörder sein. Was meinst du?“

„Möglich“, antwortete Nicole. „Aber es nutzt uns nicht viel. Weder haben wir eine Ahnung, um wen es sich bei dem Mann handelt, noch wo wir ihn finden können.“

„Schade, dass es hier keine Kameras gibt.“

Lars sah an den Gebäuden entlang. Dabei fiel sein Blick auf Roths Haus. Das Fenster im ersten Stock stand auf und die Wortfetzen, die nach außen drangen, hörten sich nach einer lautstarken Auseinandersetzung an.

Nicole und Lars gingen einige Schritte auf das Haus zu. Der Streit ging offenbar um einen dunklen Gegenstand, den beide zwischen sich hin und herzerrten. Plötzlich flog ein schwarzer Rucksack durch das Fenster, beinahe direkt vor die Füße der Kriminalbeamten.

„Hoppla“, sagte Lars schmunzelnd. „Könnte man als Angriff auf Polizeibeamte deuten.“

Kaum hatte er den Rucksack aufgehoben, stand auch schon Ferdinand Roth vor ihm.

„Entschuldigen Sie bitte. War keine Absicht. Meine Frau will den Rucksack aussortieren, ich will ihn behalten. Deshalb gab es Streit. Immer das Gleiche.“ Er lachte unbeholfen. „Kann ich…?“ Roth streckte seine Hand aus.

„Vielleicht ist da noch etwas Wertvolles drin.“ Lars wippte das Gepäckstück auf und ab. „An Ihrer Stelle würde ich erst nochmal reinschauen“, schlug er vor.

„Ja, danke.“

Etwas zu hektisch nahm Ferdinand Roth den Rucksack an sich.

Beim Aufprall auf die Pflastersteine fiel ein, in eine Plastiktüte eingepackter Gegenstand heraus.

Dienstag / 09:55 Uhr

Helene trommelte mit einem Stift auf dem Notizblock herum.

„Wenn des die Grundlage is für die Einweihungsfeier von Nicole und Andy, dann kannst de die halbe Stadt einlade." Herbert schaute seiner Helene mit hochgezogenen Augenbrauen über die Schulter.

„Mit dem Wenigen, was die beiden gestern Abend vorschlugen, werden nicht einmal Harald und Lars satt."

„Hauptsach, du denkst an den Whisky."

„Schon notiert." Helene lächelte. „Eine oder zwei? Was meinst du?"

„Besser zwei. Vielleicht sitze mer schon bald wieder in de Bredouille und müsse unser Kriminalhauptkommissarin e bissje ablenke. Ach, herrje", seufzte Herbert, beim Blick durchs Küchenfenster. „Guck mal, wer da angerauscht kommt."

Im selben Moment klingelte es schon an der Haustür. Sofort wurde ihm klar, aus dem herannahenden Duo würde gleich ein Trio werden.

„Ach Gott, ach Gott. Was hier alles passiert", schnatterte Gundel los, sobald Helene die Tür geöffnet hatte. „Erst wird einer umgebracht und dann auch noch ein Einbruch in der Klosterapotheke. Wo soll das nur alles hinführen? Ein seltenes Buch sollen die Diebe geklaut haben. Und der Berthold Kuhn, der Mann von der Klara Kuhn, den kennt ihr doch auch, sagte, dass es bestimmt von der Hildegard von Bingen gewesen sein muss. Ihr wisst schon, die heilige Hildegard, die..."

„Ja, den Berthold kenne wir", unterbrach Herbert Gundels Redeschwall. „Und die Hildegard von Bingen kenne wir auch, also net persönlich, weil, des war ja vor unserer Zeit."

Die Überbringerin der *brandheißen* Nachricht bedachte Herbert mit einem giftigen Blick.

„Und der Ferdi wurde verhaftet", setzte sie nach.

„Ich hab doch grad den Sepp und den Schorsch gesehe. Wo bleibe die denn?" Herbert schaute zur Haustür.

„Was hast du gesagt? Der Ferdi wurde verhaftet?"

Helene dachte, sich verhört zu haben.

„Ja. Die Frau Wegener und ihr Kollege, der große mit den schönen braunen Haaren", für einen kurzen Moment blickte Gundel schwärmerisch in die Luft, „die haben den Ferdi abgeführt, wie ein Verbrecher. Ich sag's euch, es war wie im Fernsehen."

„Die ist ja kaum noch zu bremse." Sepp erklomm die wenigen Stufen in Helenes Haus und wischte mit einem karierten Taschentuch über seine schweißnasse Stirn.

„Des kannst de laut saache", ergänzte Schorsch, währenddessen er Sepps Rollator ordnungsgemäß und im rechten Winkel neben den Stufen zur Haustür parkte.

„Ihr habt's ja schon geheert, was passiert is."

Sepp schlurfte in Helenes Küche. Dort ließ er sich auf die erste Sitzgelegenheit fallen und schnaufte hörbar.

Herbert reichte ihm ein Glas Wasser, das Sepp ausführlich betrachtete und dann in einem Zug leerte.

„So, und jetzt erzählt mal", forderte Herbert, „was genau passiert is."

„Habe ich doch gerade gesagt. Hört ihr nicht zu?“, antwortete Gundel, sichtlich pikiert. „In der Klosterapotheke wurde eingebrochen und der Ferdi soll’s gewesen sein. *Deine* Frau Wegener und ihr Kollege haben ihn abgeführt“, wandte sie sich vorwurfsvoll Helene zu.

„Und, weiß man schon was gestohlen wurde?“, wollte diese wissen.

„So e Buch aus em Mittelalter. Des is awer net von der Hildegard von Bingen, wie die Gundel verzählt hot“, riss Schorsch das Gespräch an sich. „Von wem, kann ich net mehr saache. Den Name konnt ich mir net merke. Awer, dass des so was altes Medizinisches war.“

„Ach ja?“ Gundel wirkte unsicher. „Woher willst du das wissen?“

„Weil ich des geheert hab.“ Schorsch kostete die, wie er fand, ihm zustehende Aufmerksamkeit durch eine längere Pause aus.

„Meinst de, des kriegst de dies Jahr noch hin?“ Erregt sog Herbert tief die Luft ein.

„Der Reuter Frank vom Kloster“, antwortete Schorsch in aller Seelenruhe, „hot zum Maier Josef, ihr wisst schon, unser Ortspolizist, gesacht, dass des a Buch üwer Klostermedizin wär; so a ganz altes un deshalb wär des wertvoll. Des hab ich genau geheert, weil moi Ohrn sin noch sehr gut, also fer moi Alter. Des hot aach moin Dokter gesacht, als ich es letzte mol dort war.“

Einen Moment lang starrte Schorsch Löcher in die Luft und es schien als sei er mit seinen Informationen am Ende.

„Und dann hot de Josef des denen Kriminaler verzählt“, fuhr er unerwartet fort, „die, die do alles mit so em Pinsel abgestaubt hawe und dann so en Tesafilm driwergebappt hawe. Dann hawe se den widder abgezooche und widder irschendwo annerst druffgebappt und widder fotografiert. Und nooch ner Weil‘ hot’s dann geschellt, also so a *Pling* war des. Und der Kriminale hot gerufe: *Gingo* und hot soin Daume in die Luft gehowe.“

Schorsch blickte in vier Augenpaare, die ihm gebannt an den Lippen hingen.

„Ginkgo?“, widerholte Helene mit in Falten gelegter Stirn. „Ist das nicht eine chinesische Heilpflanze, oder Herbert?“

„Ja und nein, eher ein chinesischer Baum. Aus den Blättern kann Arznei hergestellt werden.“

Herbert schüttelte den Kopf. „Da kann was net stimme. Des gibt kein‘ Sinn. Da hast de dich vielleicht verheert, Schorsch.“

Vor seinem geistigen Auge strukturierte sich der Ablauf an einem Tatort. Markierungen setzen, Fotografieren, Fingerspuren nehmen, abgleichen mit den vorhandenen in der Datenbank.“

„Schorsch, kann des sein, dass der Mann *Bingo* gerufe hat?“

„Des kann natirlich aach soi“, gab Schorsch zu.

„Wie konntest du das hören?“ wollte Gundel wissen. „Die Polizei hat uns doch gleich wieder weggeschickt?“

„Na ich musst halt mal pinkele. Da bin ich ums Eck ins Katzehöfche.“

Dienstag / 10:50 Uhr

„Komm, zieh dein Jäckche an. Wir müsse der Sach auf de Grund gehe", forderte Herbert Helene auf, sobald das Dreigestirn wieder gegangen war.

„Meinst du nicht, ich sollte zuerst einmal Nicole anrufen?", entgegnete Helene.

„Du glaubst doch net im Ernst, dass die dir was sacht? Aber den Lars kann ich anrufe." Herbert grinste listig.

„Die Beweise sind eindeutig. Wir hatten keine andere Wahl", flüsterte Lars.

„Welche Beweise? Und wieso hörst du dich an, als wärst du auf der Toilette?"

„Weil ich auf der Toilette bin", antwortete Lars. „Jeden Moment kann jemand reinkommen. Und wenn Nicole erfährt, dass ich mit dir rede, reißt sie mir den Kopf ab. Also hör zu. Das Exponat, das aus der Klosterapotheke entwendet wurde, befand sich in einem Rucksack, um den die Roths stritten. Der flog durchs Fenster, direkt vor unsere Füße. Und jetzt sag *du* mir, was wir anderes hätten tun sollen, als Herrn Roth mitzunehmen."

„Des kann doch net sein. Der Ferdi klaut doch net. Und, was soll der mit so em medizinische Krempel? Des kann nur e Missverständnis sein. Was sacht er denn dazu?"

„Nichts. Er schweigt sich aus", erwiderte Lars.

„Wieso en des?"

„Ja, was weiß ich. Ich muss jetzt auflegen. Vielleicht hat sich ja alles bis heute Abend geklärt. Tschau."

„Und was wird jetzt mit Bettina?“, fragte Helene, als Herbert das Gespräch beendet und sie informiert hatte. „Sie kann nicht alleine bleiben.“

„Was is mit der Gundel?“, schlug Herbert halbherzig vor. Er wusste sehr wohl, dass das Verhältnis der beiden Frauen alles andere als freundschaftlich war.

„Das kann ich mir nicht vorstellen“, schüttelte Helene auch gleich den Kopf. „Die beiden haben seit Jahren kaum noch Kontakt. Du glaubst doch nicht wirklich, dass Ferdinand einen Einbruch und einen Diebstahl begangen hat?“

„Net wirklich“, verneinte Herbert. „Aber, wie der Lars grad gesacht hat – die Beweise spreche gegen ihn. Herrgott nochmol. Bin ich jetzt im falsche Film? Komm wir müsse dahin, uns des Ganze in Natura angucke.“

Dienstag / 11:15 Uhr

„Wurde der Ferdi gerade von der Polizei verhaftet?“ Frank Reuter trat an Herbert heran.

„Hm“, brummte Herbert. „Weiß auch net, was des soll.“

„Aber warum? Der hat doch nichts damit zu tun.“

„Die Polizei sieht des anders“, erwiderte Herbert. „Die habe euer wertvolles Buch bei ihm gefunde.“

„Beim Ferdi?“ Frank Reuter starrte zum Tor, durch das Ferdinand Roth abgeführt worden war. „Das kann nur ein Missverständnis sein. Ich habe der Polizei doch eine genaue Beschreibung von dem Mann gegeben, der sich…“

„Welcher Mann?“

„Na, der, der neulich so großes Interesse an unseren medizinischen Exponaten in der Vitrine zeigte.“

Frank Reuter berichtete Herbert von der Unterhaltung zwischen ihm und den Kommissaren, vor knapp einer halben Stunde. Herbert hörte angespannt zu.

„Und du hast den Mann vorher noch nie gesehe?“

Reuter schüttelte den Kopf. „Aber jetzt fällt mir ein, dass er zu einer Gruppe aus Karlstein gehörte, die einen Besichtigungstermin gebucht hatten und zwar bereits vor vier Wochen. Könnte doch wichtig sein für die Polizei? Oder was meinst du?“

„Ganz bestimmt“, antwortete Herbert.

Seine grauen Zellen begannen bereits geschäftig zu arbeiten. „Sag‘ mal, wenn die Gruppe sich vorher angemeldet hat, dann hast du doch bestimmt Namen und Telefonnummer? Ich meine, falls da was dazwische komme könnt?“

„Ja, klar. Müsste noch auf meinem Schreibtisch liegen.“

„Da könnt‘ mer doch, also ich mein‘ die Polizei, die könnt‘ doch da anrufe. Und vielleicht so den Mann ausfindich mache.“

Frank Reuter nickte. „Genau. Ich schau gleich mal nach.“

„Ich komm‘ mit“, bot Herbert sich an. „Vier Auge sehe mehr als zwei.“

Helene klingelte eine gefühlte Ewigkeit, bis Bettina endlich die Tür öffnete.

„Was willst du hier?“, fragte Bettina schroff.

„Ich wollte nur nach dir sehen. Wie geht es dir? Kann ich etwas für dich tun?“

„Wieso interessieren sich plötzlich alle dafür, wie es mir geht. Lasst mich doch einfach nur in Ruhe.“

„Was redest du, Bettina? Natürlich sorgen wir uns um dich, um euch; der Herbert und ich. Hast du deine Medikamente genommen? Wo sind sie?“ Helene sah sich in der Küche um.

„Tabletten, Spritzen, Infusionen und noch mehr Tabletten. Alles nur Gift. Ich – will – keine – Tabletten – mehr! Das habe ich Ferdi gesagt. Aber hat er auf mich gehört? Nein! Jetzt sprach er sogar von einer Alternativmedizin. Ich – will – aber – keine Medizin mehr. Ich brauche auch keine mehr.“

Bettina Roth hatte sich derart in Rage geredet, dass sie einen hochroten Kopf hatte und Helene es mit der Angst zu tun bekam.

„Bettina, bitte. Rege dich nicht so auf.“

„Du hast hier überhaupt nichts zu bestimmen. Mach, dass du fortkommst. Raus! Raus!“

Bettina fuchtelte wild mit den Armen.

„Ist ja gut. Ich gehe schon."

Herbert schloss die Tür zur Klosterverwaltung hinter sich und sah gerade Helene das Haus der Roths verlassen.

In knappen Worten berichtete Helene von Bettinas Ausraster. „Die Ärmste ist fix und fertig. Ob ich doch mit der Gundel reden soll?"

„Wär auf jedem Fall en Versuch wert", stimmte Herbert zu. „Wieso stimmt's denn eigentlich net, zwische den beiden? Verstande hab ich des nie so richtig."

„Anfangs verstanden sich die beiden sehr gut", erzählte Helene. „Dann wurde die Gundel schwanger. Und als die Ursula auf die Welt kam, war's ganz vorbei."

Helene seufzte und hakte sich bei Herbert unter.

„Bettina hat nie verkraftet, das Gundel Mutter wurde und sie nur Fehlgeburten hatte."

„Dass mer sich deswege so verrückt mache kann? Is des so wichtig für e Frau?"

Herbert blieb abrupt stehen. „War des bei dir genauso? Ich mein, dein Mann und du, ihr habt doch auch keine Kinner."

„Wir hätten schon gerne Kinder gehabt. Es hat halt nicht sollen sein. Und irgendwann haben wir uns damit abgefunden. Aber das gelingt nicht jedem und manche Frauen gehen buchstäblich daran zugrunde."

„Hm", brummte Herbert. „Aber der Ferdi hat sich doch immer sehr gut um Bettina gekümmert."

„Ja, vielleicht sorgt er sich auch zu sehr", sinnierte Helene.

„Vielleicht fühlt Bettina sich eingeengt, bevormundet, durch seine ständige Fürsorge. Sie sagte mir, nein sie schrie mich an, dass sie nicht mehr länger Medikamente nehmen wolle und das auch Ferdi gesagt hätte.“

„Aber der meint’ s doch nur gut. Seit ich denke kann, hat der alles für die Bettina gemacht. Deshalb kann ich mir auch net vorstelle, dass der was mit der ganz‘ Sach zu tun hat. Stell dir mal vor, der müsst ins Gefängnis. Was soll dann aus der Bettina werde?“ Herbert schüttelte mit dem Kopf. „Nein. Der Ferdi hat ganz bestimmt nix damit zu tun“, wiederholte er. „Des kann nur ein Missverständnis sein, hat der Reuter auch gesagt. Ach ja, des wollt‘ ich dir ja noch erzähle.“

Herbert berichtete Helene von dem Gespräch mit Frank Reuter. Und, dass er natürlich den Namen und die Telefonnummer notiert hatte.

„Luise Sonntag heißt die Frau, die die Gruppe für die Führung angemeldet hat.“

„Du meinst, der Mann könnte mit dem Einbruch zu tun haben?“

„Der Ferdi war’s jedenfalls net“, erwiderte Herbert erneut. „Bedeutet, wir müsse uns drum kümmern, dass der wieder heimkommt. Aber jetzt hab‘ ich Hunger.“

Er sah auf seine Armbanduhr. „Is ja auch schon kurz vor zwölf. Mein Mage kennt die Uhrzeit. Komm, wir gucke grad mal hier, was es Gutes gibt.“

Herbert drückte kurz Helenes Arm. Lieber hätte er ihr jetzt einen Schmatzer auf die Backe gedrückt. Aber hier, in aller Öffentlichkeit, auch weil gerade drei Jugendliche mit ihren Rädern über den Freihofplatz flitzten, hielt er sich zurück.

Was bedeutet das jetzt? Schon wieder Polizei? Die waren noch vor weniger als einer Stunde am Parkdeck? Und wieso führen die Ferdinand Roth ab? Und was schleppt der Lange da? Der Rucksack vom König? Etwa mein Medico-Physicum?!

Für den Mann ein unerträglicher Gedanke. Er schnaufte hektisch. Sein Gesicht lief rot an.

Was nun? Alles aus, vorbei? Mein Traum dahin? Ich muss wissen, was passiert ist.

Dienstag / 13:25 Uhr

Auf die Fragen, die Nicole während der Fahrt ins Polizeipräsidium an Ferdinand Roth richtete, bekam sie keine Antwort. Auch jetzt im Verhörraum schwieg er.

Zur Aufnahme seiner Personalien legte er seinen Ausweis auf den Tisch und fixierte danach eine Ecke des Raums.

Alle Versuche der Kommissare herauszufinden, wie er in den Besitz des Rucksacks und somit des Exponats gekommen war, blieben erfolglos. Ebenso fruchtlos verlief die Befragung zum Tod an Sebastian König. Aber das hatte Nicole auch nicht anders erwartet. Nach etwa einer Stunde brachen die Beamten die Befragung vorerst ab.

„Ich kann mir nicht vorstellen, dass dieser Mann einen Diebstahl begeht, wo er doch vor einigen Jahren, einen verhindert hat“, sagte Nicole. „Aber warum schweigt er?“

„Ich kann mir nur vorstellen, dass er jemanden decken will“, erwiderte Harald, der hinter der Glasscheibe die Befragung mit angesehen und angehört hatte.

„Der Gedanke kam mir auch schon. Fragt sich nur wen und weshalb.“

Die Tür wurde aufgerissen und ein erregter Dr. Ludwig Lechner stürmte herein.

„Sie haben einen Verdächtigen, habe ich gehört? Das ging ja schnell. Wieso wurde ich nicht darüber informiert? Hat er den Mord schon gestanden?“

„Wir haben Herrn Roth vorerst wegen Besitzes von Diebesgut, nicht wegen Mordes, befragt. Wobei das eine vermutlich mit dem anderen zusammenhängt. Aber ich glaube nicht, dass er wirklich unser Täter ist", antwortete Nicole.

„Glauben? Meine liebe Frau Wegener. Der Glaube gehört in die Kirchen. Wir sind die Kriminalpolizei. Wir glauben nicht, wir haben Beweise."

„Wir haben aber nicht genügend Beweise. Und nein, ein Geständnis haben wir auch noch nicht. Herr Roth schweigt wie ein Grab."

„Wie? Keine Beweise? Kein Geständnis?" Dr. Lechner schnaufte enttäuscht.

„Wollen Sie ihr Glück bei ihm versuchen? Vielleicht bricht er bei Ihnen zusammen", wollte Nicole ihren Chef aus der Reserve locken.

„Ich, eh… würde ja gerne, habe aber überhaupt keine Zeit. Termine über Termine. Sie beide machen das schon. Setzen Sie den Mann mehr unter Druck, dann gesteht er schon, Sie werden sehen. Keine Glacéhandschuhe und schon gar kein Mitleid."

Der Ratschlag Dr. Lechners hing noch in der Luft, während selbiger bereits das Weite gesucht hatte.

„Termine? Welche Termine? Golfspielen mit dem Stadtrat oder dem Bürgermeister?" Harald lachte.

„Besser er spielt Golf, als dass er uns ständig über die Schultern schaut", entgegnete Nicole.

„Auch wieder wahr." Haralds Magen knurrte.

„Sorry. Seit dem Frühstück habe ich noch nichts gegessen. Ich geh kurz in die Kantine. Soll ich dir etwas mitbringen?"

Nicole überlegte einen Moment. „Bring mir ein Wasser mit. So still wie Roths Aussage. Und ein belegtes Brötchen, mit Gurke.“

Ein belegtes Brötchen mit Gurke und stilles Wasser, überlegte Harald. *Sie wird doch nicht... Nein, nicht Nicole. Oder doch? Naja, wenn nicht jetzt, wann dann? Sie ist beinahe vierzig. Ihre biologische Uhr tickt. Deshalb auch vielleicht das Haus in Seligenstadt. Sie will sesshaft werden.*

Ganz im Wirrwarr seiner Gedanken versunken, zuckte er zusammen, als sein Handy klingelte. Es war dieser bestimmte Klingelton dieser bestimmten Person, weshalb er sich in eine Ecke verzog.

„Hallo, mein Schatz ... Nein, habe ich nicht vergessen ... Ja ich versuche pünktlich zu sein. Willst du mir nicht schon mal eine kleine Andeutung machen, um was es geht? ... Na gut, dann bis heute Abend.“

Das Lächeln in seinem Gesicht hielt immer noch an, als er die Theke der Kantine erreichte. Einen Augenblick lang starrte er auf die Speisen.

„Mehr ist nicht mehr da“, riss ihn die Stimme der jungen Frau hinter dem Tresen in die Gegenwart zurück. „Ich kann Ihnen aber noch Brötchen mit Schinken belegen.“

„Was? Ja, das wäre sehr nett. Zwei, nein drei Stück bitte.“

Während im hinteren Raum die Brötchen mit besagtem Schinken in Verbindung gebracht wurden, nahm Harald eine Flasche stilles Wasser für Nicole aus dem Getränkeschrank. Sich selbst füllte er einen Becher mit Kaffee und nippte sofort an dem heißen Getränk.

Er wusste nicht, was ihn heute Abend erwartete, freute sich aber, wie auf alle Abende und Nächte, die er mit Marion verbringen konnte. Diesmal machte sie es besonders spannend. Hatte er etwa den Jahrestag vergessen?

Nein, wie könnte ich den vergessen.

Vor zwei Jahren waren sie sich zum ersten Mal begegnet, ausgerechnet in diesem Heim für betreutes Wohnen, wo er in einem Mordfall ermitteln musste. Während er auf den behandelnden Arzt warten sollte, las er in einer dort ausliegenden medizinischen Zeitschrift. Der Artikel der psychologischen Abhandlung beeindruckte ihn sehr. Und dann stand diese bezaubernde Frau vor ihm, die, wie sich herausstellte, diesen Artikel verfasst hatte. Dr. Marion Haus.

Für Harald ein Wink des Schicksals. Psychologie empfand er seit jeher interessant und hatte mehrmals Anlauf genommen in dieser Richtung eine Weiterbildung in Angriff zu nehmen oder gar ein Studium anzufangen.

Ein halbes Jahr später, und nach ausführlichen Gesprächen mit Marion, setzte er sein Vorhaben in die Tat um. In Blockschulungen, in denen er während dieser Zeit teils vom Dienst freigestellt wurde, studierte er Psychologie.

Zweifellos würde er keinesfalls zum auserlesenen Kreis der polizeilichen Fallanalytiker gehören können, wovon es in Deutschland sowieso nur einige wenige gab. Auch hätte er deshalb zum Bundeskriminalamt wechseln müssen. Aber sein Studium hatte sich für seine Arbeit bei der Mordkommission jetzt schon bezahlt gemacht. Und die Dialoge mit Marion über das Thema der menschlichen Psyche waren sowieso ein Vergnügen.

Seit fast eineinhalb Jahren waren sie beide jetzt schon ein Paar. Nur wenige seiner Kollegen wussten von ihrer Beziehung; natürlich Nicole und Lars und auch der Doc.

„Hier, bitte sehr.“

Die nette Bedienung reichte Harald den Teller mit den belegten Brötchen über die Theke.

Ach, die Gurken, erinnerte er sich.

„Hätten Sie vielleicht noch ein paar Gürkchen?“

„Sicher. Die packe ich Ihnen aber separat. Und, nehmen Sie ein kleines Tablett mit. Der Transport ist einfacher und nicht so risikoreich“, lachte die junge Frau und zeigte auf die Tasse Kaffee in Haralds Hand, die zurzeit eine gefährliche Schräglage einnahm.

Harald nahm den Vorschlag der jungen Frau dankend an, dazu noch einige Müsliriegel und machte sich auf den Rückweg.

„Wo bleibst du denn?“ Gierig griff Nicole nach einem Brötchen.

„Und was ist mit mir?“

Lars‘ Kopf tauchte hinter seinem Monitor auf und Harald deutete auf die Müsliriegel. Lars schnappte sich das Schinkenbrötchen. „Ich habe mich bei der Deutschen Rentenversicherung über die Roths schlau gemacht“, teilte er zwischen zwei Bissen mit. „Schaut hier.“

Er wies auf seinen Bildschirm und las laut vor:

„Ferdinand Roth, geboren am 05. Juni 1947 startete seine berufliche Laufbahn mit vierzehn in einer Schlosserei in Seligenstadt, sattelte jedoch nach seiner Lehre um und verdiente seit 1966 seine Brötchen im wahrsten Sinne des Wortes in einer Bäckerei. 1982 wechselte Roth noch einmal seinen Beruf und wurde mit vierunddreißig Jahren zum Sanitäter ausgebildet. Seit sechs Jahren ist er im Ruhestand. Seine Ehefrau, Bettina: geboren am 25. September 1950, arbeitete in der Stadtapotheke – sagtest du bereits."

Lars sah kurz zu Nicole. „Die beiden heirateten 1970. Danach war Bettina Roth wohl nicht mehr berufstätig."

„Erklärt sich vielleicht durch die zwei Fehlgeburten, die sie hatte. Habe ich von Helene", warf Nicole erklärend dazwischen.

Lars nickte. „Wodurch sie womöglich irgendwann depressiv wurde und Mitte 1985 in einer psychiatrischen Klinik behandelt worden ist. Klingt passend."

„Schön. Eh… nicht schön. Bringt uns aber nicht wirklich weiter", äußerte Harald, wobei er Nicole prüfend von der Seite ansah.

Dienstag / 14:50 Uhr

Nach mehrfachen, vergeblichen Versuchen Gundel telefonisch zu erreichen, standen Helene und Herbert nun vor ihrem Haus. Helenes Finger zielte gerade auf die Klingel, als auf der gegenüberliegenden Straßenseite ein Fenster aufging.

„Die Gundel ist net dehaam“, brüllte Josef Richter. „Wie se geheert hot, dass die Polizei de Ferdi mitgenomme hot, war se net mehr zu halte.“

Helene und Herbert überquerten die Straße.

„Herrgott, Sepp. Musst de so brülle?“, zischte Herbert seinem einstigen Nachbar zu, kaum dass sie in dessen Vorgarten standen.

„Wohin wollte die Gundel so eilig?“, fragte Helene.

„Na zur Bettina, wohin sonst?“, drängte sich Schorsch neben Sepp. „Sie hot gemoant, die arm Seel‘ kennt mer jetzt doch net aloa losse. Sie hätt‘ doch sonst koans.“

„Warum hawe se den Ferdi üwerhaupt verhaft?“, wollte Sepp wissen. „Hot der vielleicht den in der Mühl‘ abgemurkst?“

Herbert rollte mit den Augen. „Jetzt red net so ein Unsinn. Wir komme mal kurz rum, wenn’s recht is. Es muss ja net die komplett Nachbarschaft mitkriege.“

Sepp nickte und stieß das Fenster zu. Augenblicklich war ein kurzer Schrei zu hören und ein – „Sepp, du Depp.“

„Schmeißt der Depp doch glatt des Fenster zu, wenn ich noch moi Finger drin hab“, beschwerte sich Schorsch, nachdem Helene und Herbert die Küche durch die Terrassentür betreten hatten.

Schorsch stand an der Spüle, hielt ein Geschirrhandtuch unter das fließende Wasser und umwickelte damit seinen linken Daumen.

„Hättst de doi Griffel halt mol schneller wegenomme“, entgegnete Sepp und setzte sich auf einen Stuhl.

„Also, was is jetzt mit dem Ferdi? Des will ich jetzt wisse.“ Er klopfte mit seinem Zeigefinger auf die Wachstuchtischdecke. „Wenn der werklich den Kerl umgebracht hot, dann hat der en gude Grund defir und dann braucht der en oschtänniche Anwalt. Net so en Schluri. Des muss schon en Professionelle soi. Und du musst den besorsche, Herbert.“

„Ich?“ Herbert riss die Augen auf. „Wieso ich? Ich kenne keinen Anwalt. Außerdem habe se den Ferdi net verhaftet. Und schon gar net wege dem Mord, sondern wege dem Diebstahl in der Klosterapotheke.“

„Richtig!“, stimmte Helene zu. „Er war nämlich im Besitz des Medico-Physicum, oder wie der Titel besagt, der Schatzkammer medizinisch- und natürlicher Dinge. Das haben wir mittlerweile herausgefunden. Deshalb wurde er zu einer Befragung ins Polizeipräsidium gebracht. Und, erst wenn sich die Verdachtsmomente erhärten, dann…“

„Ach, heer doch uff, mit dem Kokolores“, wurde sie heftig von Sepp unterbrochen. „Ja, was glaabt ihr, mache die Kriminale mit dem? Die koche den so lang weich, bis der alles gesteht, was die wolle. Des sieht mer doch in jedem Krimi.“

„Sepp, jetzt mach aber mal halblang“, entgegnete Herbert verärgert und lauter als beabsichtigt. „Des is kein Film und mer sind auch net beim KGB in Russland. Seit dem Krieg hat sich so einiges geändert in Deutschland. Des hab ich dir schon mehrfach erzählt. Wir lebe im 20 zigsten Jahrhundert und in einem Rechtsstaat und net in ‚ner Bananerepublik.“

Herbert drückte seine Hand beruhigend auf Sepps Schulter.

„Ich kann ja verstehe, dass du dir Sorge machst. Aber noch is es net soweit, dass der Ferdi ein Anwalt braucht. Aber wir, die Helene und ich, wir kümmern uns drum, wenn's wirklich soweit komme sollt‘. Versproche.“

Herbert nickte Helene zu. „Wir gehe der Sach‘ auf den Grund. Da drauf könnt‘ ihr euch verlasse.“

„Dat kannst me glöm“, stimmte Helene ebenfalls zu.

„Was?“, fragte Schorsch.

„Da kannst du dich drauf verlassen“, übersetzte sie sinngemäß.

„Des wollt‘ ich nur heern.“ Sepp stieß erleichtert die Luft aus. „Wenn mir euch helfe kenne, dann saacht ihr des, gell? Mir zwa“, er deutete auf Schorsch, der jetzt seinen Finger unter fließendes kaltes Wasser hielt, „sinn momentan ganz gut uff de Höh‘.“

„Abgesehe von moim Daume“, knurrte Schorsch.

„Jetzt gucke mir aber erst mal, wie's bei der Bettina läuft“, fügte Herbert an. „Heut Morgen war die net begeistert, als Helene ihr helfe wollt. Stimmt's?“

„Ganz rabiat wurde sie und hat mich praktisch aus ihrem Haus geworfen.“

„Was? So kenn ich die gar net.“ Schorsch schüttelte seinen Kopf. „Des sinn nur die verdammte Tablette, die se immer nemme muss. Dobei gibt es doch aach annere Mittelchen. Des wisse mir aus…“

„De Schorsch moant es gibt auch annere Sache“, unterbrach Sepp abrupt seinen Nachbarn. „So kloane Perlscher. Die nimmt die Elfi aach immer. Wie heiße die gleich nochmal? Klingoni?“

„Nix Klingoni. Des sinn die aus dene Filme, wo se mit dem Raumschiff durch die Geschend fliesche. Außerdem heiße die Klingone. Ich glaab, du heerst doch net mehr so gut, wie de uns weißmache willst.“

Schorsch runzelte die Stirn und schien angestrengt zu überlegen.

„Sagt mal, was guckt ihr in letzter Zeit? Science-Fiction mit Klingone und Raumschiffe, Horrorstreife, in dene se sich gegeseitig abmurkse? Da kriegt mer ja Gänsehaut.“

„Deshalb gucke mer des doch“, lachte Sepp. „Des reescht de Kreislauf o.“

„Oder des gibt en Herzkasper“, setzte Herbert dagegen. „Was is mit den Volksmusiksendunge, mit der Beatrice Egli und Andrea Jürgens, die ihr immer so gern gesehe habt?“

„Mer kann doch aach amol was anneres gucke, odder?“, begehrte Sepp auf. „Außerdem geht's jetzt um die Bettina.“

Herbert nickte. „Ja. Ich denk‘ aber, in ihrm Fall helfe Globuli net wirklich. Bei Depressionen müsse schon größere Geschütze aufgefahrn werde.“

„Jetzt is ja die Gundel bei ihr“, brachte Schorsch sich wieder ins Gespräch. „Vielleicht hat die ja e Idee.“

Des is grad meine Befürchtung, sinnierte Herbert in Gedanken.

Zurück zu ihrer Wohnung sagte Helene: „Ich möchte doch selbst noch mal bei der Bettina vorbeischauen. Halte mich bitte nicht für schizophren, aber ich habe ein ganz ungutes Gefühl.

„Ich auch“, nickte Herbert. Seine Ruhelosigkeit bezog sich allerdings eher auf Gundels *Alternativmedizin*.

„Vielleicht fange ich aber auch an, weiße Mäuse zu sehen. Die ganze Sache hat mich doch sehr mitgenommen“, ergänzte Helene.

„*Mein* Gefühl sagt mir, dass es uns weiterbringt, wenn ich später die Frau anruf, die die Gruppe aus Alzenau für die Führung angemeldet hat“, sagte Herbert voller Zuversicht.

Dienstag / 15:05 Uhr

Die Haustür zum Haus der Roths war nur angelehnt, weshalb Helene und Herbert gleichzeitig nach Bettina und Gundel riefen. Herbert stieß die Tür weiter auf.

„Hallo, jemand zuhause?"

Wenige Schritte weiter, in der Küche, bot sich den beiden ein Bild des Grauens.

Gundel lag rücklings auf dem Boden und rührte sich nicht. Bettina saß auf einem Stuhl, schaute apathisch in die Gegend und umklammerte ein Nudelholz mit der rechten Hand.

„Um Gottes Willen. Bettina, was hast du gemacht?"

Herbert riss Bettina das Nudelholz aus der Hand. Unterdessen beugte sich Helene über Gundel.

„Sie ist bewusstlos. Herbert! Ruf' den Notarzt!"

Und die Polizei, setzte Herbert in Gedanken nach.

Keine zehn Minuten später fuhr der Krankenwagen auf den Klosterhof.

„Hier, bitte schnell", dirigierte Herbert die Sanitäter in die Wohnung. „Sie ist noch bewusstlos, hat aber Puls", erläuterte er dem Notarzt.

„Herbert! Was ist passiert?" Josef Maier betrat die Küche.

„Jesus Maria. Das ist doch die Gundula Krämer", entfuhr es seinem Kollegen, Berthold Bachmann, der den Kopf durch die Tür streckte. „Ist sie…?"

„Nein, aber bewusstlos", erwiderte der Notarzt. „Wir bringen Sie sofort ins Krankenhaus. Mit einer Kopfverletzung ist nicht zu spaßen."

Erst jetzt wurde Josef Maier bewusst, dass Helene neben Bettina Roth saß und deren Hand hielt. „Was ist mit ihr?"

Herbert nahm den Polizeihauptkommissar am Ärmel und zog ihn in den Flur.

„Josef. Ich weiß net was da vorgefalle is und ich will auch net groß spekuliern. Aber, als Helene und ich hier ankame, stand die Haustür auf und die Bettina saß am Tisch, wo se immer noch sitzt und hatt' e Nudelholz in der Hand. Und die Gundel lag vorm Tisch."

Herbert zog tief die Luft ein und atmete geräuschvoll wieder aus. „Und jetzt sag' du mir, was passiert is."

Josef Maier schaute zum Eingang, durch die gerade Gundula Krämer von den Sanitätern auf einer Trage herausgebracht wurde. Dann wandte er sich wieder Herbert zu. „Was denkst du? Glaubst du die Bettina hat die Gundel niedergeschlagen?"

„Ich würd's gern net. Aber, so wie's aussieht."

Herbert zuckte mit den Schultern. „Sie war heut' Morgen schon net gut drauf. Hat die Helene aus em Haus geworfe, weil se ihr beistehe wollt', nachdem die Kripo den Ferdi mitgenomme hatte."

„Dann bleibt mir wohl nichts übrig."

Mit gesenktem Kopf ging der Polizeihauptkommissar seine Arbeit verrichten. Augenblicke später wurde Bettina von Polizeikommissar Bachmann abgeführt.

Dienstag / 15:35 Uhr

Wo kam die kleine Dicke auf einmal her? Was hatte die da zu suchen? Wieso fängt die Roth auf einmal an zu schreien? Ich wollte doch nur mit ihr reden. Weiber! Nix als Ärger hat man mit ihnen.

Es gab eine Zeit, in der Willibald Eisenbart dem weiblichen Geschlecht ganz und gar nicht abgeneigt gewesen war. Und als angehender Arzt, dazu gutaussehend, lagen ihm die Damen praktisch zu Füßen. Natürlich ergriff er jede sich ihm bietende Chance. Und trotz seines nicht ganz makellosen Rufs, hätte jede Mutter, die eine Tochter im heiratsfähigen Alter hatte, den Sohn aus gutem Haus, nur zu gerne als Schwiegersohn willkommen geheißen.

Und irgendwann war es dann auch beinahe soweit.

Damals glaubte er einen Engel vor sich zu sehen. Zu spät erkannte er, dass er sich mit dem Teufel eingelassen hatte. Sie hinterging ihn nach Strich und Faden und lachte ihn noch aus.

Weshalb regst du dich so auf, hörte er noch immer ihre glockenklare Stimme; auch nach all den Jahren. *Ich tue genau das, was du auch tust.*

Und dann passierte es. Sie wurde schwanger, aber nicht von ihm. Regelrecht bedrängt hatte sie ihn, es zu tun. Schließlich gab er nach.

Das Gericht verurteilte ihn wegen schwerer Körperverletzung. Die sehr hohe Strafe, die er zu zahlen hatte, war nicht einmal das Schlimmste. Mehr traf ihn die Aberkennung seiner Approbation als Mediziner.

Er war erledigt. Er zog weg von Berlin, wo jeder mit dem Finger auf ihn zeigte und weg von ihr. Monate später übernahm er im bayrischen Alzenau eine Apotheke.

Der Vorbesitzer – schon damals ein Anhänger der Alternativmedizin – überzeugte Eisenbart, diesen Bereich nicht zu vernachlässigen. In Zukunft wäre damit eine Menge Geld zu verdienen, weil immer mehr Menschen der vorherrschenden Schulmedizin skeptisch gegenüberstehen würden.

Eisenbart befolgte den Ratschlag. Er sammelte alles, was die pflanzliche Heilkunde betraf, hauptsächlich alte Bücher.

Später baute er in seinem Garten sogar ein Gewächshaus, in dem er die Kräuter und Pflänzchen anbauen konnte, sowie ein Labor in seinem Keller, in dem er seine Forschungen durchführte. Und tatsächlich konnte er sich, mit den Jahren, einen beachtlichen Kundenstamm aufbauen.

Dann kam der Tag, den Eisenbart bis zu seinem Tod verfluchen würde. Kurz vor Ladenschluss betrat ein Mann, Mitte 30, in einem dunkelgrauen Maßanzug seine Apotheke. Ohne viel Gerede kam er gleich zur Sache.

Er konfrontierte Willibald Eisenbart mit seiner früheren Tätigkeit als Arzt und der folgenschweren Verurteilung, die an die Öffentlichkeit kommen würde, sollte Eisenbart nicht tun, was von ihm verlangt wurde.

Sein Vorhaben, den Mann mitsamt seinen Forderungen aus seiner Apotheke zu werfen, wurde von zwei durchtrainierten und kraftstrotzenden Kerlen – Typ Silberrücken – vereitelt, die sich bereits vor der Tür aufgebaut hatten.

Seitdem befand sich, neben dem Labor, in Eisenbarts Keller, ein gut eingerichteter OP-Raum. Und Eisenbarts Hilfe war immer mal wieder gefragt, wenn Freier zu übermütig geworden waren oder eine Frau gar schwanger wurde.

Das Entgelt der besonderen Tätigkeit war mehr als angemessen, sodass Eisenbart seine persönlichen Forschungen schneller vorantreiben konnte. Seine Skrupel traten mehr und mehr in den Hintergrund und dann passierte es. In sein Haus wurde eingebrochen. Eisenbart erwischte den Dieb, als der den Menora-Leuchter in der Hand – das einzige Andenken an seine Mutter – die Kellertreppe heraufstürmte und das Weite suchen wollte. Er nahm das Bürschchen in die Mangel und erfuhr, dass es sich bei dem Kleinganoven um Sebastian König handelte und er für Thilo Schulz arbeitete.

Kurzentschlossen requirierte er den Langfinger für seine eigenen Zwecke und gelangte so zu einigen seltenen mittelalterlichen Exemplaren der Kräuter- und Heilkunde. Den Einbruch und angeblichen Diebstahl des wertvollen Leuchters meldete er dennoch der Polizei und seiner Versicherung.

All das ging Willibald Eisenbart durch den Kopf, während er zu seinem Wagen ging und seinen schmerzhaften Arm hielt. Er hatte sich lediglich Aufklärung darüber erhofft, was mit der mittelalterlichen Publikation geschehen war und ob für ihn doch noch eine Chance bestand an das Exemplar heranzukommen.

Doch alles war aus dem Ruder gelaufen. Die schreiende Frau, die kleine Dicke, die plötzlich auf seinem Rücken hing.

Verfluchte Weiber.

Dienstag / 15:55 Uhr

„Ich hab's geahnt. Sie können's nicht lassen. Sie mischen sich schon wieder ein."

„Naja, als Einmischung würde ich das jetzt nicht bezeichnen", äußerte Lars. „Die beiden wollten lediglich Frau Roth beistehen, weil ihr Mann von uns abgeführt..."

„Ja, war ja klar, dass du die beiden in Schutz nimmst", fuhr Nicole ihn an. „Bin ich vielleicht auch noch schuld daran?"

„Sorry." Lars hob entschuldigend die Arme und vergrub sich wieder hinter seinen Monitor.

„Was tust du da eigentlich?", wollte Nicole, in versöhnlicherem Ton, wissen.

„Ich recherchiere", gab Lars kurzangebunden zurück.

„Aha, und darf man auch erfahren was du recherchierst?"

„Laut Angaben von Charlene, der Freundin vom König, räumte der Häuser aus, für Thilo Schulz, den Klubbesitzer. Die bayrischen Kollegen vom Einbruchsdezernat haben mir mitgeteilt, dass sie den feinen Herrn schon länger verdächtigen, mit den Einbrüchen in der Gegend zu tun zu haben. Nur nachzuweisen war ihm bisher nichts. Seine Weste scheint so reinweiß wie die der Jungfrau Maria. Auch konnten in den Häusern keine Fingerabdrücke festgestellt werden. Aber ich habe mal weitergegraben, dem Hinweis von Charlene nachgehend, dass der *Boss* seine Finger auch im horizontalen Gewerbe hat und", Lars grinste, „habe das hier gefunden."

Er zeigte auf seinen Bildschirm.

„Wow, eine Bewährungsstrafe von 1½ Jahren, wegen sexueller Nötigung", las Harald laut, der sich ebenfalls hinter Lars postiert hatte. „In Brandenburg? Wie kommst du jetzt darauf?“

„Sandy machte so eine Andeutung, dass Schulz aus dem Osten stammen sollte. Hab einfach mal so, auf gut Glück, bei POLAS *personengebundene Hinweise auf Sexualstraftaten* eingegeben. Weil, wer mit Prostitution zu tun hat, ist möglicherweise auch vorbestraft. Und siehe da…“

„Ich sag’s ja. Aus dem Kleinen wird noch mal was.“

Harald schlug seinem Kollegen auf die Schulter.

„Ich leite die Daten an die Bayrischen Nachbarn weiter. Vielleicht können sie dem Typ auf die Art ein Bein stellen.“

„Gut gemacht“, würdigte auch Nicole Lars‘ Arbeit. „Aber jetzt mal wieder zu unseren Aufgaben. Wie geht es Frau Krämer?“

„Sie ist wieder bei Bewusstsein“, antwortete Harald. „Aber der behandelnde Arzt sagte, dass sie noch Ruhe braucht. Also, keinen Besuch vor morgen früh.“

„Gut. Dann nehme ich den Dienstwagen heute Abend mit nach Hause und besuche Frau Krämer gleich morgen früh. Was ist mit Bettina Roth?“

„Kollege Maier wartet darauf, dass wir die Frau abholen lassen.“, gab Harald erneut Auskunft. „ Seine vorläufige Befragung lief ebenso ins Leere, wie die von uns bei ihrem Ehemann.“

Nicole nickte. „Veranlasse das. Dann können wir Frau Roth in zirka einer Stunde verhören.“

Dienstag / 16:10 Uhr

„Was? Die Gundel is tot?" Sepps Gesicht zeigte schlagartig eine ungesunde Blässe.

„Nein, nicht tot, Sepp", beeilte sich Helene den 90-jährigen zu beruhigen.

„Sie ist bewusstlos und liegt im Krankenhaus."

„Awer wie is en des passiert? Is se gefalle?"

„Eher unwahrscheinlich."

Unsicher wie er Sepp beibringen sollte, dass Gundel von ihrer Schwägerin niedergeschlagen worden war, schaute Herbert hilfesuchend zu Helene.

„Bring Sepp ein Glas Wasser", forderte sie ihn auf. Woraufhin Herbert sofort in die Küche eilte.

Er ließ sich Zeit und hörte Helenes Stimme aus dem Wohnzimmer. In klaren aber einfühlsamen Worten schilderte sie Sepp was geschehen war.

„Des kann ich net glaawe", wiederholte Sepp mindestens ein halbes Dutzend Mal. Dabei schüttelte er immer wieder den Kopf.

„Waas des schon de Schorsch?", fragte er, gedankenverloren, das Glas Wasser in der Hand haltend, ohne davon zu trinken.

Herbert verneinte. „Soll ich es ihm sage?"

„Noa, des mach ich. Nix geesche dich, Herbert. Awer des muss ich moim beste Freund selbst saache. Jetzt gleich. Des verstehst de doch?"

Sepp hievte sich aus seinem Sessel und schlurfte durch in die Küche auf die Terrasse.

Helene und Herbert sahen ihm besorgt nach, wie er wackelig, aber mit erstaunlicher Willenskraft – seinen Rollator hatte er in der Aufregung total vergessen – die wenigen Meter durch den Garten zum Nachbarhaus zurücklegte.

„Die sind bestimmt heut‘ Abend sternhagelblau“, vermutete Herbert.

Helene nickte. „Heute gönne ich es den beiden.“

Dienstag / 16:20 Uhr

„Und schon wieder war dein Bauchgefühl richtig.“ Lars stürmte in Nicoles Büro. „Langsam wirst du mir unheimlich.“
„Nur langsam?“ Nicole schmunzelte.

„Die SpuSi fand tatsächlich Fingerabdrücke von Sebastian König und zwar auf dem Schloss der Vitrine. Bingo, sag‘ ich da mal.“

„Danke Lars. Ich muss schnell was abklären.“

Sie nahm den Telefonhörer in die Hand.

„Nicole Wegener hier. Ich muss dringend mit Dr. Lindner sprechen?“, forderte sie, noch bevor sich jemand am anderen Ende der Leitung mit „Gerichtsmedizinisches Institut, Frankfurt“ melden konnte.

„Sekunde. Ich schaue, ob er gerade kann“, sagte die Stimme einer jungen Frau am Telefon..“ Der Hörer wurde abgelegt und Nicole hörte Stimmengemurmel. Dann die sonore Stimme des Leiters der forensischen Gerichtsmedizin.

„Nicole? Was kann ich…“

„Martin“, unterbrach Nicole. „Ich habe gerade von einem Einbruch in der ehemaligen Klosterapotheke in Seligenstadt erfahren. Das Gebäude steht gegenüber der Klostermühle, wo unsere Leiche aufgefunden wurde“, erklärte sie dem Gerichtsmediziner die lokale Lage. „Es wurde lediglich ein altes medizinisches Exemplar entwendet und ich könnte mir vorstellen, dass der Einbruch und der Mord im Zusammenhang stehen. Auch hat es den Anschein, dass unser Mordopfer den Einbruch begangen hat. Sagtest du nicht, ihr hättet Spuren von

Papier unter den Fingernägeln von Sebastian König gefunden?“

„Stimmt“, bestätigte der Gerichtsmediziner.

„Kannst du feststellen, wie alt das Papier ist? Und, Martin, wenn’s geht, schnellstens.“

Nicole hörte ein Schnaufen am anderen Ende der Leitung. „Du weißt aber schon, dass wir hier nicht das Equipment zur Verfügung haben, das einschlägige Universitäten und Labore besitzen? Ich meine, eine exakte Analyse kann ich dir nicht bieten.“

„Weiß ich doch. Hast was bei mir gut, Martin. Vielen Dank im Voraus.“

Dienstag / 16:35 Uhr

Harald beschloss Ferdinand Roth mit den Fakten zu konfrontieren. Vielleicht würde er dadurch erreichen, dass Roth endlich den Mund aufmachte.

„Herr Roth, wir wissen jetzt, dass Sie nicht für den Einbruch in die Klosterapotheke und den Diebstahl verantwortlich sind. Die Fingerabdrücke auf der Vitrine konnten einwandfrei Sebastian König, dem Ermordeten, zugeordnet werden."

„Weshalb halten Sie mich dann noch hier fest?"

„Weil ich von Ihnen wissen möchte, wie Sie an das Exponat gelangt sind. Außerdem haben wir immer noch den Mord an Sebastian König aufzuklären. Haben Sie den Dieb erwischt, wie damals, vor einigen Jahren?"

Ferdinand Roth schaute erstaunt.

„Dazu waren keine großartigen Recherchen notwendig. Ja, auch davon wissen wir. Ihre Heldentat stand in der Zeitung. Also, warum erzählen Sie nicht einfach, was passiert ist? Kam es zu einem Kampf und König stürzte dabei ins Mühlrad?"

Ferdinand Roth zuckte mit den Schultern.

„Dazu kann ich Ihnen nichts sagen."

„Können Sie nicht, oder wollen Sie nicht?"

Harald beugte sich, mit auf den Tisch aufgestützten Armen, zu Roth. Ohne handfeste Beweise musste er Roth ihn in den nächsten Stunden gehen lassen. Also musste er es tun. Er nutzte sein letztes Druckmittel.

„Herr Roth. Ihre Ehefrau wurde soeben von Polizeihauptkommissar Maier verhaftet. Sie hat ihre Schwägerin, Gundula

Krämer, niedergeschlagen. Frau Krämer liegt im Krankenhaus.“

„Was? Das kann nicht sein. Warum sollte Bettina…?“ Roth schüttelte den Kopf. „So etwas würde sie niemals tun.“

Seine Stimme klang zwar fest, aber die Farbe war aus seinem Gesicht gewichen.

„Die Beweise sind glasklar, Herr Roth. Ihre Frau hatte das Nudelholz noch in der Hand, als Frau Wagner und Herr Walter bei Ihnen eintrafen. Und Frau Krämer lag vor dem Küchentisch am Boden, mit einer Platzwunde am Kopf.“

Harald umrundete den Tisch.

„Wir wissen, dass Ihre Frau psychische Probleme hat. Und ich kann auch verstehen, wenn Sie sie…“

„Sie wissen überhaupt nichts“, unterbrach Roth den Kommissar. „Bettina hatte Probleme, ja. Aber das ist schon lange her und vorbei. Sie bekommt Medikamente.“

„Dann verstehe ich es erst recht nicht. Wenn es nicht um Ihre Frau geht, die Sie schützen wollen, um wen dann?“

„Na, wie lief's?“, fragte Nicole.

„Auch, nachdem ich ihm sagte, dass wir den Diebstahl Sebastian König zuordnen können, kam dennoch keine Erklärung, wie er in den Besitz des Buches gekommen ist. Sogar, als ich ihn mit der Verhaftung seiner Frau konfrontierte – nichts. Er blieb stur.“

Harald schwang hilflos beide Arme in die Luft. „Ich weiß wirklich nicht mehr weiter. Wir können ihn nicht länger festhalten, nur weil er im Besitz dieses Exponats gewesen war.

Vielleicht hatte er es einfach nur auf dem Klosterhof gefunden."

„Kann sein", stimmte Nicole zu. „Nur, warum hat er es behalten? Weshalb gab er es nicht dem Verwalter zurück? Und wieso gibt er es nicht einfach zu?"

„Keine Ahnung", erwiderte Harald. „Was machen wir?"

„Lass ihn gehen."

Dienstag / 17:10 Uhr

Luise Sonntag war gerade auf dem Sprung zu ihrer Gesangsgruppe, als das Telefon läutete. Sie war schon spät dran und überlegte, ob sie den Anruf entgegennehmen sollte. Dann siegte ihre Neugier.

Bestimmt ist es die Polizei, behauptete sich der Gedanke in ihrem Kopf. Deshalb kam sie auch gleich zur Sache.

„Ja bitte? Luise Sonntag. Kann ich die Wohnung jetzt räumen lassen?“

„Wie, was?“, stotterte Herbert verwirrt.

„Na die Wohnung, in der der Nichtsnutz König gehaust hat. Haben Sie Ihre Untersuchungen jetzt endlich abgeschlossen? Dort ist doch die Polizei?“, fragte sie jetzt etwas verunsichert.

König? Der Ermordete? Na, wenn des kein Zufall is.

Augenblicklich erkannte Herbert seine Chance und nutzte die Gelegenheit.

„Ich hätte da noch einige Fragen, Frau Sonntag.“

„Ja, was denn noch? Ich habe doch schon alles gesagt, mehrmals sogar. Wie oft denn noch? Drei Monatsmieten habe ich durch den Schluri schon verloren. Ich muss die Wohnung schnellstens wieder vermieten und wahrscheinlich auch renovieren. Hab ja auch nur eine kleine Rente.“

„Kann ich verstehen“, antwortete Herbert in mitfühlendem Ton. „Sagen Sie mir doch bitte, handelt es sich um Sebastian König? Nur um ganz sicher zu gehen?“

„Ja, klar. So viele mit dem gleichen Namen wird es ja doch nicht geben, die auch noch vor einigen Tagen ermordet wurden.“

„Aber deshalb rufe ich nicht an.“

„Nein? Weshalb dann?“

„Es geht um den Ausflug nach Seligenstadt, explicit um die Besichtigung der Klosterabtei mit anschließender Führung durch die Klosterapotheke. Soweit uns bekannt ist, haben Sie das organisiert?“

„Jaaa, warum?“

„Nun. Es ist Ihnen sicher zu Ohren gekommen, dass dort gestern Nacht eingebrochen wurde. Deshalb müsste ich wissen, wer alles an dieser Führung teilgenommen hat.“

„Ach so, das. Ja, natürlich habe ich davon gehört.“

Luise Sonntag zog die Luft ein. „Sie glauben doch nicht, dass einer von uns der Dieb ist. Das wäre ja geradezu lächerlich. Ich kenn alle, die dabei waren. Und glauben Sie mir, da ist niemand dabei, der kriminelle Energie besitzt, wie ihr bei der Polizei so sagt.“

„Das glaube ich Ihnen auch, Frau Sonntag. Trotzdem müssen wir allen Hinweisen nachgehen. Schon deshalb, um die Personen ausschließen, die nichts mit der Sache zu tun haben. Das verstehen sie doch?“

„Ja, ja, schon. Aber muss das jetzt sein? Ich habe gleich meine Chorprobe.“

„Nennen Sie mir nur ganz schnell die Namen und wenn’s geht, auch die Telefonnummern der Teilnehmer. Das erleichtert uns die Arbeit. Sie machen auf mich einen sehr kompetenten Eindruck, wenn ich das mal so sagen darf“, schleimte Herbert. „Deshalb bin ich sicher, dass Sie uns eine große Hilfe sind.“

„Eh, ja, wenn es Ihnen nützlich ist. Was tut man nicht alles als gesetzestreuer Bürger. Einen Moment bitte.“

Na also, klappt doch.

Herbert hörte im Hintergrund Papier rascheln und griff seinerseits nach einem Stift. Kurze Zeit später hatte er eine Liste mit sechs Namen und den entsprechenden Rufnummern.

„Und was ist jetzt mit der Wohnung?“, wollte Luise Sonntag wissen. „Eine Hand wäscht die andere.“

„Das machen die Kollegen“, antwortete Herbert schnell und legte auf.

„Helene!“, rief er aufgekratzt und rannte die Treppe herunter. „Ich hab die Namen von dene, die bei der Führung in der Klosterapotheke dabei warn. Ich muss die jetzt nur noch alle anrufe. Und noch was. Das wirst du net glaube. Die Frau Sonntag, mit der ich grad telefoniert hab. Des is die Vermieterin von unserem Mordopfer.“

Herbert grinste. „Zufäll gibt’s, die gibt’s gar net.“

Dienstag / 18:30 Uhr

Kurz nach 18 Uhr war Bettina Roth in ein Vernehmungszimmer des Polizeipräsidiums in Offenbach geführt worden. Mit leeren Augen starrte sie nun auf den Metalltisch, die Hände verkrampft in ihrem Schoss. Hin und wieder trank sie einen Schluck Wasser – das war alles.

„Sie hatten die Waffe, also das Nudelholz, noch in der Hand, als Frau Wagner und Herr Walter eintrafen und die Geschädigte, Frau Krämer, lag am Boden, vor *Ihrem* Küchentisch, in *Ihrem* Haus“, konfrontierte Harald, sichtlich genervt und zum x-ten Mal Bettina Roth mit den Fakten.

Derweilen sah Nicole hinter der Glasscheibe zu.

Irgendetwas stimmt hier nicht. Entschlossen trat sie in den Verhörraum.

„Lassen wir Frau Roth eine Nacht Zeit über alles nachzudenken.“

Die uniformierte Polizistin, die während der Befragung in der Ecke stand, ging auf Bettina Roth zu und nahm sie am Arm. In dem Moment klingelte Nicoles Handy.

„Er ist noch hier? ... Aha. Ja, warum nicht. Bringen Sie Herrn Roth her.“

Nicole wandte sich erneut an die Polizeibeamtin.

„Warten Sie einen Moment Herr Roth möchte mit seinerseine Frau sprechen.“

Bettina Roth zuckte kaum merklich zusammen.

„Wollen Sie Ihren Ehemann nicht sehen, Frau Roth?“, fragte Nicole.

Bettina Roth nickte mit dem Kopf, was immer das auch bedeuten mochte. Drei Minuten später eilte Ferdinand Roth auf seine Frau zu. Die Polizistin wollte schon dazwischengehen, aber Nicole gab ihr ein Zeichen, sich zurückzuhalten.

„Bettina, mein Liebling." Ferdinand kniete sich vor Bettina und nahm ihre Hände. „Du hast das doch nicht getan, was man dir vorwirft. Was ist passiert? Komm, sag es mir."

In seiner Stimme lag so viel Wärme, sodass Nicole fast moralische Bedenken kamen, diese Leute hier im Polizeipräsidium zu wissen.

Irgendetwas übersehen wir.

Der Duft nach Spaghetti Bolognese empfing Nicole, kaum dass sie die Haustür öffnete. Tasche und Jacke ließ sie achtlos auf den Boden fallen.

„Mm. Das riecht lecker."

„Das riecht nicht nur lecker aus, das schmeckt auch so. Probieren?"

Andy hielt ihr den Kochlöffel entgegen. „Vorsicht heiß!"

„Fantastisch, aber mit etwas zu viel Knoblauch."

„Mach dir keine Sorgen, ich esse auch reichlich davon", lächelte Andy. Er schenkte Nicole ein Glas Rotwein ein.

„Hm, auch lecker. Genau das was ich jetzt brauche."

„Ah ja? Spaghetti und Rotwein? Und das ist alles?" Andy blinzelte traurig und zog eine Schnute.

„Ich kann mir einen supertollen Nachtisch vorstellen", raunte Nicole an seinem Ohr und knabberte kurz dran.

„Darüber lässt sich reden. Irgendetwas Neues?", wechselte Andy das Thema.

Nicole schüttelte den Kopf. „Ferdinand Roth, wie auch seine Frau schweigen. Aber, Herrn Roth mussten wir gehen lassen. Für den Einbruchdiebstahl kommt er nicht infrage. Der konnte zu 90% Sebastian König nachgewiesen werden. Und für den Mord an König haben wir gegen Herrn Roth zu wenig, wenn nicht überhaupt keine Beweise. Außerdem glaube ich auch nicht, dass er zu einem Mord fähig ist. Aber, von Dr. Lechner wurde ich heute belehrt, dass der Glaube in die Kirche gehört und nicht ins Polizeipräsidium."

„Das hat er wirklich gesagt?"

„So, oder so ähnlich", bestätigte Nicole.

Dienstag / 19:30 Uhr

Gundel blinzelte. Das Licht blendete und sie schloss sofort wieder ihre Augen. Ihr Kopf fühlte sich an, als würde ein Presslufthammer von innen gegen ihre Hirnschale schlagen.

Sie stöhnte.

„Frau Krämer? Wie geht es Ihnen?“, fragte eine sanfte Stimme.

Gundel öffnete erneut ihre Augen, nur einen kleinen Spalt. Das Gesicht einer jungen Frau klärte sich aus einem nebulösen Schleier.

„Wo bin ich?“

Die Worte fielen Gundel schwer und sie war nicht sicher, ob sie wirklich einen Laut von sich gegeben hatte. In den Augen der Frau stand jedenfalls Unverständnis.

„Ich rufe den Arzt. Einen Moment.“

Das Gesicht verschwand aus Gundels Blickfeld. Dafür wurde das Dröhnen in ihrem Kopf fast unerträglich.

Ein Mann in einem weißen Kittel beugte sich über sie.

„Na wunderbar. Sie weilt wieder unter den Lebenden.“

Die Freude darüber konnte Gundel nicht nachvollziehen.

„Wo bin ich? Was ist passiert?“

„Sie sind im Krankenhaus, Frau Krämer.“

Zumindest der hört mich.

„Sie wurden niedergeschlagen und haben eine schöne Beule am Hinterkopf.“

Was soll daran schön sein?

„Aber das wird schon wieder. Zum Glück ist es keine Fraktur, nur eine kleine Gehirnerschütterung. Ich bin Dr. Vollmer und das ist Schwester Anke. Wir kümmern uns um Sie. Haben Sie Schmerzen?“

Ja, was denkt der denn, wie es einem geht, dem ein Nudelholz auf den Kopf geschlagen wird. Ein Nudelholz?

„Was ist mit Bettina?“ Gundel wollte sich aufrichten.

„Na, na, das lassen wir doch besser. Ich gebe Ihnen jetzt ein Schmerzmittel, dann schlafen Sie und morgen sieht die Welt schon wieder besser aus.“

„Aber Bettina. Sagen Sie mir was mit Bettina ist. Ist sie verletzt oder tot?“

„Ist das die Frau, die Sie niedergeschlagen hat?“

„Niedergeschlagen? Bettina? Sie hat mich doch…“

Das Schmerzmittel half schnell; zu schnell nach Gundels Auffassung.

Sie hörte noch wie Dr. Vollmer zu Schwester Anke sagte: „Wieso macht sie sich Gedanken um die Frau, die sie beinahe totgeschlagen hätte? Verstehen Sie das?“

Das war doch nicht Bettina, dachte Gundel gerade noch und fiel in einen unruhigen Schlaf.

Dienstag / 23:05 Uhr

War das ein Schrei oder hatte sie geträumt?

Die digitale Anzeige auf dem Wecker gab 23 Uhr 05 an. Gerade mal eine halbe Stunde hatte sie geschlafen.

Verdammt!

Durch die nicht ganz geschlossenen Fensterläden drang ein feiner Lichtstrahl der Straßenlaterne und traf direkt auf Andys Gesichtszüge, der neben ihr leise schnarchte.

Ein Lächeln glitt über Nicoles Gesicht. Nach Jahren des Suchens hatte auch sie ihr Glück gefunden. Sie hatte schon nicht mehr damit gerechnet und sich bereits mental im Kreis der einsamen, bis zum Ruhestand teils frustrierten und dadurch verbiesterten Polizeibeamten gesehen.

Und dann trat dieser Mann in ihr Leben. Nicht mit Pauken und Trompeten, sondern leise, beinahe unbemerkt.

Andreas Dillinger, Jahrgang 1970, ehemals Kriminalhauptkommissar im K 11. Schussverletzung bei einem Einsatz im Offenbacher Rotlichtmilieu, seitdem im Innendienst.

So lautete der Text in seiner Akte.

Innendienst bedeutete aber bei Andy, dass er sich in die Katakomben des Polizeipräsidiums zurückgezogen hatte. Irgendwann entschied er sich zu einer psychologischen Ausbildung – Hilfe für traumatisierte Angehörige von Mordopfern. Sein besonderes Interesse aber galt den sogenannten Cold Cases – unaufgeklärte Fälle, die im Archiv dahinschlummerten.

Natürlich kannten sie sich von zufälligen Begegnungen, bis Nicole vor zwei Jahren höchstpersönlich die *Unterwelt mit ihrer Anwesenheit erhellte*, wie Andy später ihr Auftauchen beschrieb, um Einsicht in eine alte Akte zu nehmen.

Zögerlich hatten sie sich genähert. Keiner von ihnen wollte Beziehungsstress aufbauen. Jeder scheute sich, den anderen zu sehr an sich heranzulassen. Dann, als sie sich wirklich sicher waren, veränderte sich ihrer beider Leben rasch.

In der ersten gemeinsamen Nacht erkannte Nicole, sie gehörte zu Andy und Andy wusste, Nicole war die Frau, nach der er sich immer gesehnt hatte.

Und wie der Zufall so wollte, führte er Andy auch zu Herbert Walter und dessen Kenntnisse in der traditionellen chinesischen Medizin und Heilkunde.

Regelmäßige Behandlungen und Bewegungstherapien seiner, durch die Verletzung nicht gänzlich wiederhergestellten Motorik seines Beines, ermöglichten es ihm auf einen Großteil seiner bisherigen Medikamente zu verzichten.

Erneut hallte ein Schrei durch die Nacht.

Auch Andy schreckte jetzt auf. „War das ein Schrei?“

„Hörte sich so an.“

Nicole sprang aus dem Bett. Der Griff nach ihrer Pistole im Schubfach ihres Nachttischs – nur ein Reflex. Sie sauste in den Flur, schlug auf den Lichtschalter und schlüpfte in ihre Sportschuhe. Mit einer gekonnten Bewegung zog sie ihren Raglanmantel, der wie immer an der Garderobe hing, über.

Drei Sekunden später suchten ihre Augen systematisch die in diffuses Licht getauchte – eine der Straßenlaternen hatte mal wieder ihren Geist aufgegeben – menschenleere Straße ab.

Ein Irrtum? Nein, unmöglich. Andy hatte es auch gehört.

Hinter einem Fenster, im ersten Stock des gegenüberstehenden Neubaus, ging das Licht an und eine Frau streckte ihren Kopf heraus.

„Versuchen Sie erst gar nicht einzubrechen“, rief sie mit schriller Stimme. „Ich habe die Polizei verständigt. Die muss jeden Augenblick hier sein.“

„Ich bin die Polizei“, rief Nicole zurück. „Kriminalhauptkommissarin, Präsidium Offenbach.“

Automatisch ging ihre Hand in die Richtung in der normalerweise ihr Ausweis steckte, fühlte aber jetzt nur den Stoff ihres Pyjamas. Aus dieser Entfernung hätte ihre Identifizierung sowieso nichts gebracht.

„Aus Offenbach? Sie wollen mich wohl veräppeln. So schnell können Sie gar nicht hier sein.“

„Kann ich“, wiedersprach Nicole laut. „Ich wohne hier gegenüber im Haus von Herbert Walter.“

„Ach so. Dann sind Sie die Frau Wegener?“

Hurra! Den Weg zum Einwohnermeldeamt kann ich mir sparen.

„Haben Sie geschrien“, erkundigte sich Nicole.

„Ja, was glauben Sie denn? Ich habe mich fast zu Tode erschrocken. Da waren zwei mit langen Kapuzenmäntel. Bestimmt Einbrecher, oder die Kerle, die die Fassaden der Häuser beschmieren.“

Mittlerweile flammte hinter weiteren Fenstern Licht auf und die Bewohner schauten neugierig auf die Straße.

„Dort in den Garten sind die geflüchtet.“

Die Frau wies zum Grundstück von Josef Richter.

Mit gezückter Waffe näherte sich Nicole dem Nachbarhaus und spähte um die Ecke. Wie immer stand das Tor, das von der Straße in den Garten führte, auf. Noch während sie über so viel Fahrlässigkeit den Kopf schüttelte, erfüllte der Bewegungsmelder an der Wand seine Aufgabe.

Nicole stand im Rampenlicht. *Mist!*

Aus dem Augenwinkel sah sie eine Gestalt in einem langen schwarzen Gewand über den Rasen und auf das Nachbargrundstück von Georg Lenz zueilen.

„Polizei, stehenbleiben."

Es schien, als ob die Person Nicoles Anordnung Folge leisten würde. Sie erstarrte für einen Moment. In diesem Augenblick trafen, mit ohrenbetäubender Lautstärke, die Kollegen der Streife ein.

Na super. Unauffälliger geht's nicht, ärgerte sich Nicole.

Die Person nutzte die Chance und verschwand mit unsicherem Gang in der Dunkelheit. Nicole hastete über den Rasen, in die Richtung, in der sie den Flüchtigen vermutete.

Dann ereilte sie eine Art Déjà-vu. Nur, dass sie diejenige war, die im Lichtkegel zweier Taschenlampen aufgefordert wurde, stehen zu bleiben, die Waffe fallenzulassen und sich auf den Bauch zu legen. Zusätzlich erhellten nun drei Strahler die Terrasse und Elfi, Sepps Tochter, trat durch die Terrassentür.

Auch, wenn sich die Sachlage schnell aufklärte, war Nicole jetzt mehr als sauer. Waren Ihre Haare und Kleidung, durch den Nieselregen bereits leicht durchnässt, klebten jetzt zusätzlich in ihrem Gesicht feuchte Halme des am Nachmittag gemähten Rasens.

Da halfen auch die Entschuldigungen von Polizeikommissar Hans Lehmann und seinem jungen Kollegen nichts.

„Suchen Sie die Gegend ab“, forderte sie die Polizisten auf. „Irgendwo müssen die Kerle stecken. Können sich ja nicht in Luft aufgelöst haben.“

„Ich glaube, hier wollten welche einbrechen“, sagte Elfi zu Nicole. „Ich bin so froh, dass du hier bist.“

„Wo ist dein Mann. Und wo ist dein Vater?“, wollte Nicole wissen.

„Gerald ist auf Montage. Er kommt erst am Freitag zurück“, antwortete Elfi. „Und der Vadder liegt im Bett.“

„Wolltest du mit dem Teil die Einbrecher verjagen?“

Nicole zeigte auf den Schrubber, den Elfi noch immer umklammerte.

„Etwas anderes hatte ich nicht parat.“ Sie zuckte mit den Schultern. „Wieso steht der Rollator vom Vadder hier draußen?“

„Vielleicht solltest du mal nachschauen, ob er wirklich im Bett liegt“, schlug Nicole vor.

Elfi lief durch die Küche und über den Flur zu Sepps Schlafzimmer. Dort knipste sie das Licht an. Nicole blieb an der Tür stehen, nicht unbedingt daran interessiert, das Schlafzimmer eines 90-jährigen zu betreten.

Scheinbar friedlich, bis zum Kinn zugedeckt, lag Josef Richter in seinem Bett. Leise ging Elfi einige Schritte auf ihn zu.

Sepps Lider flatterten. „Was is en los?“, fragte er.

„Ich glaub‘ da waren Einbrecher in unserem Garten.“

„Oibrecher?“, wiederholte Sepp. „Was fer an Kokolores. Was solle die bei uns klaue wolle?“

„Geht's dir gut, Vadder?“

„Wieso soll's mir net gutgehe?‘, brummte Sepp. „Ich hoab geschlofe. Awer net amol des is oam vergönnt. Mach's Licht aus.“

„Alles in Ordnung, Herr Richter?“ Hans Lehmann steckte den Kopf durch die Schlafzimmertür.

„Saach bloß, du host die Polizei gerufe?“

„Ihre Nachbarin rief die Polizei. Sollte man beim Verdacht auf Einbruch tun, Herr Richter“, meldete sich Nicole zu Wort.

„Un aach gleich noch die Kripo“, schimpfte Sepp. „Warum dann net gleich de Grenzschutz? Hot mer net amol in soim eischene Schlofzimmer soi Privat…eh, Dings…Ruh? Des is ja schlimmer, als in dene amerikanische Filme“, polterte er weiter. „Hoffentlich habt ihr moi Hausdier ganz gelosse.“

Demonstrativ drehte Sepp sich zur Seite. Unglücklicherweise machte seine Bettdecke die Bewegung nicht gänzlich mit.

„Ja Vadder, wieso liegst du angezogen im Bett? Und auch noch mit Schuhen.“

Hastig versuchte Sepp sich wieder komplett zu bedecken, was ihm nicht gelang. „Ich frier halt und außerdem reschents drauße“, grollte er.

„Wie kannst du das wisse, wenn du im Bett…was ist denn das?“

Elfis Frage bezog sich auf das dunkle Kleidungsstück, das unter dem Bett hervorlugte. Sie bückte sich, hob es auf und hielt es in die Höhe.

„Sieht aus wie… Das ist das Dominokostüm vom Gerald. Das hatte er vor einigen Jahren beim Fastnachtsball angehabt. Die Sache liege doch im Keller in einer Kiste. Vadder, was hast du wieder angestellt?“

Sie hielt Sepp die Fastnachtsverkleidung vor die Nase. „Raus mit der Sprach.“

„Wie redst en du mit doim Vadder?“ schimpfte Sepp. „Des hätte mer uns frieher net getraut.“

Mit einem Ruck schlug er die Bettdecke zurück und strampelte mit den Beinen, die sich darin verfangen hatten. Elfi reichte ihm die Hand und half ihm sich zu befreien, bis er in einer aufrechten Position auf der Bettkante saß.

„Du sagst mir jetzt auf der Stell‘, was du mit dem Kostüm vorhattest.“

„Schaut mal, wen ich unterwegs aufgelesen habe“, hörte Nicole Andys Stimme hinter sich.

Er zog Schorsch an einer grünen Kordel hinter sich her. Schorsch steckte ebenfalls in einem Dominokostüm. Die Kordel sollte als Gürtel dienen und das Gewand sowohl zusammen und in Schorsch Fall – mit seinen 1,65 Metern war das Gewand definitiv zu lang – auch entsprechend auf Länge halten.

Deshalb der unsichere Gang, erinnerte sich Nicole.

„Das ist ja mein Kostüm“, rief Elfi. „Was habt ihr zwei wieder angestellt? Was hat das alles hier zu bedeuten?“

„Das interessiert mich jetzt auch. Und ein bisschen plötzlich, meine Herren. Ansonsten werde ich diesen Auftritt zur offiziellen Polizeisache machen“, drohte Nicole.

„Sind Sie eischentlich im Dienst?", fragte Sepp, den Kopf halb gesenkt.

„Ich bin immer im Dienst", antwortete Nicole. „Also, raus mit der Sprache!"

„Ach, Sie haben den Einbrecher", stellte Lehmann fest, als er Andy sah, der einen Mann im schwarzen Umhang an einer Kordel festhielt.

Er und sein junger Kollege standen jetzt auch wieder im engen Flur, vor Sepps Schlafzimmer.

„Oder ist das nur ein Missverständnis und Sie geben hier eine Pyjamaparty?", fragte der junge Polizist mit einem amüsierten Blick auf das etwas unübliche Outfit der Anwesenden.

„Mitnichten", entgegnete Nicole und fuhr mit einer Hand durch ihre wirren, feuchten Haare. „Ich denke, das hier sind die Einbrecher." Sie zeigte auf Sepp und Schorsch. „Ich warte nur noch auf eine Erklärung, aber nicht mehr all zulange. Dann gehören Sie euch. Eine Nacht in einer Ausnüchterungszelle hilft dem Gedächtnis meist auf die Sprünge. Ach ja, ich vergaß, Sie beide kennen das ja schon. Wie lange ist das jetzt her? Zwei Jahre?"

„Des misse Se jetzt net grad breittrete, vor dene", brummelte Sepp und deutete auf die Ortspolizisten.

„Ich schlage vor", mischte Andy sich ein. „Wir gehen alle in die Küche. Wird langsam ein bisschen eng hier."

Andy führte Schorsch, dem die Kapuze vom Kopf gerutscht war, an der grünen Kordel an den Ordnungshütern vorbei.

„Schorsch? Ja, jetzt verstehe ich überhaupt nichts mehr." Polizeikommissar Lehmann schaute perplex, als er Georg Lenz erkannte.

Nicole ließ Elfi und ihrem Vater den Vorrang und folgte der kleinen Prozession. Angesichts der bizarren Situation, konnte sie sich, trotz des für sie unerfreulichen Zwischenspiels, ein Grinsen kaum verbergen.

„Nun, wir sind alle schon ganz gespannt. Was soll das hier?“ Wieder ganz die Kriminalkommissarin, machte Nicole eine ausholende Armbewegung.

„War soi Idee“, brummte Schorsch und zeigte auf Sepp.

„Du bist mir en scheene Freund“, brummte Sepp. „Beim Saufe bist de debei. Awer wenn's hart uf hart kimmt, knickst de gleich oi. Debei war des nur e Generalprobe.“

„Generalprobe? Ich versteh‘ überhaupt nix mehr“, äußerte Elfi.

Und Hans Lehmann fragte nüchtern in die Runde: „Haben wir jetzt einen Einbruch oder nicht? Wenn nicht, machen wir uns wieder von Acker. Haben noch anderes zu tun.“

„Ja? Was denn?“, fragte sein junger Kollege arglos.

„Na dies und das“, winkte Lehmann ab.

„Ich denke, wir haben die Situation im Griff, Kollegen“, sagte Nicole. „Danke, für Ihren Einsatz.“

Lehmann nickte, tippte mit Zeige- und Mittelfinger, als eine Art Gruß, an seinen Kopf und zerrte seine Begleitung mit sich. „Und nochmals, Frau Wegener, nichts für ungut – konnten ja nicht wissen…“

„Und es muss auch niemand erfahren“, setzte Nicole nach. Für Harald und Lars wäre die vorangegangene Aktion ein gefundenes Fressen. Aber auch dem Polizeikommissar sah sie die Erleichterung an.

Nach einem kurzen Stimmengemurmel auf der Straße, erstarb langsam das Motorgeräusch des Polizeiwagens und auch die Anwohner gingen wieder in ihre Wohnungen.

„Wir warten!“ Nicole verschränkte ihre Arme.

„Naja, also des war so“, begann Sepp leise, als würde er im Beichtstuhl in der Kirche sitzen.

„Lauter! Ich kann Sie nicht verstehen“, befahl Nicole.

„Ich schon“, erwiderte Sepp. „Ich hab nämlich a neu Hergerät.“

„Vadder!“ Elfi stieß laut die Luft aus. „Wie soll das bloß weitergehen? Was sollen nur die Nachbarn von uns denken, wenn schon nachts die Polizei vor der Tür steht.“

„Ich hab die net gerufe“, entgegnete Sepp bockig. „Un die do drüwe sinn mir sowieso egal.“

Jeder der Anwesenden bemerkte, dass Sepp nur Zeit gewinnen wollte. Elfi schlug auf den Tisch.

„Vadder. Du strapazierst du unsere Nerve.“

Dienstag / 23:25 Uhr

Gerade hatte Tim Dörfler einen guten Lauf bei *Mars Battle*, einem seiner Ballerspiele, als sein Handy klingelt. Er ignoriert es. Aber der Anrufer war beharrlich und versuchte es ein zweites und ein drittes Mal.

Genervt stoppte Tim das Video.

Bestimmt wieder ein Nachbar, der sich über die Lautstärke beschwerte. Mit diesem Gedanken und einem entsprechenden Spruch auf der Zunge drückte er auf den grünen Button.

„Wer stört?“, knurrte er.

„Tim, hier ist Charlene. Entschuldige die späte Störung, aber ich muss unbedingt mit dir reden.“

Tim wurde hellhörig. Die Freundin seines Kumpels Sebastian würde niemals bei ihm anrufen – schon gar nicht um diese Zeit – wäre es nicht wichtig.

„Charlene, ist etwas passiert?“

„Hast du es noch nicht gehört?“

„Nein, was?“

„Bastian wurde ermordet, hier in Seligenstadt.“

„Du machst Witze?“

Dass Charlene bestimmt keine Witze machte, war Tim klar. Sie mochte Bastian, sehr sogar und er sie auch. Vor zwei Tagen hatte Bastian ihm erzählt, dass er sogar mit dem Gedanken spiele, Charlene zu heiraten.

„Bitte, ich muss mit dir reden“, flehte Charlene. Ihre Stimme gehorchte ihr kaum noch.

„Ja, klar. Ich mach‘ mich sofort auf den Weg. Wo bist du?“

„Hier, vor deiner Tür.“

Tim drückte auf den Türöffner. Charlene rannte die Treppe hoch und klammerte sich, wie eine Ertrinkende, an Tim. Der zog sie in seine Wohnung, schloss die Tür und führte sie zu der abgewetzten Couch.

Aus dem Wust an Geschirr, das in und auf der Spüle darauf wartete gespült zu werden, nahm Tim ein Weinglas, hielt es kurz unter fließendes Wasser, trocknete es notdürftig mit Küchenpapier ab und füllte es mit dem Rest des Rotweins, den er im Kühlschrank fand.

„Danke." Ein verzerrtes Lächeln huschte über Charlenes hübsches Gesicht. „Ich weiß nicht an wen ich mich sonst wenden könnte."

Mit großen traurigen Augen blickte Charlene Tim an.

„Wie kommt es, dass du noch nichts von dem Mord an Bastian gehört hast?", fragte sie, nachdem sie sich wieder einigermaßen im Griff hatte „Es steht doch bereits in der Zeitung, auch online", fügte sie hinzu, wohlwissend, dass Tim keine Nachrichten in gedruckter Form las.

„Hab gehört, dass ein…", Tim schluckte, „ein Toter in irgendeiner Mühle gefunden wurde. Hätte doch aber niemals gedacht, dass es Bastian…"

„Ich bin überzeugt, dass Thilo für Bastians Tod verantwortlich ist. Vermutlich hat er nicht direkt… Hand angelegt – der macht sich seine Finger nicht schmutzig."

Charlene stieß ein verächtliches Lachen aus. „Ich nehme an, entweder war es Steven oder Ronny. Aber Thilo gab den Auftrag, und deshalb soll auch er dafür büßen."

„Wie kannst du dir so sicher sein?"

„Weil… vielleicht hat Thilo herausgefunden, dass Bastian noch für jemand anderen arbeitet. Du weißt, wie er auf so etwas reagiert. Bastian wollte sowieso weg von Thilo, raus aus der ganzen Scheiße. Wir wollten ein neues Leben anfangen, irgendwo im Süden, nur weit weg. Aber Thilo hat Bastian erpresst. Er hat ihm gedroht, er würde mir etwas antun, wenn Bastian nicht macht was er sagt. Deswegen wollte Bastian, so viel Geld wie möglich in kurzer Zeit machen. Er…er dachte sogar schon an einen Banküberfall. Das konnte ich ihm aber ausreden. Wir wollten nur weg.“

Charlene leerte den Inhalt des Glases in einem Schluck.

„Und wer dieser andere Abnehmer ist, hat er dir nicht erzählt?“, forschte Tim nach.

Charlene schüttelte den Kopf. „Bastian sagte, je weniger ich wüsste, desto besser wäre es für mich.“

„Könnte nicht auch vielleicht der große Unbekannte“, Tim zeichnete Gänsefüßchen in die Luft, „für Sebastians Tod verantwortlich sein?“

„Könnte er. Die Polizei tappt auch noch im Dunkeln. Aber…“

„Du hast mit den Bullen gesprochen? Du weißt, denen ist nicht zu trauen.“

„Keine Panik. Der ist in Ordnung. Kam am Montagabend in die Bar und erkundigte sich nach Bastian. Und weil ich seit zwei Tagen nichts von Bastian gehört hatte – er ging auch nicht an sein Handy – außerdem war seine Wohnung durchsucht worden, wurden Sandy und ich hellhörig. Deshalb trafen wir uns später mit dem Typen auf dem Schlossplatz. Dort sagte er uns, dass…, dass Bastian ermordet wurde.“

Charlene hielt Tim ihr Glas entgegen. „Hast du noch?“

Tim goss den letzten Rest aus der Flasche in ihr Glas.

„Ich war mir sofort sicher, dass Thilo dahintersteckt.“

„Und was ist mit dem Bullen?“

„Nichts. Er gab uns seine Telefonnummer. Tat kumpelhaft, falls uns noch etwas einfallen sollte und überhaupt könnten wir ihn jederzeit anrufen und so weiter.“

„Hm, typisch.“ Tim schnaubte verächtlich. „Die interessiert doch nur ihre *Fangquote*.“

„Deshalb komme ich ja auch zu dir. Ich will wissen warum Bastian sterben musste. Und wenn wirklich Thilo dahintersteckt, soll er dafür büßen.“

„Du willst nicht allen Ernstes Thilo zur Rede stellen?“

„Und ob ich das will. Nur dazu brauche ich deine Hilfe. Sandy ist ohnehin dabei. Wenn du nein sagst, ziehen wir das alleine durch.“

Tim erkannte nicht nur Schmerz in Charlenes Blick. Er sah auch eine tiefe Entschlossenheit und – Rache.

„Wie sieht dein Plan aus? Was willst du, dass ich tun soll?“

„Ich habe noch keinen richtigen Plan“, gab Charlene zu. „Aber mir fällt schon noch etwas ein.“

Mittwoch, 25. Mai 2016 / 09:50

Helene klopfte an die Tür. Gleichzeitig drückte sie die Klinke herunter und betrat das Zimmer. Gundel saß auf der Bettkante. Ihre Füße baumelten über dem Boden und unter dem, bis zu den Oberschenkeln hochgerutschten Nachthemd schauten ihre drallen Beine hervor. Die hellblond gefärbten und dauergewellten Haare standen ungebändigt vom Kopf ab. Augenblicklich hatte Helene die auf Gemälden dargestellten Putten großer Meister vor Augen, nur die Flügel fehlten.

„Guten Morgen, Gundel. Wie ich sehe, geht es dir schon wieder besser. Gott sei Dank."

„Ah, Helene. Guten Morgen", gab Gundel den Gruß zurück. „Das ist aber schön, dass ihr mich abholen kommt. Ich frühstücke nur schnell zu Ende."

„Abholen? Ja, darfst du denn schon wieder nach Hause?"

„Ja, sicher. War nur eine kleine Gehirnerschütterung. Dafür ist die Beule umso größer und wird mir noch eine Weile in Erinnerung bleiben. Aber der Arzt sagt, ich würde keine bleibenden Schäden davontragen, sollte mich aber in den nächsten Tagen schonen. Magst du ein Brötchen? Die sind wirklich sehr gut."

„Nein, danke. Wir haben schon gefrühstückt."

Gundel nickte. „Bin heute auch spät dran. Aber ich habe so gut geschlafen, wie schon lange nicht mehr. Die haben mir gestern Abend etwas in so einem kleinen Becher gegeben. Schmeckte nach Kräutern. Wenn ich nur wüsste was das gewesen ist.“

Gundel schaute für einen Augenblick sinnierend in die Gegend. „Das heißt aber nicht, dass ich noch eine Nacht hier verbringen möchte. Wo bleibt der Herbert?“

„Ja, also, der Herbert hat mich vor dem Krankenhaus abgesetzt und ist zum Supermarkt gefahren; schon mal einige Dinge für die Einweihungsparty von Nicole und Andy besorgen. Ist aber kein Problem. Natürlich fahren wir dich nach Hause“, fügte Helene schnell hinzu, als sie bemerkte, wie Gundels Mundwinkel absackten.

„Ich rufe ihn an.“

Helene kramte in ihrer Tasche nach dem neuen Smartphone, ein Geburtstagsgeschenk von Herbert.

Es klopfte und schon wurde die Tür aufgestoßen und ein mittelgroßer Mann in einem weißen Kittel, mit Handy am Ohr rauschte herein, gefolgt von einer zierlichen asiatisch aussehenden Krankenschwester.

„Ja, danke. Sie möchte bitte noch kurz warten“, sprach der Arzt in sein Handy. „Ich denke in etwa einer viertel Stunde.“

Er lächelte Gundula an. „Eine Kriminalbeamtin möchte sie sprechen, Frau Krämer. Sie haben doch hoffentlich niemanden um die Ecke gebracht?“

„Dann würde ich wohl kaum mit einer Beule am Kopf hier liegen“, entgegnete Gundel.

Jetzt erst bemerkte der Arzt Helenes Anwesenheit.

„Oh, sie haben schon Besuch; um diese Zeit? Das geht aber nicht, gute Frau. Handys sind hier nicht erlaubt.“

„Ach, nein?“ Helene schaute dem Arzt ins Gesicht, dann zu seinem Kittel, in dessen Tasche er gerade sein Mobiltelefon versenkt hatte.

Er lächelte erneut. „Schuldig im Sinne der Anklage. Sie haben mich ertappt.“

Helene nickte. „Ich gehe dann mal vor die Tür.“

„Hab alles bekomme, was du aufgeschriebe hast“, tönte Herbert freudig durchs Telefon. „Bin gleich da und hol dich ab.“

Seine Euphorie verdampfte blitzartig, als er von dem zusätzlichen Fahrgast hörte. *Kann die net a Taxi nemme*?

„Und, bitte sei freundlich“, mahnte Helene, als hätte sie seine Gedanken gelesen. „Bedenke, was der Ärmsten zugestoßen ist.“

„Ja, schon gut“, antwortete Herbert in friedlicherem Ton. „Soll ich noch en Blumestrauß besorge?“

„Ihr glaubt gar nicht, wie schnell das alles ging. Das hätte ich der Bettina niemals zugetraut“, legte Gundel los, sobald sie die Rückbank des Mercedes erobert hatte.

„Ja, Bettina war gestern Morgen schon sehr erregt. Wir dachten, es läge daran, weil die Polizei den Ferdinand mitgenommen hatte. Dass sie aber derart ausrastet?“

Helene schüttelte den Kopf.

„Ach, ihr habt gesehen, wie der Ferdinand verhaftet wurde?“

„Reiner Zufall“, antwortete Herbert knapp.

Er hatte nicht die geringste Lust zu einer, womöglich detailgetreuen, Schilderung der Aktion.

„Und warum hast du nichts unternommen“, zischte Gundel in Herberts Ohr, wobei sie sich an der Kopfstütze festhielt, um nicht in die Polster zu fallen.

„Sag mal, spinnst du jetzt?“, schrie er zurück. „Was hätte mir denn mache solle?“

„Und wer kümmert sich jetzt um Bettina?“, fragte Gundel, in einem vorwurfsvollen Ton.

„Wie jetzt?“, entgegnete Herbert. „Die Polizei hat se verhaftet. Was glaubst du denn? Immerhin hat se dir auf en Kopp geschlage. Des is mindestens schwere Körperverletzung.“

„Was?“, kreischte Gundel. „Das stimmt doch nicht. Bettina hat mir womöglich das Leben gerettet. Sonst hätte der Kerl uns *beide* vielleicht abgemurkst.“

Herbert trat jäh auf die Bremse. Halb auf dem Bürgersteig brachte er den Wagen zum Stehen. Dahinter quietschten Reifen und Hupen überboten sich gegenseitig.

„Gottverdorich noch mol. Bist du op enmal total tüddelich?“, schimpfte Helene.

Sie schnellte erst nach vorne und wurde dann durch ihren Gurt in den Sitz gepresst.

„Hast du sie noch alle?“, fauchte Gundel auf der Rückbank. Durch Herberts Vollbremsung lag sie mehr, als sie saß, im Polster der Rückbank.

Ein Mann, mit einem wütenden Ausdruck im Gesicht, hämmerte an die Seitenscheibe. Herbert kurbelte diese deshalb auch nur einige Zentimeter nach unten.

„Sind Sie noch bei Sinnen? Man sollte Ihnen den Führerschein entziehen", brüllte der Mann.

Er war mittleren Alters und zeigte Herbert einen Vogel.

„Guter Mann", sagte Helene und beugte sich zur Fahrerseite rüber. „Haben Sie die Katze nicht gesehen, die da gerade über die Straße gehuscht ist? Hätten wir das arme Tier überfahren sollen? Außerdem sind Sie viel zu dicht aufgefahren."

Bevor der Mann etwas erwidern konnte, lenkte Herbert, die Zähne aufeinandergepresst, seinen Wagen gemächlich vom Fußgängerweg und um die Ecke.

Vor Gundels Haus öffnete er die hintere Autotür, packte Gundel am Handgelenk und zog sie in eine aufrechte Sitzposition, sodass sie aussteigen konnte.

Helene stand bereits, mit verschränkten Armen, auf dem Bürgersteig. Trotzdem sie gerade für Herbert Partei ergriffen hatte, schaute sie nicht besonders freundlich.

„Hätte verdammt schiefgehen können", fauchte sie leise.

„Als ich das vom Ferdi gehört habe, bin ich natürlich sofort zur Bettina geeilt", erzählte Gundel, wenige Minuten später, in ihrer Küche.

„Sicher, wir hatten nicht gerade ein herzliches Verhältnis, die letzten Jahre. Was bestimmt nicht an mir lag. Aber ich konnte Bettina doch jetzt nicht einfach alleine lassen. Also packte ich ein paar Kekse zusammen – man muss ja doch etwas mitbringen – und ging los.

Hoffentlich ohne aufheiternden Zusatz, ging es Herbert durch den Kopf.

„Schon als ich an der Mühle vorbeikam, sah ich, dass ihre Haustür offenstand. Also rief ich bereits auf der Treppe nach Bettina. Aber sie antwortete nicht. Da ging ich weiter in die Küche. Und, da sah ich ihn. Dieser Mann, direkt über Bettina gebeugt. Großer Gott, es war ganz grauslich. Ich bekomme jetzt noch Gänsehaut. Der Kerl hatte seine Hand auf Bettinas Mund gepresst und hielt sie fest. Zuerst war ich so erschrocken, dass ich kein Wort hervorbrachte."

Des soll was heißen, kam Herbert nicht umhin seinem Geistesblitz Einhalt zu gebieten.

„Dann stürzte ich mich auf den Mann, krallte mich an seinem Rücken fest und schrie und trommelte mit meinen Fäusten auf ihn ein, weswegen er Bettina loslassen musste. Die hatte plötzlich ein Nudelholz in der Hand und schlug damit nach dem Arm des Mannes. Es gelang ihm aber, Bettina das Nudelholz wieder zu entreißen und dann bekam ich einen Schlag auf den Kopf. Von da an weiß ich nichts mehr."

„Dann hat nicht Bettina dich niedergeschlagen, sondern dieser Mann?", sortierte Helene für sich nochmal die Aktion.

Gundel nickte. „Das versuchte ich doch schon die ganze Zeit zu sagen. Aber keiner hat mir zuhört, weder die Krankenschwester noch der Arzt."

„Wir müssen sofort Nicole anrufen", sagte Helene, „damit sie Bettina freilässt."

Herbert nickte und fummelte mit zittrigen Händen sein Smartphone aus seiner Jackentasche.

In diesem Moment klingelte es an Gundels Haustür.

„Ich geh' schon", bot Helene sich an und war mehr als erstaunt, als Nicole vor ihr stand. „Was machst du denn hier?"

„Meine Arbeit“, erwiderte Nicole pikiert. „Wäre einfacher, wenn ich nicht jedermann hinterherlaufen müsste. Und du?“ Schnurstracks ging sie an Helene vorbei.

Der schwante, dass es sich bei der Kriminalpolizei, die der Arzt erwähnte, um Nicole gehandelt hatte.

Erneut schilderte Gundula Krämer die Ereignisse des vergangenen Vormittags.

„Ein großer, kräftiger Mann sagen Sie?“ Hinter Nicoles Stirn rumorte es. *Deckt sich mit Frau Roths Aussage.*

„Können Sie ihn näher beschreiben? Sein Gesicht – wie sah er aus? Hatte er einen Bart, eine Brille, irgendwelche markanten Zeichen? Eine Narbe vielleicht?“

„Es ging ja alles so schnell. Und zuerst habe ich ihn nur von der Seite gesehen, über Bettina gebeugt. Aber ja, er trug eine Brille, glaube ich. Und, er hatte einen grauen Anzug an; das weiß ich genau. Und irgendwie roch er komisch.“

„Er roch komisch?“ wiederholte Nicole. „Was meinen Sie damit? Hatte er ein aufdringliches Parfüm?“

„Nein, kein Parfüm. Halt anders, unangenehm.“

„Gut, Frau Krämer. Vorerst war’s das. Sollte Ihnen noch etwas einfallen, dann wissen Sie…?“

„Dann klingele ich bei Ihnen. Ist ja nicht weit.“ Gundula lächelte glückselig. „Ich fühle mich gleich viel sicherer mit zwei Kriminalbeamten direkt gegenüber.“

Nicole setzte dieses Lächeln auf, das nur Helene zu deuten wusste.

„Und?“ Herbert guckte Nicole erwartungsvoll an.

„Und, was?“, fragte diese zurück.

„Willst du nicht die Freilassung von Bettina veranlassen?“, sagte Helene.

„Ja, natürlich.“

In wenigen Worten erklärte Nicole Harald die neue Situation.

„Bettina Roth kann entlassen werden.“

Dienstag / 10:50 Uhr

Als Nicole eine halbe Stunde später im Büro ankam, wurde sie schon sehnsüchtig erwartet.

Lars überreichte ihr ein Päckchen. „Mit besten Grüßen aus der Abteilung Kriminaltechnik, von Dr. Lindner."

Nicole entfernte das Papier vom Karton, auf dem eine handschriftliche Notiz klebte.

Hallo Nicole.

Falls es dich gelüstet in dem antiken Werk herumzublättern, bitte unbedingt Baumwollhandschuhe anziehen. Es handelt sich um ein antikes Exponat der Kräutermedizin – Rezepturen zur Behandlung von Krankheiten und so weiter.

Die einzigen Fingerabdrücke auf den Außenseiten konnten Sebastian König und Bettina Roth zugeordnet werden. Die Kunststoffpartikel unter den Fingernägeln des Toten stammen einwandfrei von dessen Rucksack.

Beste Grüße Martin

„Mit anderen Worten: *Du verstehst sowieso nicht um was es geht. Lass am besten die Finger davon.*

„Vielen Dank auch, Martin", sagte Nicole, mehr zu sich selbst und ließ das Exponat

MEDICO–PHYSICUM

oder

Schatz-Kammer Medicinich- und Natürlicher Dinge

in der Pappschachtel.

„Das kann doch kein Mensch entziffern", steuerte Lars seinen Beitrag hinzu, der Nicole neugierig über die Schulter geschaut hatte.

„Deshalb gebe ich das Ausstellungsstück auch wieder dorthin, wo es hingehört; in die fachkundigen Hände von Herrn Reuter von der Klosterverwaltung“, antwortete Nicole und gähnte.

„Ich habe eine unglaubliche Nacht hinter mir“, erklärte sie, während sie sich über die Augen strich.

„Aha, schön für dich“, äußerte Lars.

Die Kommissare warfen sich vielsagende Blicke zu.

Nicole sah in den Gesichtern ihrer Kollegen, welche Fantasien sie mit ihrer unbewussten Äußerung im Großhirn ihrer Kollegen gerade aktiviert hatte.

„Männer! Könnt ihr wirklich nur an das EINE denken?“

In vereinter Vertrautheit schüttelten beiden die Köpfe.

„Wir sind Männer, wie du gerade sachgemäß festgestellt hast“, antwortete Lars.

„Also gut, meine Schuld“, sagte Nicole. „Aber, wehe ihr lacht.“ Sie drohte mit dem Zeigefinger.

„Eigentlich wollte ich die Sache für mich behalten. Aber, damit eure Gehirntätigkeit wieder im Normalmodus arbeiten kann, erzähle ich euch, was heute Nacht vorgefallen ist. Ich werdet es ja doch spätestens bei unserer Einweihungsparty zu hören bekommen. So, wie ich unsere Nachbarn einschätze, können die sowieso nicht den Mund halten.“

Nicoles nächtlicher Polizeieinsatz sorgte für viel Gelächter. Am Ende kamen Harald und Lars zu dem Fazit, dass man bei solcher Nachbarschaft auf jeglichen Besuch eines Boulevard-Theaters verzichten könne.

Mittwoch / 11:30 Uhr

„Gundel redete von einem großen, kräftigen Mann“, sinnierte Helene. „War das nicht auch die Aussage von Frank Reuter? Ein großer Mann, der sehr starkes Interesse an den Exponaten in der Klosterapotheke zeigte.“

„Ja“, stimmte Herbert zu. „Und ich weiß auch was sich da drin grad zusammenreimt.“ Er küsste Helene auf die Stirn.

„Wir sind doch ein Spitzenteam, oder?“

„Na, das will ich wohl meinen.“ Helene schaute ihn mit einem ernsten, sehr ernsten Gesicht an.

„Trotzdem, lässt dein Fahrstil zu wünschen übrig. Das Thema hatten wir schon einmal, wenn ich mich recht erinnere.“

„Du hast ja recht, Helenchen. Es tut mir leid.“ Herbert setzte seinen Dackelblick auf.

„Deinen Dackelblick kannst du dir sparen.“

Sie küsste Herbert auf die Nase. „Und jetzt sieh zu, dass du herausbekommst, wer dieser Mann ist.“

Herbert eilte in den oberen Stock. Dort riss er den Telefonhörer aus der Station und begann die Nummern abzutelefonieren, die Luise Sonntag ihm großzügig mitgeteilt hatte. Dabei beschränkte er sich auf die männlichen Teilnehmer. Jene mit kräftiger Stimme würde er dann in die engere Wahl nehmen.

Der erste Kandidat war kurzatmig und kam als potenzieller Verdächtiger nicht infrage. Beim zweiten Gespräch hatte Herbert zuerst eine resolute Dame am Telefon, die ihrem Ehemann mit knappen und autoritären Worten klarmachte, dass ihn jemand zu sprechen wünschte. Die devote Stimmlage des Gatten sprach dann auch Bände.

Anders beim dritten Anruf. Zwar meldete sich hier nur der Anrufbeantworter, der Text war aber zweifelsohne vom Hausherrn selbst gesprochen. Die sonore Stimme und die dem Namen beigefügte Berufsbezeichnung – Willibald Eisenbart – Apotheker, überzeugten Herbert, dass er es hier mit einem potenziellen Kandidaten zu tun hatte.

Nach einem Blick auf seine Notizen schaute er sich über Google Street View die Gegend an, in der dieser Mann wohnte. Auch das passte.

„Helene. Ich glaub ich hab en Treffer“, rief er.

„Kann gerade nicht, sonst brennen die Kartoffel an.“

Na gut, entschied Herbert. *Surf ich halt noch e bissje im Internet.*

Immer auf der Suche nach leckeren Schmausereien in der näheren Umgebung, rief er erneut Alzenau auf.

Eine Annonce drängte sich sofort in den Vordergrund.

Schenken Sie Ihrer Mutter eine
kleine Auszeit in der Salzgrotte Alzenau

Eine Salzgrotte? überlegte Herbert. *Wär des vielleicht ein Geburtstagsgeschenk für Helene? Nein!*

Der Satz – ***Schenken Sie Ihrer Mutter*** – störte ihn besonders. Dann doch eher ein paar Tage in einem Wellnesshotel?

Schon lange lag ihm Helene damit in den Ohren. Natürlich sollte es ein Vier-Sterne-Hotel sein, mit mindestens einem vergleichbaren Vier-Sterne-Restaurant.

Nicht, dass er eine grundsätzliche Abneigung gegen derartige Wellnessanlagen hegte. Die oftmals dort angebotenen sportlichen Aktivitäten, wie Yoga, Thai Chi, Qi Gong und Ähnliches übte er selbst seit Jahren aus. Auch mit dem kulinarischen Essen ging er d'accord.

Einzig die Dampfbäder und Saunen ängstigten ihn.

Schon bei der Vorstellung, mit fremden transpirierenden Leuten, nackt Backe an Backe, auf engstem Raum zu sitzen, schüttelte es ihn.

Hingegen sah das Schwimmbecken des Hotels, dass sich gerade auf seinem Bildschirm präsentierte, ganz passabel aus. Die Angebote der verschiedentlichen Massagen entsprachen ebenso Herberts Gusto. Und Vorschläge für kurze Wanderungen gab es auch.

Is gar net so schlecht.

Helene schüttete gerade Pellkartoffeln ab und stand mit dem Rücken zu ihm an der Spüle. Den Ausdruck hielt er ihr direkt vors Gesicht. Scheppernd fielen Topf, inklusiv Kartoffeln ins Spülbecken.

„Verdammicht noch mal. Bist du nu total tüddelig? Was soll das?"

„Tschuldigung". Herbert schaute betroffen. „Ich wollte dich net erschrecke. Hast du dich verletzt?"

Helene schüttelte den Kopf. „Was ist das? Die Adresse von unserem Mörder?"

„Nee. Könnt aber sein, dass ich die auch hab. Also, des heißt, des müsse wir erst noch ermittele, ob des wirklich unser Mörder ist. Auf des hier bin ich grad zufällig gestoße. Des is en Fünf-Sterne-Wellness-Tempel. Wär doch mal net schlecht.

Wir zwei, so quasi als Belohnung und zur Entspannung, wenn wir den Fall aufgeklärt habe. Was meinst de?“

„Aha“, brummelte Helene. „Ich dachte, du magst keine Wellness-Hotels. Und jetzt stößt du, so rein zufällig, auf so eine Internetseite?“ Sie rümpfte die Nase. „Kann es sein, dass du ein schlechtes Gewissen hast, wegen vorhin?“

„Ja. Naja. Des war recht unbesonne. Ich geb‘s ja zu. Tut mir leid. Kommt auch net wieder vor, Helenchen.“

Herbert vergrub sein Gesicht an Helenes Hals.

„Davon kannst du ausgehen. Wir könnten alle drei jetzt im Krankenhaus sein“, gab Helene noch immer nicht klein bei.

„Das nächste Mal werde ich fahren.“

„Gut. Dann fährst du nachher nach Karlstein.“

„Und was wollen wir dort?“, fragte Helene, während sie die Kartoffeln auf einen Teller legte. „Wellness machen?“

„Wir befragen einen gewissen Willibald Eisenbart. Des is der Mann, der bei der Klosterführung dabei war und sich so intensiv für die medizinische Bücher interessiert hat. Außerdem is der Apotheker. Vielleicht is er der Mann, nach dem wir suche. Auf jeden Fall fühle mer dem mal auf den Zahn.“

„Ein seltsamer Name, findest du nicht auch?“, meinte Helene.

Mittwoch / 13:50 Uhr

Es gefiel Herbert überhaupt nicht. Aber Helenes Argument, dass Gundel als unmittelbares Opfer und Zeugin des Überfalls den Mann identifizieren könnte, hatte er nichts entgegenzusetzen.

„Aber *die* bleibt im Auto, wenn mir mit dem rede!"

Insgeheim musste er zugeben, dass es äußert mutig von Gundel gewesen war, sich mit ihren gerade mal 1,45 Meter Körpergröße, einem Koloss von einem Mann, wie Gundel den Angreifer beschrieben hatte, entgegenzustellen, beziehungsweise ihm, im wahrsten Sinne des Wortes, in den Rücken zu fallen.

Helene steuerte den Mercedes ohne Zwischenfälle nach Karlstein. Gegenüber von Willibald Eisenbarts Eigenheim parkte sie den Wagen.

Die weiß verputzte Villa aus den Sechzigern, mit dem auf sechs Säulen ruhenden überdachten Eingang machte einen gepflegten Eindruck; ebenso das, mit einem schmiedeeisernen Zaun umgebene Grundstück.

„Schau dir den Mann genau an. Aber bleib dabei in Deckung", bläute Herbert Gundel nochmals ein.

Während der Fahrt, er hatte selbst ja nicht auf den Verkehr achten müssen, hatte Herbert sich einen Plan zurechtgelegt und instruierte Helene nun entsprechend.

Das bronzefarbene Namensschild, *Dr. Willibald Eisenbart*, rechtsseitig auf dem Sandsteinpfosten angebracht, verriet – hier waren sie richtig.

Herbert drückte den Klingelknopf. Außer einem Surren, das aber nicht den Zutritt gewährte, tat sich erst einmal nichts.

„Eine Kamera.“ Helene deutete mit dem Kopf in die Richtung der äußersten rechten Säule am Eingang.

„Wir werden beobachtet.“

Sekunden später ertönte aus der Sprechanlage die Herbert bereits vom Anrufbeantworter bekannte Stimme.

„Dr. Eisenbart. Sie wünschen?“

„Herr Dr. Eisenbart. Ich hatte versucht Sie telefonisch zu erreichen. Aber vermutlich ist Ihr Telefon defekt. Alle anderen Teilnehmer haben wir bereits befragt.“

„Was… mein Telefon?“ Eisenbart schien einem Moment verwirrt. „Welche Teilnehmer und wieso befragt? Um was genau geht es?“

„Es geht um die Gruppe, die vor einigen Tagen an einer Führung durch unsere schöne Klosteranlage, in Seligenstadt, teilgenommen hat“, antwortete Herbert. „Aber bitte, müssen wir das auf der Straße besprechen?“

Der Türöffner summte. Gleichzeitig wurde die Eingangstür aus dunklem Eichenholz geöffnet.

„Geht doch.“ Herbert grinste Helene an.

„Was ist mit meinem Telefon?“, fragte der große, breitschultrige Mann, der fast den gesamten Türrahmen ausfüllte und genau Herberts Vorstellung entsprach.

„Das wissen wir nicht. Aber, jetzt sind wir ja persönlich hier.“

Eisenbart machte keine Anstalten Herberts entgegengestreckte Hand zu ergreifen.

„Sie müssen entschuldigen. Ich habe mir den Arm verletzt.“

„Oh, das tut mir leid“, sagte Helene.

Sofort erinnerte sie sich an Gundels Aussage, dass Bettina mit dem Nudelholz auf den Arm des Mannes geschlagen hatte, der sie angegriffen hatte.

„Geht schon“, antwortete Eisenbart nur.

Mittlerweile standen sie in einer, mit weißem Marmor gefliesten Diele und weißgestrichenen Wänden. An der Stirnseite befand sich eine kleine Sitzgruppe – runder Tisch mit Glasplatte und zwei weißen Ledersesseln.

Eisenbart führte seine Besucher in einen Raum, den er offensichtlich, sowohl als Büro als auch als Lesezimmer benutzte.

Als erstes fielen Helene und Herbert die Bücherwand auf. In Leder gebundene, gewiss alte und wertvolle Exemplare, reihten sich dicht aneinander.

„Sie besitzen eine ansehnliche Sammlung lehrreicher medizinischer Bücher“, bemerkte Herbert.

„Als Apotheker ist es hilfreich, auch die althergebrachten Heilverfahren zu kennen“, war Eisenbarts Antwort. „Außerdem ist es ein Hobby von mir.“

Er deutete auf ein ziemlich abgewetztes braunes Cesterfield-Sofa. Rechts und links davon standen zwei große Yukkapalmen, wie Wächter; allzeit bereit ihren Herrn vor Unannehmlichkeiten zu schützen. Davor lag ein beiger Berberteppich. Der Schreibtisch, mit Milchglasplatte auf Edelstahlbeinen, schräg in einem Erker, mit Blick auf den Garten, bildete einen starken Kontrast gegenüber der übrigen Einrichtung.

„Ich dachte Sie wären Arzt. Ihr Namensschild draußen.“ Herbert machte eine Handbewegung zum Eingangstor.

Für einen Sekundenbruchteil schien Eisenbart nach einer plausiblen Antwort zu suchen. Dann sagte er: „Ich war Arzt."

„Aha. Wir wollen Ihre kostbare Zeit nicht vergeuden und kommen auch gleich auf den Punkt", sagte Herbert.

„Wir sind vom Arbeitskreis Historisches Seligenstadt. Vielleicht haben Sie es gehört, in unserer Klosterapotheke wurde eingebrochen und ein sehr wertvolles Exponat entwendet. Deshalb befragen wir alle Leute, die letzte Woche an der Führung teilgenommen haben, ob ihnen etwas Verdächtiges aufgefallen ist, oder ob sich eine Person besonders eigenartig verhalten hat."

„Wissen Sie, unsere Stadt und ihr historisches Erbe liegt uns sehr am Herzen", warf Helene ein. „Deshalb sind wir auch sehr an Verbesserungsvorschlägen interessiert, was die Sicherheit unserer Ausstellungsstücke angeht."

Schon nach dem ersten Blick schätzte sie den Mann als sehr von sich überzeugt ein und lag offenbar damit genau richtig.

„Nein. Ich meine, mir ist nichts aufgefallen. Und was die Sicherheitsvorkehrungen betrifft – nun ja, da ist noch Luft nach oben, will ich meinen. Eine Überwachungskamera wäre schon mal nicht schlecht. Oder auch Bewegungssensoren. Aber, dafür bin ich nun wirklich nicht der geeignete Mann", nahm Eisenbart sich sofort wieder zurück.

„Ich bin Apotheker, kein Sicherheitsexperte."

„Wer könnte Interesse an einem antiken medizinischen Werk haben? Was meinen Sie?", schaltete Herbert sich ein.

„Nun ja." Willibald Eisenbart lachte kurz und hart. „Sie sagten gerade es wäre wertvoll? Dann würde ich mal annehmen, alle, die Geld brauchen. Und Einbrüche passieren doch jeden

Tag. Auch bei mir wurde vor kurzem eingebrochen. Und, jetzt, wo Sie es erwähnen – Diebe könnten es natürlich auch darauf“, er deutete zur Regalwand, „abgesehen haben. Auf diese Idee bin ich noch gar nicht gekommen.“

„Oh. Bei Ihnen wurde eingebrochen? Was wurde Ihnen gestohlen? Hoffentlich keines Ihrer wertvollen Exemplare?“, fragte Helene.

„Nein. Ich konnte den Dieb noch rechtzeitig daran hindern.“

„Ach. Es war nur einer und Sie haben ihn gesehen?“, hakte Herbert nach, dem sofort Eisenbarts Widerspruch auffiel.

„Wie viele es letztendlich waren weiß ich nicht. Ertappt habe ich jedenfalls nur einen, der aber konnte dann doch fliehen.“

Der Apotheker stand auf und deutete damit das Ende des Gesprächs an.

„Es tut mir leid, dass ich Ihnen nicht weiterhelfen konnte. Wenn Sie mich jetzt bitte entschuldigen. Ich muss zurück in meine Apotheke.“

„Und, hast du ihn erkannt?“, wollte Helene wissen.

„Ja“, nickte Gundel mit hochrotem Kopf. „Das ist er, ganz sicher. Mein Gott, bin ich froh, dass ihr wieder hier seid. Ich hatte schon Angst, der würde euch eins über den Schädel geben, so wie bei mir.“

„So einfach hätt‘ der des mit uns net gehabt. Wir könne uns wern. Stimmt’s, Helene?“

Helene wiegte den Kopf. „Der Mann ist schon recht groß und bestimmt auch stark.“

„Und jetzt?“, fragte Gundel. „Gehen wir jetzt zur Polizei?“

„Was würde das nützen?“, erwiderte Helene, die ahnte, was Herberts Panoramablick bedeutete. „Es stünde Aussage gegen Aussage. Wir brauchen Beweise.“

„Fahr doch mal um de Block. Wenn mich net alles täuscht, dann geht des Grundstück bis zu dem kleine Wald da hinte“, sagte Herbert.

Helene startete den Motor, fuhr bedächtig um die nächste Ecke und stand in einer Sackgasse. Herberts Vermutung bestätigte sich. Ein Feldweg führte zu einer mit Tannen bewachsenen Waldung. Und keine Nachbarn in unmittelbarer Nähe.

„Passt“, äußerte Herbert.

„Was heißt das jetzt?“, fragte Gundel misstrauisch.

„Des heißt, dass wir so lange warte, bis unser Doktor Eisenbart sein Haus verlässt. Er sagte, er müsste wieder in seine Apotheke.“ Herberts Augen blitzten schelmisch.

„Du willst doch nicht etwa…?“ Helene zog tief die Luft ein.

„Was? Was will er machen?“, fragte Gundel angespannt und robbte auf der gepolsterten Rückbank hin und her, bis sie mit ihrem Kopf zwischen den Kopfstützen der vorderen Sitze angelangt war.

„Beweise beschaffe“, erwiderte Herbert knapp.

„Und wie willst du die Beweise beschaffen?“, bohrte Gundel nach. „Du willst doch nicht dort einbrechen?“, quietschte sie dicht an Herberts Ohr.

„Wer red‘ denn von Einbreche? Ich guck mich bloß a bissje um. Und wenn du mir noch e einziges Mal ins Ohr plärrst, setzt ich dich nachher an der Auffahrt zur Autobahn aus. Dann kannst de doi Röckche hebe, damit dich vielleicht irgendeiner mitnimmt.“

Beleidigt sank Gundel in das Polster zurück.

Helene war ebenfalls nicht gerade begeistert von Herberts Vorhaben, sich auf dem Grundstück *umzusehen*, wollte das aber im Beisein von Gundel nicht diskutieren.

Stattdessen sagte sie: „Wenn wir nachweisen können, dass er der Mann ist, der Bettina und dich angegriffen hat, dann kannst du Anzeige wegen schwerer Körperverletzung stellen und bekommst eventuell Schadensersatz.“

Herbert hatte keinen blassen Schimmer, welche Beweise er für den Überfall, außerhalb der Villa finden sollte. Jedoch, in das Haus einzubrechen, lag ihm ganz und gar fern. Falls er auf dem Grundstück erwischt würde, wäre das gerade mal Hausfriedensbruch. Im Inneren des Hauses galt das aber schon als Einbruch.

Zumindest hatte Helene bei Gundel ins Schwarze getroffen. Die Aussicht auf einen finanziellen Ausgleich für ihren Brummschädel, schien ihr zu gefallen.

„Gut, dann bin ich dabei“, sagte sie.

Minuten später verließ Willibald Eisenbart sein Haus. Herbert ließ weitere fünf Minuten verstreichen, bevor er sich auf den Weg machte.

„Falls Eisenbart wider Erwarten zurückkommt oder sonst wer sich dem Haus nähert, rufst du mich an“, instruierte er Helene. „Du hast doch dein Handy dabei?“

Helene nickte. „Bitte sei vorsichtig.“

Gemächlich schlenderte Herbert den Feldweg entlang zum Wäldchen. Kaum, dass er die ersten Bäume erreichte, bog er nach rechts ab. Die Mauer, die Eisenbarts Grundstück von dieser Seite her begrenzte, war nicht sehr hoch. Dennoch schaute Herbert sich nach einer Art Podest um. Er war schließlich nicht mehr der Jüngste und wollte keinesfalls eine Verletzung oder schlimmstenfalls einen Oberschenkelhalsbruch riskieren.

Er hatte Glück. Auch in Bayern gab es wohl Leute, die ihren Sperrmüll lieber im Wald abluden, als von einem fachmännischen Unternehmen entsorgen zu lassen. Natürlich wollen solche Dienstleister *ungerechterweise* dafür entlohnt werden. Vielleicht hatte der einstige Eigentümer der hölzernen Weinkisten aber auch nur den Wunsch, der Natur zurückzugeben, was ihr einst genommen wurde.

Herbert stapelte einige der Kisten übereinander und stieg nach oben, bis er über die Mauer sehen konnte. Direkt unter ihm zog sich eine Brombeerhecke entlang.

Net sehr lustig, wenn ich da rein krach, dachte er und ließ seinen Blick über das Gelände streifen.

Gepflegte Rasenfläche, mittendrin zwei Apfelbäume, ein Kirschbaum und jede Menge Rosenstöcke, die einen Kiesweg säumten. Es erinnerte Herbert ein wenig an den Klostergarten in Seligenstadt. Kaum gedacht fiel ihm das kleine, mit Glas überdachte Gewächshaus auf, sowie die Kräuterbeete nebenan.

Kurzerhand schichtete er noch mehr Kisten übereinander. Dann zog er seine Popeline-Jacke aus und warf sie über den Mauersims. Wenigstens würde er sie, falls sie zerriss, ohne ein schlechtes Gewissen entsorgen können.

Er maß die Entfernung ab – und sprang.

Mit einer gekonnten, nahezu artistischen Rolle landete Herbert auf dem frisch gesprengten und dadurch noch feuchten Rasen.

Net schlecht für en fast 75-jährige. Schad, dass des die Helene net gesehe hat, lobte er sich selbst in Gedanken, rappelte sich auf und ging zu den Kräuterbeeten.

Hier wuchsen die üblichen Küchenkräuter – Petersilie, Schnittlauch, Dill, Kerbel, Boretsch und so weiter. Die kannte er natürlich alle, weil diese auch in seinem Garten gediehen. Was er aber dann im Gewächshaus vorfand, war sehr viel interessanter.

Er zückte sein Smartphone.

Nachdem er genügend Fotomaterial gesammelt hatte, machte er sich auf den Rückweg. Aber, angesichts der Brombeerhecke sowie dem Nichtvorhandensein einer Leiter, beschloss Herbert den Weg durch den Vorgarten zu nehmen.

In geduckter Stellung lief er an der Hauswand der Villa entlang, checkte kurz die Lage; kein Mensch weit und breit. Dann kletterte er auf das Mäuerchen, mit der schmiedeeisernen Einfriedung und auf das Podest.

Der Absprung gelang ihm nicht ganz so galant, was er beim Aufkommen auf den Gehweg schmerzhaft feststellte. So schnell es ging humpelte er über die Straße.

„Hast du dir sehr weh getan?“, fragte Helene, die vom Auto aus den Fast-Absturz beobachtet hatte.

„Geht schon. Aber jetzt nix wie fort.“

Dienstag / 14:30 Uhr

Während der Rückfahrt löcherte Gundel Herbert mit Fragen, was er denn an Beweisen auf dem Grundstück gefunden hätte, damit sie Anzeige erstatten und Schadenersatzansprüche gelten machen konnte.

„Gundel, net Schadenersatz, sondern schwere Körperverletzung.“ Herbert bemühte sich um einen moderaten Tonfall, trotz seiner stechenden Schmerzen im Fußgelenk.

„Wenn irgendeine Sach kaputtgeht, dann gibst‘ vielleicht Schadenersatz oder auch wenn em Hund war passiert – der gilt nämlich laut dem Gesetz als eine Sach‘. Bei Persone, also Mensche, spricht mer von Körperverletzung. Und dann wird auch, zwecks Rechtsanspruch, unterschiede zwische ner normalen und ner gefährlichen Körperverletzung. Wenn mer von ner gefährlichen Körperver…“

„Jetzt, wo wir alle schlauer sind dank deiner Unterweisung“, wurde er grimmig von Gundel unterbrochen, „hättest du die Freundlichkeit, uns zu sagen was du gefunden hast?“

„Ich hab interessante Fotos geschosse.“

„Fotos?“, wiederholte Gundel ungeduldig. „Was für Fotos?“

„Der Apotheker hat ein Gewächshaus im Garte stehe, und da drin wachse allerlei giftige Pflänzjer. Was genau des is, muss ich noch im Internet recherchiere. Aber eins kann ich euch sage – für ‘n normale Gebrauch sind *die* net gedacht.“

„Was soll mir das bei meinem Rechtsanspruch helfen?“, maulte Gundel.

„Nix.“

Beim Aussteigen war Herbert dann doch, ob er wollte oder nicht, auf Hilfe angewiesen. Die unterschiedlichen Körpergrößen der Frauen machte es nicht gerade leicht. Aber schließlich schafften sie es Herbert auf die Couch zu hieven.

Helene eilte in die Küche, wo sie Eiswürfel in ein Handtuch wickelte und es Herbert auf den Knöchel legte.

„Ich habe eine Salbe zuhause, die ich selbst zusammengestellt habe. Soll ich sie holen?“, fragte Gundel.

Erschrocken blickte Herbert auf. „Nee, lass mal. Im Arzneichränkche is noch Salbe.“

„Schau aber, ob die noch zu verwenden ist“, rief Gundel Helene hinterher. „Wenn die abgelaufen ist, kann die mehr Schaden anrichten, als gutmachen.“

Mehr, als bei deine zusammengepfuschte Sache bestimmt net, ging es Herbert durch den Kopf.

„Meine Salben stelle ich jeden Monat neu her – alles nur Naturprodukte. Erst letzte Woche habe ich eine Creme für Schorschs Rücken gemacht. Ihm ging's bis abends schon wieder besser.“

So leidenschaftlich Gundel ihre Fähigkeiten hinsichtlich der Alternativmedizin auch dargelegte, trugen sie bei Herbert nicht die erhofften Früchte. Im Gegenteil. Sein Kopfkino gaukelte ihm wieder einmal schaurige Bilder vor.

Gundel mit einem verzückten Lächeln auf den Lippen, rieb Schorsch, der wohlige Laute von sich gab, mit einer grünlichen schmierigen Creme den Rücken ein.

„Die Salbe ist tatsächlich nicht mehr zu gebrauchen. Ich gehe in die Apotheke und kaufe eine neue. Nimm erst mal die Globuli.“

Helene hielt Herbert die Dose mit den kleinen Kügelchen entgegen und erlöste ihn damit aus seinem Wachtraum.

Gundels Gesicht war die Enttäuschung anzusehen. Trotzdem bot sie sich an, solange bei Herbert zu bleiben, bis Helene von der Apotheke zurückkäme.

„Erstens bin ich kein Kleinkind und zweitens net totsterbenskrank“, äußerte der mit erhobener Stimme. „Ich hab mir nur den Fuß verknackst.“

„Wir sind halt nicht mehr die Jüngsten. Auch du nicht, lieber Herbert Walter“, flötete Gundel, stand auf und verließ zusammen mit Helene das Haus.

Genau dieser Gedanke war Herbert auch gekommen, als sein Fuß schmerzhafte Bekanntschaft mit dem Gehsteig machte. Eingestehen würde er das vor Gundel aber auf gar keinen Fall.

Mittwoch / 14:50 Uhr

„Ich komme gleich. Einen Moment“, rief Willibald Eisenbart, aus dem Hinterzimmer seiner Apotheke, als er die Türklingel hörte.

Er war gerade dabei die Arzneimittel, die heute Morgen angeliefert wurden, mit Preisetiketten zu versehen. Die meisten Apotheken machten sich nicht mehr die Arbeit und hielten beim Verkauf einfach einen Scanner an die Verpackung. Eisenbart war aber noch einer der alten Schule. Bei ihm wurde jede Verpackung, gut sichtbar, ausgepreist.

Gerade bei seiner älteren Kundschaft kam das gut an.

Mit einigen der soeben ausgezeichneten Medikamente in der Hand ging er in den Verkaufsraum.

Sein geschäftsmäßiges Lächeln erstarrte. Vor ihm standen muskulöse 100 Kg, verteilt auf 1,95 Meter. Trotzdem versuchte Eisenbart einen möglichst unerschrockenen Eindruck zu machen.

„Was willst *du* denn hier?“

„Der Boss weiß, dass ihr ihn hintergangen habt“, antwortete die hohe und kraftlose Stimme, „du und der Sebastian. Und er will wissen, seit wann das schon geht.“

„Ich weiß nicht was du meinst.“

„Je früher du mit der Sprache herausrückst, umso weniger weh tut es.“

Der massige Kerl vor der Theke drehte seinen kahlen, glattpolierten Kopf, der einer Billardkugel glich von rechts nach links. Ein hörbares Knacken war die Folge. Danach kreuzte er seine Finger und streckte die Arme nach außen, weg von seinem Körper. Das Geräusch war ähnlich.

„Ich habe Sebastian schon lange nicht mehr gesehen."

Eisenbart war klar, aus der Nummer kam er nicht so einfach raus. *Wie hatte Thilo das herausgefunden? Zeit schinden – Hinterausgang.*

Er machte einen Schritt zurück in Richtung des Hinterzimmers. Trotz seiner kräftigen Statur, war Thilos Schläger schneller und hatte ihn bereits am Hemdkragen gepackt.

„Spuck's aus. Dann kommst du mit einem blauen Auge davon", zischte die Fistelstimme, direkt vor Eisenbart und benetzte sein Gesicht mit feinen Tröpfchen.

Angeekelt wollte der Apotheker seinen Kopf abwenden, hatte aber keine Chance. Zudem rang er bereits nach Luft.

„War doch nur das eine Mal", krächzte er.

„Du lügst. Also?"

Eisenbart erhob beide Arme in die Luft. Der Druck auf seinen Schildknorpel ließ etwas nach.

„Gut. Ich gebe es zu". Eisenbart räusperte sich. „Aber es hat Thilo nicht geschadet. Es ging um ganz andere Dinge, die ihn eh nicht interessieren."

„Woher willst du Quacksalber wissen, was den *Boss* interessiert und was nicht?"

Der Druck auf Eisenbarts Hals verstärkte sich erneut. Darüber hinaus drückte ihn der Kerl gegen die Schrankwand, sodass sich die Knöpfe der Schubladen in Eisenbarts Rücken bohrten, genau in seine Nieren, die als Folgeerscheinung seiner Diabeteserkrankung seit einigen Jahren stark in Mitleidenschaft gezogen waren.

„Du willst doch nicht so enden wie der Bastian, oder?"

„Enden? Was…meinst… du… damit?"

Die pure Angst stand nun in Eisenbarts Augen.

„Bastian ist tot. Und du hast ihn ermordet." Ein breites Grinsen unterstrich die Ansage des Kraftpakets.

„Ich? Wieso…sollte ich…das tun?", brachte Eisenbart mühsam hervor.

Er bekam kaum noch Luft. Sein Blutdruck stieg an und sein Herz pumpte wie verrückt.

„Und damit du nicht auf dumme Gedanken kommst, schenke ich dir ein paar Andenken. Einige werde ich noch verstecken. Viel Spaß beim Suchen."

Das letzte was Eisenbart mitbekam war die Explosion in seinem Kopf, als dieser auf die Theke knallte.

Mittwoch / 14:55 Uhr

Die ganze Nacht hatte Ferdinand kaum ein Auge zugetan. Er wälzte sich in seinem Bett von einer auf die andere Seite. Ständig hatte er das trostlos, kalte Verhörzimmer des Offenbacher Polizeipräsidiums vor Augen, in dem er mit Bettina hatte sprechen dürfen.

Tatsächlich war es ihm gelungen, dass sie ihr Schweigen brach. Zuerst berichtete sie von dem Mann, der als Mönch verkleidet, den anderen Mann getötet hatte. Dann, wie sie in den Besitz des Rucksacks gekommen war.

Und, als ich dann das Medico–Physicum in Händen hielt, kam es mir wie ein Fingerzeig des Universums vor, sagte sie.

Ferdinand hatte zwar geahnt, wie sehr sie darunter litt, tagtäglich Medikamente einnehmen zu müssen. Aber, dass sie weit unglücklicher darüber war, dass er sie nicht mit einbezog auf der Suche nach einer Alternative, sondern, wie sie sagte, ihr nicht die Wahl ließ und die Entscheidung abnahm, sie wie ein unmündiges Kind behandelte, war ihm nicht klar.

Dann erzählte sie von dem Überfall, wie sie die Haustür öffnete, weil sie annahm es wäre Helene oder einer der Nachbarn. Aber da stand dieser große, breitschultrige Mann vor ihr. Sie erschrak, lief schreiend in die Küche. Der Mann folgte ihr und hielt ihr den Mund zu. Plötzlich war Gundel hinter ihm, sprang dem Mann in den Rücken und boxte auf ihn ein.

Ich nahm das Nudelholz und schlug damit auf den Mann ein. Ich habe ihn aber wohl nur am Arm getroffen. Er entriss mir das Nudelholz und ging damit gegen Gundel. Die fiel auf den Küchenboden.

Daraufhin wäre der Mann geflüchtet.

Er hatte einen eigenartigen Geruch an sich, erinnerte sich Bettina noch und in Ferdi keimte sofort ein Verdacht, der letztlich in Selbstvorwürfen endete. Wenn seine Annahme, den Mann zu kennen, richtig war, dann wäre er alleine schuldig an dem Überfall auf Bettina.

Die Hoffnung, seine Frau, mit nach Hause nehmen zu können, zerschlug sich. Zuerst müssten die Angaben überprüft werden, sagte man ihm. Und solange Gundula Krämer nicht vernehmungsfähig wäre, bestünde der Verdacht weiter.

Noch gestern Abend versuchte Ferdinand im Krankenhaus herauszubekommen, wie es Gundel ging. Aber die Ärzte gaben ihm keine Auskunft, weil er kein direktes Familienmitglied sei.

Dann, endlich heute Vormittag, der befreiende Anruf von Kriminalhauptkommissar Weinert. Frau Krämer hätte die Aussage Bettinas bestätigt. Somit wäre seine Frau aus der Haft entlassen.

All diese Dinge gingen ihm durch den Kopf, als er den Bieberer Berg mit überhöhter Geschwindigkeit passierte. Eventuell daraus resultierende Strafzettel waren ihm momentan so ziemlich egal.

Ferdinand gestand sich ein – zählte man eins und eins, in der richtigen Reihenfolge, zusammen, ergab sich die Lösung von selbst. Lediglich die Beweise fehlten und die galt es zu beschaffen.

Noch vor dem Polizeipräsidium weihte er Bettina in seinen Plan ein. Zuerst wollte sie nichts davon wissen und Ferdinand war schon bereit die ganze Sache auf sich beruhen zu lassen.

Doch kurz vor der Autobahnabfahrt nach Hause, sagte Bettina plötzlich: „Lass uns den Kerl zur Strecke bringen."

Nun gingen sie, mit gemischten Gefühlen, über die Straße in die Apotheke von Willibald Eisenbart in Alzenau, in der sich zurzeit keine weiteren Personen aufhielten.

Mittwoch / 15:00 Uhr

Nicole betrachtete das offenstehende Tor als Einladung und fuhr ihrem Wagen direkt in den Klosterhof. Als sie ausstieg, eilte schon Frank Reuter auf sie zu.

„Hallo, Frau Wegener. Gut, dass ich Sie treffe.“

„Herr Reuter. Es ist doch hoffentlich nicht schon wieder etwas passiert?“

„Nein das nicht, Gottseidank. Ich wollte nur hören, also ich will ja nicht neugierig rüberkommen. Aber natürlich interessiert es mich schon, ob Sie den Mann ausfindig machen konnten.“

Nicole öffnete die rückseitige Tür des Insignia.

„Den Mann? Welchen Mann?“

„Na der, der ein so starkes Interesse an den Tag legte, bei der Besichtigung der Klosterapotheke.“

Reuter sah Nicole erwartungsvoll an.

„Ach so. Nein. So ohne irgendeinen Hinweis ist das äußerst schwierig.“

„Schade. Ich dachte die Frau, die die Führung organisierte, hätte Ihnen weiterhelfen können.“

„Welche Frau?“ Nicole neigte unwissend den Kopf. „Herr Reuter. Ich weiß momentan nicht wovon Sie sprechen.“

Jetzt war es an Reuter, verständnislos zu gucken.

„Ich hatte Ihnen mitteilen lassen, dass eine Frau aus Alzenau die Führung durch das Kloster angemeldet hatte, und gehofft, dass sie Ihnen vielleicht einige Namen nennen könnte, die Ihnen weiterhelfen könnten. Soweit ich mich erinnere, handelte es sich um die Mitglieder eines Gesangvereins."

„Es tut mir leid, Herr Reuter. Ich habe keine Nachricht erhalten."

„Oh. Ja dann. Ich habe die Telefonnummer der Dame. Möchten Sie sie haben?"

Und ob Nicole die Nummer haben wollte. Sie steckten mal wieder fest in ihren Ermittlungen und sie war für jeden noch so kleinen Hinweis dankbar. Zumal sie noch immer den Verdacht hatte, dass der Diebstahl und der Mord an Sebastian König zusammenhängen.

„Ich danke Ihnen, Herr Reuter. Wir werden uns sofort darum kümmern. Aber zuerst will ich Ihnen das hier zurückbringen, Ihr wertvolles Exponat."

Sie reichte Reuter den Karton. Der nahm ihn beinahe ehrfürchtig entgegen.

„Jetzt muss ich aber noch zu der Familie Roth."

„Da müssten Sie später noch einmal kommen. Die sind nicht zu Hause", antwortete Frank Reuter.

Kaum, dass Nicole in ihrem Wagen saß, rief sie in ihrem Büro an. „Wieso sagt mir niemand, dass Herr Reuter eine Nachricht für mich hinterlegt hat?", überfiel sie Harald, der einen Moment sprachlos den Hörer anstarrte.

„Ich dachte, das hättest du bereits erledigt", entgegnete er. „Lars legte die Info gestern auf deinen Schreibtisch."

„Was? Das kann nicht sein. Schau doch bitte nach."

Nicole hörte Haralds Schritte, dann Papierrascheln und wieder Schritte. „Klebt auf der Computerkonsole. Hast du vermutlich übersehen."

Scheiße „Oh, sorry. Kannst du das für mich erledigen?"

„Kann ich", antwortete Harald.

„Danke und entschuldige, dass ich dich so angefahren habe. Die Roths konnte ich nicht erreichen, sind weggefahren laut Herrn Reuter. Ich versuche mein Glück jetzt bei Tim Dörfler. Bis später."

Oder ich rufe an, bevor ich mich umsonst durch die Altstadt plage, überlegte Nicole.

„Du wirst es nicht glauben", meldete sich Harald erneut, kaum dass Nicole ihre Info auf Dörflers Mailbox abgesetzt hatte. „Wir kennen diese Frau Sonntag, die die Führung im Kloster organisierte. Sie ist uns vor der Wohnung von Sebastian König begegnet. Sie ist, also war, seine Vermieterin.

„Ach?"

„Die Frau war etwas verwundert, weil sie schon einmal von einem Polizeibeamten zu dieser Führung befragt worden wäre. Trotzdem nannte sie mir gleich alle, die daran teilgenommen hatten. Dabei fiel mir eine Person besonders auf; ein Apotheker aus Alzenau. Nach der Beschreibung von Frau Sonntag handelt es sich um einen großen, kräftigen Mann. Klingelt's? Sein Name ist Willibald Eisenbart. Passt genau ins Profil."

„Welches Profil?", fragte Nicole.

„Das ich gerade, zusammen mit Lars erstellt habe. Medizinische Kenntnisse, kräftige Statur. Nach Aussage von Frank Reuter, interessierte sich eine Person, auf die diese Beschreibung zutrifft, auffallend für das Exponat, das gestohlen wurde. Wir sind gerade dabei, Hintergrundinformationen zu dem Apotheker zu sammeln. Bis du hier bist, haben wir ein komplettes Bild."

„Gib mir die Adresse", erwiderte Nicole kurzentschlossen. „Ich fahre jetzt sofort zu diesem Apotheker. Und schickt mir weitere Daten auf mein Handy, sobald ihr welche habt."

Die Bemerkung von Nicole – *dann hoffen wir mal, dass wir den Mörder vor ihr finden* – ging Lars nicht aus dem Kopf. Ebenso die eiskalte Stimme von Charlene.

Er ging auf den Flur. Als keiner der Kollegen in Sichtweite war, wählte er Charlenes Nummer. Bereits nach dem zweiten Klingeln meldete sie sich.

„Hallo, Charlene. Ich wollte nur mal hören, wie es dir geht?"

Oh, Gott, wie banal klang das denn? Fällt dir nichts Besseres ein, alter Junge?"

Zu Lars' Überraschung machte Charlene keine blöde Bemerkung, fragte nur, ob er denn schon etwas Neues wüsste, was er verneinen musste. Selbst wenn er neue Erkenntnisse hätte, dürfte er nicht darüber sprechen. Erneut versprach er sie auf dem Laufenden zu halten. Dass sie doch bitte keine Dummheiten machten sollte, sprach er nur gedanklich aus.

Und dann rutschte ihm ein Satz über die Lippen, für den er sich, kaum ausgesprochen, auf die Zunge hätte beißen wollten.

„Wie wär's, wenn ich dich zum Abendessen einlade, heute Abend?"

Ich lad' ich dich zum Eis ein. Will sehen, ob ich dich unter Kontrolle habe. Wie bescheuert war das denn?

Dann sagte Charlene auch noch zu.

Sie verabredeten sich für 19 Uhr an einem Burger Lokal in Dietzenbach.

Mittwoch / 15:35 Uhr

Charlene war nicht davon abzubringen. Sie würde, wie sie Tim glaubhaft versicherte, die Sache auch alleine durchziehen, am liebsten noch heute.

Zum Glück konnte Tim sie davon überzeugen, dass ihr Plan nur gelingen konnte, wenn es wirklich ein *Plan* wäre und keine Hals-über-Kopf-Reaktion. Alles musste genau durchdacht werden.

Zwar war Thilo Schulz nicht *der* große Boss, der er gerne sein wollte, dennoch hatte er einen nicht zu unterschätzenden Einfluss in der Kleinganovenwelt. Zudem standen ihm zwei eindrucksvolle, muckibudengeformte Figuren zur Seite, die zu jeder Tages- und Nachtzeit plötzlich hinter einem auftauchen konnten.

Unwahrscheinlich, dass einer seiner ehemaligen Berufsgenossen in Plauderlaune geriet, nur wegen der Behauptung, der *Boss* hätte etwas mit Sebastians Tod zu tun. Eher gerieten seine Handlanger ins Zittern, dass ihnen möglicherweise ein ähnliches frühzeitiges Ausscheiden aus dem Leben bevorstünde.

Wem hatte Thilo in den letzten Monaten derart ans Bein gepisst, dass der sich dafür rächen wollte? Wer wusste über Thilos kriminelle Machenschaften Bescheid und hatte auch die Beweise dafür? Wer fühlte sich von ihm über den Tisch gezogen?

Tim zermarterte sich den Kopf, schlug sich dabei gegen denselben, als ob sich dadurch ein ausschlaggebender

Gedanke löste und verlor sich kurzfristig in einer utopischen Vorstellung.

Wie wird Thilo reagieren? Panisch? Nein, gewiss nicht. Erstaunt? Ja, könnte sein. Jedenfalls im ersten Augenblick. Jemand wagt es dem Boss zu drohen. Thilos erstauntes Gesicht zu sehen – das allein ist die Sache schon wert.

Tim grinste. Er sah auf die zerwühlte Decke, unter der Charlene die verbliebenen Stunden der Nacht auf seinem Sofa verbracht hatte. Jetzt stand sie unter der Dusche, wusch sich den Schmodder von der Haut, wie sie es ausdrückte.

Offenbar versuchte sie auch Klarheit in ihre Gedanken zu bringen, wie Tim an dem sonoren, sich wiederholenden, *OM* heraushörte, das aus seinem Badezimmer drang.

Der tiefe Klang, der dem Shankha-Schneckenhorn nachempfunden war, wurde durch den Klingelton LINKING PARK – IN THE END von Tims Handy gestört.

Schon wieder diese unbekannte Nummer.

Dann die gesprochene Nachricht:

Guten Tag, Herr Dörfler. Mein Name ist Nicole Wegener, Kriminalpolizei. Ich bitte dringend um Ihren Rückruf. Es geht um Sebastian König.

Was wollen denn die Bullen von mir? Auf gar keinen Fall werde ich da anrufen.

Charlene kam aus dem Badezimmer. Sie war nur mit einem großen Badetuch bekleidet. Ihre langen blonden Haare fielen feucht über ihre nackten Schultern.

„Was?“ Charlene zog das Badetuch fester um ihren Körper. „Denk nicht mal dran“, fauchte sie ihn an und schnappte ihre Klamotten.

„Eh…was?“ Erst jetzt wurde Tim bewusst, dass er sie angestarrt hatte. „Sorry. War gerade in Gedanken.“ Er schüttelte den Kopf.

„Konnte ich sehen“, erwiderte Charlene, jetzt lächelnd.

„Quatsch.“ Tim ließ sich auf die Couch fallen. „Sebastian war mein bester Freund. Glaubst du allen Ernstes, ich würde mit seiner…“

„Wäre nicht das erste Mal, dass der beste Freund mit der besten Freundin…“

Tim ging nicht auf Charlenes Bemerkung ein. Stattdessen fragte er: „Wie stehst du zu Lea?“

„Du meinst Thilos Lea?“

Tim nickte.

„Ist nicht mein Level“, antwortete Charlene und wandte sich in Richtung Badezimmer. „Wieso fragst du?“

„Sie ist die Einzige, die Thilo dicht an sich heranlässt.“

Charlene zuckte mit den Schultern. „Na und? Meiner Meinung nach, ist sie nicht gerade mit Intelligenz belastet. Für Thilo ist sie nicht mehr als mobile Dekoration. Kostet Geld und steht in der Gegend herum. Wenn sie wirklich mal redet, dann nur belangloses Zeug, hinterlässt keinen bleibenden Eindruck.“

„Wenn du dich da mal nicht täuschst. Könntest du dir vorstellen mit…“

Charlenes Handy klingelte. Nach einem kurzen Blick auf das Display, sagte sie: Es ist der von der Kripo.“

„Geh nicht ran!“

„Vielleicht hat er was Neues“, erwiderte Charlene und bedeutete Tim, mit auf die Lippen gelegtem Zeigefinger an, still zu sein.

„Lars?“

Lars? wiederholte Tim lautlos und krauste die Stirn.

„Heute Abend? Ja warum nicht. Aber bitte kein Nobelrestaurant. Hab Bock auf en Burger.“

„Hast du dich gerade mit einem Bullen verabredet?“

„Ja, habe ich. Was dagegen? Kannst ja mitkommen.“

Tim schüttelte den Kopf. „Danke, aber nein danke. Ich setze mich nicht mit der Gegenpartei an einen Tisch. Was erhoffst du dir davon?“

„Neuigkeiten.“

Mittwoch / 15:40 Uhr

Die Fensterbank mit dicken Sofakissen ausgepolstert, überwachten Sepp und Schorsch mit Argusaugen die Straße.

„Un, habt ihr den Lumpesack verhafte losse?“, brüllte Schorsch los, kaum dass Gundel in Sichtweite kam.

An ihren hochroten Köpfen war unschwer zu erkennen womit sich die beiden die Zeit vertrieben hatten. Als Gundel unter dem Fenster stand, konnte sie es auch riechen.

Sie rümpfte die Nase. „Lass mich raten, Apfelschnaps?“

Die beiden schauten sich mit glasigen Augen an.

„Appelkorn. Mer hawe den im Keller gefunne. War awer nur oaner, oder zwaa. Oder warns doch drei?“

Sepp schaute Schorsch fragend an.

„Mir hawe uns halt Sorsche um dich gemacht“, sagte Schorsch mit schwerer Zunge. „Außerdem sinn der Ferdi und die Bettina wieder uf freiem Fuß. Also, gleich drei Gründ.“

Sepp kicherte. „Gundel Schätzje, komm roi un trink oan mit.“

Schätzchen? Die haben ordentlich getankt.

„Hoffentlich seid ihr wieder nüchtern, bis die Elfi zurückkommt, sonst gibt es gewaltigen Ärger; das wisst ihr.“

„Die kommt heut net vor zehn heim“, lachte Sepp. „Deshalb hot se mer doch die Hausmacher Woschtplatte in de Kühlschrank gestellt. Awer jetzt komm doch roi und verzähl, was ihr in Alzenau ausgericht habt.“

Eine halbe Stunde später und nach einer deftigen Vesper mit Klosterbrot, Leberwurst und Presskopf, bei der auch Gundel kräftig zulangte – schließlich hatte sie seit dem Frühstück nichts mehr gegessen – wussten Sepp und Schorsch bestens Bescheid.

„Ja un, wie geht's jetzt weiter? Wenn de Herbert sich de Fuß verstaucht hot, kann der doch koa Verbrecher joache?"

„Selbst dran schuld", entgegnete Gundel. „Meine Salbe wollte er ja nicht. Die Helene musste unbedingt in die Apotheke um dieses chemische Zeug zu holen. Momentan sitzt er jetzt erst einmal am Computer und recherchiert."

„Ja, dann hoabt er doch was entdeckt?"

„Habe ich doch gerade gesagt. Mein Gott, Schorsch, so betrunken kann man doch gar nicht sein", regte sich Gundel auf. „Oder setzt bei dir schon das Kurzzeitgedächtnis aus? Herbert will schauen, für was die Pflanzen benutzt werden können, von denen er Fotos im Gewächshaus des Apothekers gemacht hat."

Kann ja auch für mich von Nutzen sein, überlegte Gundel.

„Ich versteh' awer immer noch net, was des jetzt alles mit dir und dem Üwerfall uf dich un die Bettina zu tue hot", wandte Schorsch ein. „Und warum du do host unbedingt debei soi müsse."

„Na, das liegt doch auf der Hand", protestierte Gundel. „Ich musste den Mann identifizieren."

Der Ton in ihrer Stimme ließ keinen Zweifel zu, dass ihre Anwesenheit *unbedingt* erforderlich gewesen war.

„Warum host du den infiziern müsse? Is der jetzt krank?"

„Schorsch, IDENTIFIZIEREN, nicht infizieren." Gundel pendelte mit dem Kopf, nicht unähnlich der Bewegungen eines Wackeldackels. „Bedeutet, ich sollte mich besinnen, ob ich den Mann wiedererkannte."

Sepps argwöhnischer Blick blieb an Schorsch hängen. „Ich glaab, bei dem werkt doi Wundermittel net. Odder es is zu wenisch. Apropos, Wundermittel. Host de noch e bissje von dem Zeusch? Jedes Mol, wenn ich des nemm, moan ich, ich wär dreisich Johr jinger. Un moi Knoche tun mer aach üwerhaupt net mehr weh.“

Gundel schüttelte den Kopf. „Erst morgen früh. Und dann muss ich den Sud noch abgießen.“

Mittwoch / 15:50 Uhr

Helene hatte eine Salbe mit abschwellender Wirkung erstanden und diese auf Herberts Knöchel verteilt. Jetzt sahen sich die beiden die Fotos an.

„Um Küchenkräuter handelt es sich hierbei definitiv nicht", stellte Helene mit fachkundigem Blick fest. „Warte. Ich habe ein Buch über alte Heil- und Giftkräuter."

„Ach. Ich hab's ja schon immer gewusst. Du bist so e kleine Hex'." Herbert lachte.

„Na, dann sei mal auf der Hut", konterte Helene aus dem Wohnzimmer. „Ich hab's. Hier."

„**Hexenfurz und Teufelsdreck**", las Herbert laut den Titel. „Hört sich lecker an."

Eine Stunde später waren sich beide einig. In Eisenbarts Gewächshaus gediehen Tollkirsche, Bilsenkraut, Stechapfel, sogar Alraune, Schierling, und Fünffingerkraut unter hervorragenden Bedingungen.

Weniger erbaulich war, dass die Pflanzen nicht zum Konsum in einem durchschnittlichen Haushalt gedacht waren.

„Sieht ganz so aus, als stelle der Kerl seine Arzneimittel selbst her. Ich versteh nur immer noch net, was der von de Bettina wollte. Dass er der Gundel eins über den Kopp gezoge hat, kann ich grad noch so nachvollziehe. Wenn mich jemand von hinte anspringt, dann wüsst ich auch net, wie ich reagiern tät. Sag mal, hörst du mir überhaupt zu?"

Helene saß stumm und nachdenklich neben Herbert.

„Ach du liebes Liesje. Da is er widder, der gewisse Blick."

Immer noch wortlos stand Helene auf, ging zum Küchenschrank, auf dem Block und Stift für den Einkaufszettel parat lagen und setzte sich wieder an den Tisch.

„Lass uns die Fakten chronologisch zusammenfassen."

„Dann leg los, Frau Kommissarin." Herbert lächelte gequält und bettete seinen Fuß auf den Stuhl neben sich.

Helene teilte das Blatt in zwei Spalten.

Links mit der Überschrift **FAKTEN**, rechts schrieb sie **MOTIVATION**, jeweils in fetten Druckbuchstaben.

„Als erstes haben wir den Einbruch in die Klosterapotheke. Das war die Nacht von Sonntag auf Montag. Laut Frank Reuter wurde *nur* dieses Buch entwendet. Stimmt doch?"

Herbert nickte.

„Zweitens, Sebastian König wurde Montagmorgen ermordet zwischen den Mühlrädern gefunden. Auch richtig?"

Erneut nickte Herbert.

„Gestern Morgen, am Dienstag wird das medizinische Exemplar im Besitz von Ferdinand sichergestellt. Daraufhin wird er von der Polizei abgeführt. Am gleichen Tag, nachmittags, findet der Überfall auf Bettina statt. Gundel kommt zufällig dazu und wird von dem Apotheker – wie wir jetzt hundertprozentig wissen – niedergeschlagen. Das sind die Fakten. Nun zu den Motiven. Wer könnte, deiner Meinung nach, den Einbruch verübt haben?"

„Ich kann mir net vorstelle, dass ein Mann, wie Eisenbart, schon allein von der Statur her, als Dieb infrage kommt. Deshalb würd ich annehmen, dass es der König gewese is."

„Der Meinung bin ich auch", bestätigte Helene und schrieb S. K. (Dieb) auf die rechte Seite, neben Einbruch.

„Im Auftrag von Eisenbart?“ Lauernd, die Stirn in Falten gelegt, schaute sie Herbert an.

„Bei dem, was da so in seinem Gewächshaus grünt und blüht, durchaus denkbar“, stimmte dieser zu. „Und die nötige Kenntnis hat er auch. Net zu vergesse, die ganze Bücher über Kräuterheilkunde, die bei dem im Regal stehe.“

Helene machte eine entsprechende Notiz.

„Kommen wir zu dem Mord. Der Einbrecher, Sebastian K. wird ermordet. Frage: Von wem und warum? Gehen wir davon aus, dass der Mitwisser beseitigt werden soll, kommen wir ohne Umwege wieder zu dem Apotheker.“

„Oder“, warf Herbert ein. „Jemand beobachtete die Tat und wollte den Diebstahl verhindern. Und, dass mir da trotzdem der Ferdi in de Sinn kommt, weil der vor a paar Jahr schon mal so einem Langfinger dazwischegefunkt hat, gefällt mir überhaupt net.“

„Das ergibt nicht wirklich Sinn, Herbert. Wenn Ferdinand tatsächlich den Dieb gestellt hat, warum gibt er das Exemplar nicht sofort wieder an Frank Reuter zurück oder der Polizei, sprich Nicole?“

„Vielleicht kam es zu einem Kampf und der König stürzte dabei in die Mühlräder“, sinnierte Herbert. „Dann wär es zwar en Unfall gewese, aber wie zu beweise?“

„Oder. Ferdinand wusste zuerst nicht einmal, dass das Buch in seinem Haus war. Bedeutet: Bettina hat nicht nur den Mord beobachtet, sie hat auch das Buch in dieser Nacht gefunden und mitgenommen. Als Ferdinand das herausfand kam es zu dem Streit.“

„Lars hat erzählt, dass der Rucksack durch das Fenster, direkt vor ihre Füß gefalle is. Weshalb alles daraufhin deutete, dass Ferdi mit der Sach zu tun hatte. Dabei wollte er nur die Bettina beschütze und hat sich abführn lasse."

„Und Eisenbart, der Apotheker, dachte ähnlich", fügte Helene das nächste Puzzlesteinchen hinzu. „Deshalb der Überfall."

„So muss es gewese sein. Zum Glück hat sich des jetzt alles geklärt und die zwei sin wieder daheim. Wir zwei sind schon ein tolles Team, oder?" Herbert zwinkerte Helene zu.

„Dat will ick wohl mien", erwiderte diese lachend. „Trotzdem sollten wir nochmal mit Ferdi und Bettina reden. Der Apotheker darf doch nicht ungestraft davonkommen. Wie geht es deinem Knöchel?"

„Kannst en ja mal frage", antwortete Herbert mit skeptischem Blick auf den selbigen. „Tut zwar net mehr so weh, aber ich glaub, gehe kann ich noch net."

„Dann ruf den Ferdinand an und lade die beiden zu uns zum Abendessen ein", schlug Helene vor.

Herbert hatte so seine Bedenken, ob die beiden zu einem Besuch bereit wären, nach allem was sie die letzten Tage durchgemacht hatten. Dennoch griff er nach dem Telefon.

Mittwoch / 16:50 Uhr

„Alles erledigt?“

„Alles klar. Der Quacksalber wird dir bestimmt nicht mehr ins Handwerk pfuschen.“

Bei dieser Bemerkung dreht Steven den Kopf, sodass er *seinem Boss* nicht in die Augen sehen musste. Es fiel ihm immer schwerer, den Anweisungen Thilos zu gehorchen. Es war ganz und gar nicht richtig und hatte schon lange nichts mehr mit Aufpassen zu tun, so wie er es vor Jahren seiner Mutter versprochen hatte.

„Hoffentlich hat dich niemand gesehen.“

Steven schüttelte mit dem Kopf. „Hab aufgepasst. Bin erst rein, als der Giftmischer alleine war. Zuerst hat er alles abgestritten – war ja klar. Aber, nach meiner kleinen Gedächtnishilfe, gab er dann zu, dass Sebastian für ihn einige Dinge besorgt hatte; meinte aber, dass es sich nur um Bücher handeln würde.“

„Bücher?“ Thilo zog die Augenbrauen hoch.

Steven zuckte mit den Schultern. „So mittelalterliches Zeug, in dem irgendwelche Heilpflanzen beschrieben sein sollen, erzählte er mir. Er würde das für seine Forschungen brauchen; was immer das auch heißen mag. Jedenfalls ist damit jetzt Schluss!

Im Hinterzimmer habe ich weitere Beweise versteckt, die ihn an unseren *Deal* erinnern. Die schwarze Kutte habe ich direkt neben ihm platziert. Es wird den Eisenbart einige Mühe kosten, den Bullen zu erklären, wie er zu der Kutte und den anderen Dingen gekommen ist.“

Steven grinste. „Hier, die Fotos.“

„Gut, gib Lea das Handy. Ich will die Aufnahmen auf meinen Rechner. Das Handy vernichtest du danach. Verstanden?“

„Ok. Die Polizei habe ich von einer Telefonzelle aus angerufen. War gar nicht so einfach, heutzutage so ein Ding zu finden.“

Mittwoch / 17:25 Uhr

Schon als Nicole gegenüber der Apotheke anfuhr, bemerkte sie, dass irgendetwas nicht stimmte.

Eine betagte Frau in gebückter Haltung und mit Gehstock klopfte heftig mit selbigem an die Glastür. „Ich brauche unbedingt meine Blutdrucktabletten und auch gleich was für meine Verdauung“, wetterte sie, sobald sie Nicole neben sich bemerkte.

Beides blieb Nicole nicht verborgen. Zum einen am hochroten Gesicht der Frau und zum anderen, was sie einen Schritt zurückweichen ließ, ein unangenehmer Geruch nach gekochtem Kohl, der in Schüben von der Frau ausging.

„Ist wohl noch geschlossen?“, sagte Nicole.

„Na, Sie sind ja lustig. Natürlich ist geschlossen, sonst stünde ich ja nicht hier draußen. Aber das gehört sich nicht, um diese Zeit. Schauen Sie sich die Öffnungszeiten an, hier.“

Sie deutete mit ihrem Stock auf das Schild an der Tür und schlug erneut an die Scheibe.

„Lassen Sie das“, forderte Nicole sie auf. „Sie schlagen noch die Scheibe ein und das wäre Sachbeschädigung.“

Die Frau sah Nicole misstrauisch an. „Woher wollen Sie das wissen? Was mischen Sie sich eigentlich ein? Sind Sie vielleicht von der Polizei?“

„Richtig. Ich bin von der Polizei“, entgegnete Nicole genervt und wollte schon ihren Ausweis zücken.

Weshalb sollte ich?

„Ja, dann wissen Sie auch, sollte ich einen Herzanfall bekomme, ist das schwere Körperverletzung; wenn nicht sogar

Totschlag. Ich bin die Frau Rechtsanwalt Streber“, fügte sie an, ihre juristischen Kenntnisse unterstreichend.

„Ach, Sie sind Rechtanwältin? Dann sollten Sie…“

„Mein verstorbener Mann war Rechtsanwalt“, fiel die Frau Nicole ins Wort. „Aber ich kenne mich aus.“

Die Sicht ins Innere der Apotheke wurde durch einen Lamellenvorhang erschwert. Nicole versuchte trotzdem durch die Spalten etwas zu erkennen. Dabei hielt sie zusätzlich eine Hand über die Augen, um die Spiegelung zu minimieren und drückte dabei fast ihre Nase an der Scheibe platt.

Täuschte sie sich, oder lag da jemand auf dem Boden?

„Hallo! Herr Eisenbart.“ Sie klopfte an die Scheibe. „Geht es Ihnen gut? Hallo!“

„Wieso sollte es ihm nicht gutgehen? Er ist Apotheker. Mir geht es schlecht“, empörte sich die alte Frau.

Nicole beachtete sie nicht, rief noch einmal nach Eisenbart und spähte erneut durch die Lamellen. Und jetzt war sie sich sicher, neben der Theke lag jemand.

„Kriminalpolizei, Nicole Wegener“, sprach sie in ihr Handy. „Ich brauche sofort einen Krankenwagen zur Apotheke von Willibald Eisenbart. Und am besten auch die Feuerwehr. Die Tür ist verschlossen.“

„Ein Krankenwagen ist schon unterwegs“, teilte der diensthabende Mitarbeiter der Notrufzentrale mit.

„Wieso das?“

„Vor drei Minuten kam bereits ein Notruf bei uns an. Nur wollte der Mann seinen Namen nicht nennen und legte sofort wieder auf.“

Nicole bedankte sich und versicherte vor Ort zu bleiben bis die Rettungskräfte eintreffen.

Die Rechtsanwaltsgattin klopfte abermals mit ihrem Stock an die Tür der Apotheke. „Herr Eisenbart. Nun machen Sie doch schon auf. Ich brauche meine Medizin."

„Ich fürchte, Herr Eisenbart kann Ihnen heute nicht helfen", sagte Nicole.

Sie wollte die Frau nicht unnötig erschrecken. Zudem sie annahm, dass zu den bereits wahrgenommenen Beschwerden eine leichte Demenz hinzukam. Ansonsten hätte die Frau mitbekommen, dass Nicole soeben Krankenwagen und Feuerwehr gerufen hatte.

„Sagen Sie, ist Ihnen während Sie hier standen, etwas Ungewöhnliches aufgefallen?"

„Was soll mir Ungewöhnliches aufgefallen sein", wiederholte die Frau Nicoles Wortlaut, „außer, dass die Tür verschlossen ist. Das ist allerdings mehr als ungewöhnlich."

„Ich meine eine Person, die vielleicht schnell von hier weggelaufen ist", versuchte es Nicole noch einmal.

„Junge Frau. Ich sage Ihnen jetzt mal was. Seit dem verfluchten Oberschenkelhalsbruch vor einigen Monaten, läuft jeder schneller als ich."

Der Rettungswagen bog um die Ecke und enthob Nicole einer Antwort. Ihm folgte ein Feuerwehrwagen. Fünf Minuten später stürmten das Rettungsteam und Nicole durch die Tür der Apotheke.

Frau Streber wollte sich ebenfalls Zutritt in die Räumlichkeiten verschaffen, wurde von den Rettungskräften höflich, aber bestimmt gebeten, eine andere Apotheke aufzusuchen. Diese sei bis auf weiteres geschlossen.

Im Schneckentempo und vor sich hin brabbelnd, entfernte sich die Frau schließlich.

„Wie sieht's aus?“, fragte Nicole den Rettungssanitäter.

„Schlag auf den Kopf. Schwacher Puls“, gab dieser zur Antwort.

„Könnte er gestürzt sein?“, fragte Nicole. „Hier an der Tischkante ist Blut.“

„Möglich. Aber er scheint wohl auch gewürgt worden zu sein. Sehen Sie hier die rötlichen Striemen am Hals?“

Nicole nickte versonnen. *Ähnlich wie bei Sebastian König.*

Sollte es sich um dieselbe Person handeln, die auch König auf dem Gewissen hatte?

Auf dem Tresen fiel Nicole eine kleine dunkelbraune Flasche ohne Etikett ins Auge. Sie holte ein paar Einweghandschuhe, aus ihrer Tasche, öffnete die Flasche und roch daran. Dann hielt sie diese einem der Sanitäter hin.

„Was könnte das sein?“

„Keine Ahnung.“ Mit einer schnellen Bewegung zog der Mann seinen Kopf zurück. „Riecht jedenfalls nicht gut.“ Er zeigte auf den bewusstlosen Apotheker. „Riecht ebenfalls etwas eigenartig.“

Nicole beugte sich über Eisenbart. „Nagellackentferner?“

Erneutes Schulterzucken beider Sanitäter.

„Benutze ich selten“, grinste der eine.

Nicole steckte die Flasche in einen Asservatenbeutel und in ihre Tasche. Eigentlich hätte sie das nicht tun dürfen. Aber sie wollte den Inhalt so schnell wie möglich analysiert haben und zwar von Dr. Martin Lindner.

Würde sie den vorgeschriebenen Weg gehen, hieße das, den hier zuständigen Kollegen die Sache zu überlassen. Ein Ergebnis wäre dann wohl erst in einigen Wochen zu erwarten, wenn überhaupt. Schließlich lag der Tatort in Bayern, sozusagen in einem fremdländischen Gebiet; jedenfalls was die Gerichtsbarkeit anging.

Nachdem Eisenbart von den Rettungskräften auf eine Trage gelegt worden war und zum Krankenwagen transportiert wurde, ging Nicole in den hinteren Raum und sah sich um. Die Hintertür stand offen und führte in einen kleinen, teilgepflasterten Innenhof; Mülltonnen auf der einen Seite, gestapelte Kartons auf der anderen. Ein paar Schritte entfernt ein Tor zur Seitenstraße, nicht abgeschlossen. Und – Schuhabdrücke, noch frisch auf sandigen Untergrund. Ein etwas kleinerer, mit einem Absatz, vermutlich von einer Frau und gleich daneben ein flacher Abdruck von einem Herrenschuh. Und ein weiterer Abdruck, ebenfalls von einem Herrenschuh, ungewöhnlich groß. Mehr als Größe 46 schätzte Nicole.

Sie machte Fotos mit ihrem iPhone.

„Wir haben ihn soweit stabilisiert und bringen ihn jetzt ins Klinikum, Alzenau-Wasserlos“, rief einer der Sanitäter aus der Apotheke.

Nicole ging zurück in den Verkaufsraum. „Gut, danke. Ich bleibe hier, bis die Kollegen von der Spurensicherung eingetroffen sind und komme dann nach.“

Sie sah dem abfahrenden Krankentransport nach und rief in ihrem Büro an. Erst nach dem sechsten Klingeln nahm Harald ab.

„Was ist los? Habt ihr schon Feierabend gemacht?“, fragte Nicole angekratzt.

„Na klar“, lachte er ins Telefon. „Ist die Katze aus dem Haus, tanzen die…“

„Mäuse auf dem Tisch“, beendete Nicole den Spruch. „Mir ist aber grad nicht nach tanzen. Hör zu. Ich schicke dir gleich einige Fotos von Schuhabdrücken aus dem Hinterhof von Eisenbarts Apotheke. Eisenbart wird gerade ins Krankenhaus gebracht. Irgendwer hat ihm eins übern Schädel gegeben oder er ist auf die Kante seines Tresens gefallen. Wobei ich ersteres annehme, denn er wurde auch gewürgt, genau wie unser Mordopfer, Sebastian König. Fakt ist, er ist zurzeit nicht ansprechbar. Ich warte hier auf die bayrischen Kollegen der Spurensicherung. Anschließend werde ich noch in die Klinik fahren und nach Eisenbart schauen.“

„Dann gehe ich recht in der Annahme, dass du heute nicht mehr ins Büro kommst? Soll ich nach Alzenau kommen?“

„Nein, wieso? Hab hier alles unter Kontrolle. Schau, wie weit du mit den Schuhabdrücken kommst. Wieso habe ich eigentlich noch keine Info über Eisenbarts Background?“

„Ich bin noch nicht ganz durch“, gab Harald zu. „Der Mann ist nicht der, für den er sich ausgibt. Viel Material“, fügte er hinzu.

„Lars kann dir doch helfen.“

„Der ist schon weg. Hatte etwas Wichtiges vor. Was wollte er nicht sagen.“

„Ok. Dann sehen wir uns morgen. Ach, Harald, einen Moment noch. Habt ihr die unbekannten Telefonnummern auf Königs Prepaidhandys inzwischen ermitteln können?“

„Leider nein. Bei einem überhaupt keine Verbindung. Bei dem anderen habe ich’s fast jede zweite Stunde probiert. Ich versuche es gleich nochmal. Also, dann bis morgen.“

Harald legte auf und Nicole schickte, wie vereinbart, die Fotos der Schuhabdrücke auf sein Handy. Dann machte sie noch einige Aufnahmen von den Räumlichkeiten der Apotheke. Gerade wollte sie nach draußen gehen, als ein Telefon klingelte.

Das Klingeln kam nicht vom Festnetz. Im Hinterzimmer fand sie, auf einem Regal, ein Handy.

Das Display zeigte ihr eine bekannte Nummer an.

„Hallo, Harald.“

Mittwoch / 18:10 Uhr

Ferdinand und Bettina gingen, so schnell wie möglich, ins Haus. Bettina zitterte noch immer.

„Ich mach uns einen Tee. Willst du dich auf die Couch legen, oder lieber ins Bett?“

„Ich setze mich hier auf den Stuhl“, sagte Bettina. „Du fängst schon wieder an.“ Vorwurf lag in ihrer Stimme.

„Entschuldige, Liebes. Ich muss mich erst an die neue Situation gewöhnen.“

„Was meinst du? Ob er mittlerweile wieder auf den Beinen ist?“

„Ich denke schon“, antwortete Ferdinand, war sich dessen aber ganz und gar nicht sicher.

Er goss das kochende Wasser in die Teekanne.

„Jetzt haben wir den Weg umsonst gemacht“, sagte Bettina. „Und wir wissen noch immer nicht, warum er mich bedrohte und Gundel niederschlug.“

„Ich denke“, sagte Ferdinand. „Es ging tatsächlich um dieses vermaledeite Buch. Nicht auszudenken, wenn ihm das in die Hände gefallen wäre.“

„Aber irgendwie kann ich ihn verstehen. Ich war selbst nahe dran, mir meine eigene Medizin zu mischen. Soweit ich erkennen konnte, wachsen einige der Heilkräuter sogar in unserem Kräutergarten.“ Bettina lächelte unsicher.

„Glaubst du es war richtig, den Umhang mitzunehmen? Macht uns das nicht noch mehr verdächtig?“

Ferdinand schüttelte den Kopf. „Das ist der einzige Beweis, dass er den jungen Mann umgebracht hat. Ob die bayrische

Polizei das mit dem Toten hier bei uns in Zusammenhang gebracht hätte – ich weiß nicht." Ferdinand machte eine zweiflerische Geste.

Das Klingeln des Telefons ließ beide zusammenzucken.

„Eine Nummer mit Seligenstädter Vorwahl", sagte Ferdinand.

Er nahm ab. „Herbert? ... Nein, wir sind gerade erst nach Hause gekommen ... Zum Abendessen? Wieso? ... Einen Moment.

Es ist Herbert", sagte er zu Bettina, wobei er die Hand über den Hörer legte. „Er und Helene wollen uns zum Abendessen einladen." Irritiert schüttelte er den Kopf.

Bettina nickte. „Sag zu, dass wir kommen. Das ist ein Zeichen, glaub mir. Wenn uns jemand helfen kann, dann die beiden. Und, Hilfe können wir, weiß Gott, gebrauchen."

Mittwoch / 18:30 Uhr

Nicole konnte es kaum glauben. Sie hatten womöglich den Unbekannten gefunden.

Voller Euphorie fuhr sie zum Klinikum, in der Hoffnung, dass Eisenbart wieder bei Bewusstsein und vernehmungsfähig wäre. Umso enttäuschter war sie, als der Arzt in der Notaufnahme, ein sportlicher Mittvierziger, mit strohblondem Haar und Nickelbrille, ihr mitteilte, dass Doktor Willibald Eisenbart ein schweres Gehirntrauma erlitten hätte, aufgrund stumpfer Gewalteinwirkung und noch notoperiert wurde. Zum derzeitigen Zeitpunkt könnte er auch noch keine Prognose stellen.

„Die Operation verläuft regelgemäß. Aber wir müssen abwarten. Morgen früh wissen wir Näheres."

Regelgemäß? Was hat der den für ein Problem?

„Sagten Sie gerade Doktor Eisenbart?", fragte Nicole nach.

„So steht es jedenfalls in seinem Personalausweis", bestätigte der Arzt. „Auch für uns war das neu. Wir kennen ihn hier nur als Apotheker."

„Ach, Sie kennen Herrn Eisenbart?"

„Kennen ist wohl zu viel gesagt. Herr Eisenbart besucht sehr oft Patienten in unserem Krankenhaus. Gehören wohl zu seiner Klientel."

„Aha. Wissen Sie, ob er verheiratet ist oder war, oder ob er Verwandte hat, die wir benachrichtigen können?"

„Nein, darüber ist mir nichts bekannt. In seiner Brieftasche fanden wir keinerlei Hinweis, heißt Fotos und dergleichen.

Aber vielleicht ist die ortsansässige Polizei in dieser Hinsicht erfolgreicher."

Nicole nickte versonnen. „Danke, Herr Doktor…?"

„Liebig, Detlef, nicht Justus." Er lächelte selbstgefällig.

„Ja, dann, vielen Dank vorerst, Herr Doktor Liebig. Rufen Sie mich bitte an, wenn Herr Eisenbart wieder bei Bewusstsein ist." Nicole reichte dem Arzt ihre Visitenkarte.

„Werde ich, Frau Wegener", versprach Liebig.

Nicole spürte den Blick des Arztes in ihrem Rücken, bis sie durch die Eingangstür schritt. Sie fühlte sich unwohl.

Mittwoch / 18:55 Uhr

Mit gemischten Gefühlen steuerte Lars seinen Wagen zehn Minuten vor 19 Uhr auf den Parkplatz der Fast-Food-Kette.

Vielleicht hätte ich Nicole oder wenigstens Harald eine Info zukommen lassen sollen? Unsinn. Was ich in meiner Freizeit mache, ist meine Sache.

Etwa zwanzig Fahrzeuge standen auf den Parkflächen. Er stieg aus und sah sich um.

Welches davon gehört Charlene?

Lars musste sich eingestehen, dass er vergessen hatte zu fragen, welchen Wagen sie fuhr. Auch hatte er Montagnacht nicht darauf geachtet. Außerdem war es dunkel gewesen.

Möglich, dass sie noch gar nicht hier ist.

Er schlenderte zum Eingang, ging hinein und sah sich erneut um. Dann wählte er einen Tisch an der Fensterfassade. So konnte er sehen, ob ein Auto auf das Gelände fuhr.

Eine junge Frau, in der Kluft des Burger-Lokals, kam an seinen Tisch und wischte über die Kunststoffplatte. Dann fragte sie, ob sie ihm etwas bringen könnte. Lars bestellte eine Cola und sagte, er warte noch auf jemanden.

Die Bedienung ging und ein blauer Mini Cooper mit weißem Dach und weißen Streifen auf der Motorhaube fuhr auf den Parkplatz. Charlene stieg aus und hielt zielstrebig auf den Eingang zu. Lars stand auf.

Ein unsicheres Lächeln zeigte sich auf Charlenes Gesicht, als sie ihn erkannte.

Die Bedienung kam mit Lars‘ Cola und Charlene bestellte sich ein Mineralwasser und einen Chicken Burger.

„Ich hätte gerne einen Hot Double Beef", sagte Lars und bot an, alles zusammen am Verkaufstresen abzuholen.

„Du machst dir Sorgen um mich, stimmt's", kam Charlene gleich zur Sache.

Lars verschluckte sich fast an seiner Cola. „Ist das so offensichtlich?"

Charlene nickte. „Brauchst du aber nicht. Ich bin schon ein großes Mädchen. Ich kann ganz gut alleine auf mich aufpassen. Außerdem habe ich gute Freunde."

Ah. Sie nimmt an, ich bin um ihre seelischen Verfassung besorgt.

„Ah, ja. Welche Freunde? Sandy?"

„Ja, auch Sandy. Gibt das hier so ein Verhörding?"

„Bin nicht im Dienst. Wollte wirklich nur sichergehen, dass es dir gut geht", erwiderte Lars.

„Ok."

Die junge Frau hinter dem Tresen machte Lars ein Zeichen. Er stand auf, um die Bestellung abzuholen und zu bezahlen.

Als er mit dem Tablett auf den Tisch zusteuerte, an dem Charlene sich gerade mit ihrem Handy beschäftigte, betrat ein junger Mann das Restaurant. Charlene blickte kurz auf, um sich dann sofort wieder ihrem Smartphone zu widmen.

Mit dem jahrelangen Gespür eines Kriminalbeamten fragte Lars: „Kennst du ihn?" Er machte eine Kopfbewegung zu dem Mann, der jetzt an der Theke stand.

„Nö, wie kommst en darauf? Habt ihr etwas Neues herausgefunden? Ich meine…schon eine Ahnung, wer Bastian getötet hat?"

„Ach, Verhör von deiner Seite ist ok?"

„Die Gelegenheit beim Schopf packen, wird das glaube ich genannt“, entgegnete Charlene und grinste schräg.

„Selbst, wenn ich etwas wüsste, dürfte ich es dir nicht sagen. Hab mich schon Montagnacht zu weit aus dem Fenster gelehnt.“

Lars schaute zu dem Mann.

Der kommt mir bekannt vor.

Die kleinen grauen Zellen in seinen Gehirnwindungen arbeiteten auf Hochtouren. Und plötzlich lagen Foto und Akte glasklar vor seinem geistigen Auge.

Tim Dörfler, 28 Jahre, arbeitslos, Wohnsitz in Seligenstadt. Verurteilung wegen Einbruch, Diebstahl und Hehlerei und Kumpel von Sebastian König. Garantiert kannten sich Charlene und Tim Dörfler. Was nun? Festnehmen? Aus welchem Grund? Weil er nicht zurückgerufen hatte, im Präsidium? Was will er hier? Wollen die beiden mich reinlegen? Weshalb?

Wenn Lars in einem sicher war, dann, dass Angriff die beste Verteidigung ist.

„Verarsch mich nicht, Charlene“, sagte er deshalb. „Ich will dir helfen, das weißt du. Das da vorne ist Tim Dörfler, der Kumpel deines Freundes, Sebastian.“

Charlene schaute erstaunt, dann verärgert. „Wenn du schon alles weißt, warum fragst du?“

„Ich weiß eben noch nicht alles. Sonst hätten wir Sebastians“, - Lars räusperte sich, „also den Kerl schon, der ihn getötet hat. Was wir haben sind Sebastians Handys. Und natürlich wollten wir mit allen reden, deren Nummern darauf zu finden waren – auch mit Tim. Aber er hat uns bis jetzt noch nicht zurückgerufen.“

„Und das macht ihn natürlich sofort verdächtig.“ Charlene verzog das Gesicht. „Ist halt nicht gut auf Bullen zu sprechen. Wunder?“ Sie schaute Lars herausfordernd an.

Als der nichts sagte, fuhr sie fort: „Ich wusste nicht, dass er mir gefolgt ist, ehrlich.“

„Und woher wusste er von unserer…Verabredung?“, nahm Lars jetzt die aggressive Tonlage von Charlene an.

„Ich war bei ihm, als du anriefst.“ Sie legte ihr Handy auf den Tisch. „Nicht was du denkst“, fügte sie leise an. „Ich…ich wollte einfach nur mit jemanden reden, der Bastian gut gekannt hat. Und – ja, ich hatte gehofft herauszufinden, ob Bastian in letzter Zeit mit Tim zusammen gewesen war.“

„Du meinst, ob die beiden zusammen etwas ausgeheckt haben?“, forschte Lars.

„Das habe ich nicht gesagt.“

„Schon gut.“ Lars biss in seinen Burger und registrierte, dass er wirklich Hunger hatte. „Und, hast du etwas herausgefunden?“, fragte er zwischen zwei Bissen.

Charlene schüttelte den Kopf. „Die zwei waren nicht zusammen und hatten sich auch nicht verabredet. Jedenfalls sagt das Tim. Deshalb verstehe ich nicht, was Bastian in Seligenstadt wollte.“

Ich schon, dachte Lars. *Nur wer ihn ermordet hat, nicht – noch nicht* und *dein Freund sagt dir nicht die Wahrheit.*

„Was meinst du, wäre Tim bereit mit mir zu reden? Hier und jetzt?“

„Kann ihn fragen“, erwiderte Charlene schulterzuckend.

Sie stand auf und ging auf Tim Dörfler zu, der sich gerade mit einer Cola an einen Tisch in der Nähe der Tür gesetzt hatte. Sein Blick flackerte einen Moment; bereit zu einem Sprint – zur Flucht, wie Lars an der angespannten Haltung feststellte.

Charlene wechselte einige Worte mit ihm. Dann kamen sie gemeinsam zu Lars an den Tisch.

Mittwoch / 19:10 Uhr

Um kurz nach neunzehn Uhr saßen Bettina und Ferdinand Roth bei Helene und Herbert im Esszimmer und ließen sich frisch zubereiteten Labskaus, nach einem Rezept von Helenes Großmutter, schmecken.

Zur Freude von Ferdinand, langte Bettina kräftig zu und bekam nach dem zweiten Glas Bier rote Wangen.

Herbert hingegen übte Zurückhaltung. Nicht, weil ihm Helenes Essen nicht schmeckte, sondern weil er noch immer nicht so recht wusste, wie er das Thema auf den eigentlichen Grund der Einladung bringen konnte.

Ferdinand schien es ähnlich zu gehen.

Aber, wie Helene und Herbert erfahren sollten, war weder die Sache mit dem Einbruch noch der Mord im Klostergarten der primäre Gegenstand des anschließenden Gesprächs.

Nach einem kurzen Seitenblick zu Bettina, die ihrem Mann zunickte, kam Ferdinand Roth auf ihren Besuch in der Apotheke von Willibald Eisenbart zu sprechen und von dem Verdacht, dass er derjenige war, der Bettina überfallen und Gundel niedergeschlagen hatte.

Herbert konnte Ferdinands Vermutung uneingeschränkt bestätigen, weil Gundel den Mann als Täter ebenfalls identifiziert hatte. Das teilte er den beiden auch sofort mit. Zusätzlich zeigte er die Fotos, die er auf Eisenbarts Grundstück gemacht hatte und, die ein weiteres Indiz dafür waren, dass der Apotheker seine eigene Medizin herstellt.

Dem wiederum konnte Ferdinand zustimmen.

„Ich selbst habe bei ihm Medikamente für Bettina erstanden, weil ich wollte, dass sie von dem Chemiedreck wegkommt. Nur ahnte ich nicht, dass der Mann derartig fanatisch ist und quasi über Leichen geht, nur um an noch mehr Material zu gelangen, um seine Forschungen fortzusetzen."

Ferdinand nahm die Hand seiner Frau.

„Es tut mir wirklich leid."

Bettina Roth lächelte. „Das hatten wir doch schon besprochen. Also, lass gut sein."

Dann wandte sie sich Helene und Herbert zu. „Das ist es aber nicht, was wir euch sagen wollten."

Bevor sie weitersprach trank sie einen großen Schluck von dem Rotwein, den Ferdinand als Gastgeschenk mitgebracht hatte.

„Wir brauchen eure Hilfe. Uns wird wieder niemand glauben. Es ist etwas Furchtbares passiert."

„Wir befürchten, dass Eisenbart tot ist", ergriff Ferdinand wieder das Wort. „Oder zumindest sehr schwer verletzt."

„Was?" Helene schlug die Hand vor ihren Mund. „Wieso das denn?"

„Aber wir haben nichts damit zu tun", warf Bettina sofort ein. „Er lag hinter der Theke, als wir die Apotheke betraten. Und um seinem Kopf herum war alles voller Blut."

„Wir wussten nicht was wir tun sollten", kam Ferdinand seiner Frau zu Hilfe. „Wir schlossen die Vordertür ab und eilten durch den Hinterhof in eine Seitenstraße."

„Habt ihr denn nachgesehe, ob der Mann noch gelebt hat?", fragte Herbert, nach einigen Sekunden, die er brauchte, um das Gehörte emotional zu verdauen.

„Ja, natürlich“, antwortete Ferdi. „Er hatte schwachen Puls. Aber er lebte.“

„Aber das hier haben wir neben ihm gefunden.“

Bettina griff in ihre Tasche, die sie neben dem Stuhl platziert hatte und holte einen schwarzen Umhang hervor.

„Grundgütiger“, entfuhr es Helene.

„Ist das nicht ein klarer Beweis, dass der Eisenbart der Mörder dieses jungen Mannes ist, der schwarze Mönch, den ich in der Nacht gesehen habe?“

„Das ist auf jeden Fall ein belastendes Indiz“, stimmte Helene zu. „Trotzdem müsste das durch die Spurensicherung bestätigt werden.“

„Dann müssen wir aber zur Polizei. Die sperren uns bestimmt wieder ein.“

Pure Verzweiflung stand in Bettinas Augen.

„Ich denke, der Gang zur Polizei wird sich nicht vermeiden lassen. Ihr habt ganz gewiss Spuren in der Apotheke zurückgelassen“, gab Helene zu bedenken.

„Oh. Daran haben wir nicht gedacht.“

„Darauf brauch ich jetzt erst mal en Schnaps.“

Herbert ging zum Schrank, in dem sich die hochprozentigen Getränke befanden. „Wer noch?“, fragte er über seinen Rücken hinweg.

Ohne auf eine Reaktion zu warten, nahm er eine Flasche Wodka und vier Gläser aus dem Schrank.

Nachdem das hochprozentige Getränk die Kehlen der vier passiert hatte, sagte Herbert: „Wir brauche einen Plan!“

Helene nickte. „Und, schon eine Idee?“

„Ich werd erst mal die juristische Lage klärn“, erwiderte Herbert und verließ das Zimmer.

Ferdinand und Bettina sahen ihm hinterher.

„Was hat er jetzt vor?“, fragte Bettina. „Einen Anwalt anrufen?“

„Ich denke, er kontaktiert einen *guten* Freund“, antwortete Helene.

Wieso is sein Handy ausgeschaltet?

Herbert versuchte es erneut. Die gleiche Stimme sagte: Der Anrufer ist zurzeit nicht erreichbar. Bitte sprechen Sie…“

Herbert drückte die Beenden-Taste.

Harald. Ja, ich rufe Harald an.

Nach dreimaligem Klingeln war Harald Weinert in der Leitung. Herbert atmete auf; vermutlich so laut, dass Harald besorgt fragte: „Herbert? Alles in Ordnung?“

„Ah, Harald. Gut, dass ich dich erreiche. Ich wollte zuerst Lars – aber der hat sein Handy ausgeschaltet. Eh…is ja auch egal. Ich hab e Problem. Also net ich.“

„Herbert. Der Reihe nach und langsam“, versuchte der Kriminalhauptkommissar beruhigend einzuwirken.

„Ja, also hör zu.“

Nachdem Herbert sein Anliegen geschildert hatte, hörte er erst einmal nichts am anderen Ende.

„Habt ihr denn Beweise für eure Behauptungen?“, fragte Harald schließlich.

„Aber sicher“, bestätigte Herbert, nicht ganz ohne Stolz. „Jede Menge Beweise, dass der Eisenbart mit der ganze Sach zu tun hat; mit dem Einbruch und dem Überfall auf die Bettina und die Gundel und mit dem Mord an dem junge Mann.“

Obwohl Harald für den heutigen Abend etwas anderes geplant hatte, als über Mord und Totschlag zu reden – gestern teilte ihm Marion mit, dass er bald Vater werden würde – war er jetzt mehr als versessen darauf zu erfahren, was Herbert und Helene ausgegraben hatten und der Polizei offenbar entgangen war.

Dann wollte Harald noch wissen, obwohl er die Antwort bereits kannte: „Weshalb rufst du nicht gleich Nicole an?“

„Naja. Du weißt doch wie sie ist. Sie mäkelt bestimmt wieder nur rum.“

„Du hast Schiss“, sagte Harald Herbert auf den Kopf zu.

„Nee. Naja, e bissje schon.“

„Und ich soll Nicole jetzt, möglichst schonend, das Ergebnis eurer Recherchen beibringen?“ Harald schmunzelte.

„Ja.“

„Na, gut“, stimmte Harald zu. „Aber erst morgen früh. Bis dahin kann ich mir auch meinen Text zurechtlegen.“

Er hörte ein erleichtertes Aufatmen am anderen Ende.

„Und damit ihr alle einigermaßen gut schlafen könnt, sage ich dir noch etwas. Eisenbart lebt, liegt aber noch im künstlichen Koma. Nicole fand ihn bewusstlos auf dem Boden liegend.“

„Danke“, sagte Herbert. „Hast was bei mir gut.“

„Ach ja. Bereite die Roths schon mal darauf vor, dass ein Verfahren wegen unterlassener Hilfeleistung und Unterschlagung von Beweismaterial, sprich dem Umhang, auf sie zukommen könnte. Aber mit Letzterem kennst du dich ja zwischenzeitlich selbst gut aus.“

Die Spitze konnte Harald sich nicht verkneifen.

„Und?“, fragte Helene.

„Konnte den Lars net erreiche. Aber ich hab mit em Harald gesproche.“

Herbert sagte, dass Harald Weinert sich der Sache annehmen werde, sprich Nicole von den Neuigkeiten in Kenntnis setzen würde. Gleichzeitig erklärte Herbert seinem Besuch, warum sie unbedingt am nächsten Tag ins Präsidium kommen sollten und was eventuell auf sie zukommen könnte, ganz wie Harald gefordert hatte.

„Wir werden euch natürlich begleiten“, sagte Helene.

Donnerstag / 07:30 Uhr

„Lagebesprechung in zehn Minuten“, ordnete Nicole an.

„Nicole, kann ich dich mal kurz sprechen“, fragte Harald, fast im Flüsterton.

Nicole runzelte die Stirn. „Ist etwas passiert?“, fragte sie ebenso leise zurück.

„Wie man’s nimmt“, antwortete Harald.

Die beiden gingen in den Flur, um bereits nach kaum mehr als zehn Minuten wieder zurückzukommen. Beide mit verändertem Gesichtsausdruck. Nicole wirkte wütend, während Harald einen auf zerknirscht machte.

Zu gerne hätte Lars gewusst, was die beiden draußen zu bereden gehabt haben; jetzt hieß es Mund halten und abwarten.

Wenn die schon etwas rausfinden, warum rufen die mich *nicht an,* dachte Nicole. Die Antwort gab sie sich im gleichen Augenblick selbst. Dennoch empfand sie es als eine Art Vertrauensbruch.

Sie fuhr ihren Rechner hoch und schaute den Mailaccount durch. Zum zweiten Mal in dieser Woche, blitzte eine Nachricht von Dr. Ludwig Lechner auf, in der er sämtliche Mitarbeiter ermahnte, ihre verbliebenen Urlaubstage noch in diesem Jahr und rechtzeitig einzureichen, ansonsten würde der Anspruch auf Urlaub verfallen.

Hat der keine anderen Probleme, ging es Nicole durch den Kopf, als Lars brüllte: „Was soll der Scheiß? Nicole! Hast du auch so einen Mist in deinen Mails, von wegen Urlaubsplanung? Auf welchem Planeten lebt der eigentlich?"

„*The same procedure as last year*", rezitierte Harald den wohl bekanntesten Satz der jährlichen an Silvester ausgestrahlten TV-Sendung „Diner for one". „Also, beruhige dich. Die Info ist auch vom letzten Jahr."

„Oh, stimmt. August 2015. Dann hat die doch keine Gültigkeit, oder?"

In diesem Augenblick trat Dr. Ludwig Lechner durch die Tür.

„Was hat keine Gültigkeit?"

„Das mit…"

„Guten Morgen, Herr Dr. Lechner", wurde Lars von Nicole unterbrochen. „Sie kommen gerade richtig. Wir haben Fortschritte im Fall Sebastian König zu verschreiben."

„Wird ja auch Zeit", brummte Lechner.

Unbeeindruckt informierte Nicole ihren Vorgesetzten zum Sachverhalt der letzten Stunden.

„Ah, ja, sehr schön, Frau Wegener. Haben wir auch schon ein Geständnis von diesem Herrn Eisenhart?"

„Eisenbart", korrigierte Nicole.

„Ja, ja, schön, dann eben Eisenbart."

„Da gibt es ein kleines Problem."

„Ja was ist denn jetzt schon wieder? Was für ein Problem denn?", fragte Lechner ungehalten. „Sie gehen nur zu sanft mit unserem Täter um, Frau Wegener. Ich sage Ihnen doch immer – üben Sie mehr Druck aus."

„Unser Verdächtiger liegt mit einer schweren Kopfverletzung im Krankenhaus. Ich fürchte…"

„Frau Wegener." Die Augen des Ersten Kriminalhauptkommissars weiteten sich auf gefühlte Olympiamedaillengröße. „Sie haben ihn doch nicht etwa…? So hatte ich das mit dem Druck nicht gemeint."

Nicole schüttelte den Kopf. „Ich wollte Herrn Eisenbart gestern befragen und fand ihn in seiner Apotheke mit einer Kopfwunde auf dem Boden liegend. Entweder fiel er unglücklich auf die Kante seines Tresens, oder es war Absicht. Das gilt es noch zu klären. Wenn er wieder vernehmungsfähig ist, erfahren wir Näheres."

Von den Fußspuren im Hinterhof der Apotheke, sowie auch von dem Fläschchen, das sie unbemerkt eingesteckt hatte, erzählte Nicole nichts.

„Ach, ja. Und wann wäre er wieder vernehmungsfähig?" Lechner sah auf seine Rolex, die er seit seinem 15-jährigen Jubiläum als Leiter der K 11, im letzten Jahr, voller Stolz zur Schau trug.

„Das erfahre ich, sobald ich in der Klinik angerufen habe", antwortete Nicole. „Was ich jetzt tun werde."

Sie griff zum Telefon und Lechner, wohl nicht bereit auf das Ergebnis zu warten, drehte sich zur Tür.

„Na gut. Dann lasse ich Sie mal weiterarbeiten. Ich muss dann auch mal wieder. Alles Weitere steht in Ihrem Bericht, den ich hoffentlich spätestens morgen auf meinem Schreibtisch vorzufinden gedenke."

Im Hinausgehen blieb Lechner nochmals stehen. „Mein Memo, bezüglich Ihres Resturlaubs, haben Sie erhalten?"

Die drei Kommissare nickten gleichzeitig.

„Wir werden Ihnen zeitnah unsere Urlaubsplanung mitteilen", versprach Nicole.

In diesem Fall kam ihr der Begriff *zeitnah* passend vor; sagte er doch nichts Konkretes über den Zeitpunkt aus.

„War's das für heute?", wollte Lars wissen, mit einem Kopfnicken in Richtung Tür.

„Ich denke schon", erwiderte Nicole.

„Gut, dann lauscht, was *ich* gestern Abend erfahren habe."

„Gestern Abend", wiederholte Nicole verwirrt. „Wo warst du?"

„In einem Fastfood Restaurant, mit Charlene – ihr wisst, der ehemaligen Freundin von Sebastian König."

„Du lässt aber auch nichts anbrennen, was?" Harald schüttelte den Kopf.

„Nur weil du seit Monaten monogam lebst, muss das der Rest der Welt noch lange nicht", feixte Lars. „Aber nun mal im Ernst. Ich traf mich gestern mit Charlene, weil ich mir Sorgen mache, dass sie etwas Unsinniges anstellt, was diesen Thilo Schulz betrifft, der ehemalige…"

„Auftraggeber vom König", unterbrach Harald seinen Kollegen ungeduldig. „Noch ist die Alzheimer bei uns nicht so weit fortgeschritten."

Nach einer lautlosen Lippenbewegung, die vermutlich spöttisch die letzten Worte von Harald wiedergaben, fuhr Lars fort.

„Plötzlich tauchte auch Tim Dörfler in dem Fastfood Lokal auf. Erst stritt Charlene ab, ihn zu kennen. Dann aber gab sie zu, letzte Nacht in seiner Wohnung verbracht zu haben. Schließlich bat sie ihn an unseren Tisch und Dörfler erhellte mich doch tatsächlich mit einigen Neuigkeiten. Bedeutet, liebe Chefin, du brauchst dich nicht mehr um Dörfler zu bemühen. Ich habe seine Aussage."

Zutiefst mit sich zufrieden lächelte Lars.

„Einiges über den *Boss* Thilo Schulz, was die Einbrüche und die Anklage wegen sexueller Nötigung in Brandenburg betrifft, ist uns ja schon bekannt", fuhr er fort. „Der ist aber auch stiller Teilhaber in verschiedenen Etablissements im Prostituiertenmilieu. Das – interessiert – uns – aber – nicht – so sehr", grenzte Lars seinen Bericht ein, als er den Gesichtsausdruck seiner Kollegen sah.

„Weiter sagte Tim Dörfler, dass Sebastian, von Thilo Schulz unter Druck gesetzt, in Villen eingestiegen ist; unter anderem auch in das Haus von Willibald Eisenbart. Allerdings erwischte der ihn und nötigte ihn zu dem Deal. Er sollte das", Lars sah auf seinen Notizblock, „*Medico-Physicum* aus der Klosterapotheke entwenden. Ansonsten würde Eisenbart dem Schulz stecken, dass König auf eigene Faust arbeite. Daraufhin hätte Sebastian am Samstag den mittelalterlichen Markt in Seligenstadt besucht, um sich mit den Örtlichkeiten vertraut zu machen und bei Tim übernachtet.

Übrigens hatte ich den Eindruck, dass diese Info auch für Charlene neu gewesen war. Tim Dörfler versicherte mir hoch und heilig, dass er mit dem Einbruch nichts zu tun hatte."

„Ich nehme an, du glaubst ihm das", stellte Nicole fest.

„Ja. Besonders weil Dörfler seit Anfang Mai einen Job in einer Gärtnerei hat. Natürlich werde ich das nachprüfen."

„Auf eine protokollierte Aussage vom Dörfler dürfen wir aber nicht hoffen, nehme ich an?"

„Nur, weil Dörfler mir gegenüber offen war, heißt das nicht, dass er der Polizei von nun an in Liebe zugetan ist", bestätigte Lars.

„Aber du konntest Charlene überzeugen, von Selbstjustiz Abstand zu nehmen?"

„Da bin ich mir nicht sicher", beantwortete Lars die Frage seines Kollegen. „Ich hoffe aber, dass vielleicht Tim Dörfler sie zur Vernunft bringt."

„Dann ruf doch mal die Bayern an. Sag, ein Vögelchen hätte dir gezwitschert, dass Schulz seine Finger auch im Rotlichtmilieu hätte. Wenn du Glück hast, steht Schulz die nächsten Tage unter Beobachtung."

„Käme aber einem Vertrauensbruch gegenüber Charlene und Tim gleich. Immerhin habe ich Tim versprochen, ihn nicht als Polizeispitzel zu denunzieren."

„Tust du doch nicht", beruhigte Harald seinen Kollegen. „Du hast aus zuverlässiger Quelle erfahren, und so weiter."

Nicole wurde mitgeteilte, dass Willibald Eisenbart noch immer im künstlichen Koma lag und ein Besuch demnach wenig Sinn machte.

Aufschlussreich und höchstinteressant hingegen war die Vita des Apothekers; besonders seine berufliche Laufbahn. Umso mehr war Nicole darauf erpicht zu erfahren, welche Substanz sich in dem Fläschchen befindet, das sie selbst, vor nicht mal einer Stunde, mit dem Hinweis *äußerst dringend* in der Gerichtsmedizin abgegeben hatte, zusammen mit einem Teelöffel, der im Hinterzimmer der Apotheke lag.

Warum sie den Löffel in eine Plastiktüte gepackt hatte, wusste sie selbst nicht so genau. Reine Intuition.

Jetzt bemerkte sie, wie ihre Hand immer wieder zum Telefon zuckte.

Martin wird mich informieren, sobald das Resultat vorliegt, wiederholte sie mental, einem Mantra gleich, den Satz.

Willibald Eisenbart, 1955 in Brandenburg geboren, wuchs als einziger Sohn in einer gutbürgerlichen Familie auf. Der Vater Studienrat, die Mutter engagierte sich in verschiedenen karitativen Einrichtungen.

Er studierte Medizin an der Charité Berlin, wo er auch später arbeitete. Dann 1989 ein Gerichtsverfahren wegen schwerer Körperverletzung. Er musste eine sehr hohe Geldstrafe bezahlen und verlor seine Approbation als Mediziner.

1990 übernahm er im bayrischen Alzenau eine Apotheke.

Weshalb Eisenbart verurteilt worden war stand nicht in der Akte, was Nicole jedoch nicht sonderlich wunderte. Die Gerichtsunterlagen befanden sich wahrscheinlich im Staatsarchiv der ehemaligen DDR, deklariert als *geheime Stasiakte*. Der Aufwand zur Einsicht würde sich nicht lohnen und war vermutlich auch irrelevant für ihren Mordfall.

„Nicole!“ Harald klopfte leise. „Die Roths sind hier, um ihre Aussage zu machen.“

Nicole sah auf ihre Armbanduhr.

9 Uhr 30. Pünktlich sind sie.

„Helene und Herbert sind auch dabei. Soll ich die beiden in ein…?“

„…anderes Zimmer bitten?“, führte Nicole den Satz zu Ende. „Auf jeden Fall. Besser noch in die Kantine. Ach ja, und wenn der Doc oder einer aus der Gerichtsmedizin anruft, dann…“

„…sage ich dir sofort Bescheid“, versprach Harald grinsend, während sie zusammen auf den Flur traten.

Donnerstag / 09:40 Uhr

„Das soll also die Verkleidung von Willibald Eisenbart sein, in der er Sonntagnacht den Sebastian König umgebracht haben soll?“

Nicole nahm die Plastiktüte, in die das Corpus Delicti eingewickelt war entgegen.

Bettina und Ferdinand Roth nickten.

„Und Sie haben dieses *Beweisstück*“, Nicole betonte das Wort besonders, „neben dem Verletzten gefunden?“, wiederholte sie die Angaben der Roths.

Erneutes Nicken von beiden.

„Was wollten Sie dort?“

„Nur mit Eisenbart reden“, erwiderte Ferdinand Roth. „Ich wollte… wir wollten wissen, weshalb er meine Frau überfallen und Frau Krämer niedergeschlagen hat.“

„Und wie kommen Sie zu dieser Vermutung?“

„Ich habe den Mann sofort an seinem eigenartigen Geruch wiedererkannt“, äußerte Bettina Roth. „Und die Gundel, also Frau Krämer, konnte ihn auch sofort als den Mann identifizieren, der sie niedergeschlagen hatte.“

Der Geruch, ja. Der Mann roch wirklich eigenartig, fiel Nicole wieder ein.

„Ach, Frau Krämer war also auch dabei, als Sie Herrn Eisenbart aufsuchten?“, hakte Nicole nach, obwohl sie bereits durch Harald wusste, dass Gundula Krämer zusammen mit Herbert und Helene in Alzenau war.

„Nein“, entgegnete Ferdinand Roth. „Gundel war nicht mit uns in der Apotheke. Sie war zuvor mit Herbert und Helene bei Eisenbart, nicht in der Apotheke, sondern bei seinem Haus."

„Sagten Sie gerade, die drei wären vor Eisenbarts Haus gewesen?"

„Ja. So haben wir es jedenfalls verstanden."

Ein wenig verunsichert blickte Ferdinand seine Frau an. „Aber, ich möchte nichts Falsches aussagen. Am besten Sie reden selbst mit beiden."

Worauf Sie sich verlassen können. Nicole spürte, wie ihr Adrenalinpegel nach oben schoss.

„Schildern Sie mir bitte, wie Sie den Tatort vorgefunden haben."

Bettina und Ferdinand wiederholten, was sie am Abend zuvor bereits Helene und Herbert erzählt hatten. Ihre Aussage wurde, mittels eines Mikrofons und einer Kamera aufgezeichnet. Trotzdem machte Nicole sich Notizen.

„Haben Sie den Mann berührt? Vielleicht geschaut, ob er noch lebt?"

„Ja, natürlich", erwiderte Ferdinand Roth. „Ich habe nach seiner Halsschlagader getastet. Ich weiß ja, wie man das macht. Er hatte noch immer Puls, wenn auch ungleichmäßig. Das kann ich Ihnen versichern."

„Und weshalb haben Sie nicht sofort die Polizei verständigt, als Sie Herrn Eisenbart, schwer verletzt, hinter seiner Theke gefunden haben? Herr Roth, Sie waren Rettungssanitäter!"

Ferdinand Roth senkte den Kopf. „Ja, ich weiß auch nicht warum."

„Wir hatten einfach Angst, dass Sie uns nicht glauben würden", sprang Bettina ihrem Mann zu Hilfe. „Aber dann, gestern Abend, sagte Helene, dass wir auf jeden Fall die Polizei aufsuchen müssten, weil wir wahrscheinlich Spuren am Tatort zurückgelassen hätten und die anhand der DNS festzustellen wären."

Clevere Helene. Nicole verspürte einen Hauch von Stolz.

Vorübergehend.

„Ich kann demnach davon ausgehen, dass die Schuhabdrücke, die ich im Hinterhof von Eisenbarts Apotheke gefunden habe, von Ihnen beiden stammen?"

Die Roths nickten.

„Ich mache Sie darauf aufmerksam, dass Sie beide sich der unterlassenen Hilfeleistung schuldig gemacht haben. Ok. Für heute sollte das genug sein", beendete Nicole die Befragung.

„Den Umhang werden wir zur Untersuchung in unser Labor geben. Ihre Kleidung, die Sie gestern getragen haben, benötigen wir auch."

„Ach, die ist aber schon in der Wäsche", erwiderte Bettina.

„Das macht nichts. Ich werde Herrn Maier, von der Polizeistation Seligenstadt bitten, Ihre Kleidung abholen zu lassen. Sie dürfen jetzt gehen. Ich bitte Sie aber sich, bis der Fall endgültig abgeschlossen ist, zur unserer Verfügung zu halten."

Nicole blickte Bettina und Ferdinand Roth streng an.

„Ja, natürlich." Sichtlich erleichtert standen die beiden auf.

„Ach, da wäre noch etwas. Würden Sie eine Speichelprobe abgeben, damit wir Ihre DNS von weiteren auf dem Umhang separieren können?"

Auch dazu gaben Bettina und Ferdinand ihre Zustimmung und folgten dem Polizisten zur erkennungsdienstlichen Behandlung.

Donnerstag / 09:45 Uhr

Nachdem Tim um viertel nach sieben zur Arbeit gegangen war, schlief Charlene noch eine Runde. Danach zog sie sich an und setzte die Espressomaschine in Gang.

Der Kühlschrank konnte seiner Aufgabe schwerlich gerecht werden. Dort lagerte lediglich ein Stück Käse, dem ein gelber Zettel anhaftete: *Nicht essen. Habe Alibifunktion. Bäcker um die Ecke.*

Trotz ihres knurrenden Magens und der sich zwangsläufig anbahnenden schlechten Laune – Charlene brauchte ein anständiges Frühstück, sonst war sie den ganzen Tag über nicht zu genießen – musste sie schmunzeln.

Typisch Tim. Sie lief die Treppen hinab und trat aus der Tür in die Hospitalstraße. Über einige Umwege – *hier kann man sich doch glatt verlaufen* – fand sie die Bäckerei.

Dank der Einladung von Lars, am gestrigen Abend, konnte sie sich ein üppiges Frühstück leisten. Nach Rührei mit Schinken und zwei mit reichlich Butter bestrichenen Brötchen, belegt mit Käse, das andere mit Marmelade, konnte der Tag beginnen.

Sie bezahlte und erkundigte sich bei der Bedienung nach dem Weg zum Klostergarten.

Ein paar Minuten später betrat Charlene die Anlage der ehemaligen Benediktiner-Abtei. Sie schlenderte rechtsseitig an der Mauer entlang und schaute durch das Tor in das Gehege, in dem Schafe und Ziegen grasten. Im hinteren Bereich stolzierte ein weißer Pfau mit aufgeschlagenem Rad. Der andere, vermutlich das Weibchen, lag im Gras.

Wenig später stand Charlene vor der Klostermühle; dem Ort, an dem ihr Bastian ermordet worden war.

Nebenan hatte sich eine lange Einkaufsschlange gebildet und der Duft von frischgebackenem Brot lag in der Luft.

Is ja wie zu DDR-Zeiten, schoss es ihr in den Sinn.

Sie selbst hatte diese Zeiten nicht erlebt. Aber Ihre Eltern erzählten davon; immer dann, wenn sie sich als Kind darüber beschwerte, dass gerade mal wieder das Nutella-Glas fast leer war.

Sie trat näher an die Mauer und schaute zögernd in die Tiefe. Kälte schlug ihr entgegen. War es die kühle Luft, verursacht durch das fließende Wasser und die Bewegung der Mühlräder? Oder vielmehr der Todeshauch, der aus der Tiefe die feuchte Sandsteinwand emporkroch?

Charlene erschauerte und kreuzte die Arme vor ihrem Körper. So sehr sie auch schaute, nichts deutete mehr darauf hin, dass hier vor ein paar Tagen ein Mensch zu Tode kam.

Tränen traten in ihre Augen. Sie blinzelte sie weg.

Nicht jetzt! Das nächste was sie fühlte, war unbändiger Zorn. Das war besser.

Sie holte ihr Handy aus der Tasche und setzte sich auf die Bank unter der Rotkastanie. Bestimmt wartete Sandy schon auf ihren Anruf. Auch sollte sie sich erkundigen, wann Sebastians Leichnam zur Bestattung freigegeben würde, ermahnte sie sich. *Doch bei wem? Lars. Ja, bei wem sonst.*

„Lars, ich bin's, Charlene. Kannst du mir sagen, wann die…", sie schluckte, „wann wird die Leiche von Bastian freigegeben? Ich muss mich um die Beisetzung kümmern."

Der Kriminaloberkommissar teilte ihr mit, dass die kriminaltechnischen Untersuchungen abgeschlossen seien.

„Wegen der Formalitäten kann ich dir dabei helfen“, bot Lars sich an.

„Danke, das wäre nett von dir.“

„Passt es dir morgen früh, so um 9 Uhr?“

Charlene überlegte einen Moment.

Bis morgen haben wir alles erledigt, mit oder ohne Tim.

Sollte Tim oder auch Lars gedacht haben, sie würde ihren Plan aufgeben, klein beigeben und warten bis Bastians Mörder von der Polizei gefasst würde – wenn überhaupt – hatten sie sich getäuscht.

„Ja, morgen um neun passt“, bestätigte sie den Termin.

Donnerstag / 10:05 Uhr

In knapp 10 Stunden wurde es ernst. Alles war vorbereitet. Es war so einfach. Warum war sie nicht eher darauf gekommen? Er stand auf diese Art von Spielchen. Nach diesem Abend eher wohl nicht mehr.

Sie betrat das Schlafzimmer, schaute sich um. Jedes Detail musste stimmen. Das Bett war frisch bezogen. Weiße Wäsche. Er mochte weiß. Alles war weiß in dem Schlafzimmer, weiß und steril und kalt. Er hatte es gefordert und bezahlt. Und dieser Apotheker hatte es besorgt.

Das Metallbett, der Nachttisch, ebenso die Kommode stammten aus einer ehemaligen Nervenklinik. Sogar die Deckenlampe – eine schlichte Glühbirne mit konischem Metallschirm.

Sie hasste es. Es war absurd, verrückt, so wie er. Wenn er nicht bei ihr übernachtete, schlief sie auf der Couch, immer!

Dabei hatte alles so schön angefangen, damals vor drei Jahren, als sie sich in einer Bar in Hanau kennenlernten.

Sie war gerade mitten in der Ausbildung zur Krankenpflegerin. Nach einer anstrengenden Woche, zogen sie und ihre Kolleginnen einfach mal so um die Häuser und landeten in dieser Bar. Sie fiel ihm sofort auf, wie er später erzählte.

Nun, sie sah gut aus, das wusste sie – lange Beine, eine sportliche Figur und die Proportionen stimmten. Woran es ihr allerdings mangelte waren Menschenkenntnis und Scharfsinn. Das erkannte sie, einige Wochen später, an einem blauen Auge, einer aufgeplatzten Lippe und verschiedenen Hämatomen an den Armen.

Sie hatte es gewagt, ihm im Beisein seiner *Geschäftspartner* zu widersprechen. Dabei ging es lediglich um einige Schreibfehler in einem Schriftstück, das arglos auf seinem Schreibtisch lag und sie zufällig einen Blick darauf erhaschte.

Lächerlich.

Natürlich hätte es für sie schlimmer kommen können. Sie hätte in einem seiner „Klubs" auf Nimmerwiedersehen verschwinden können. Aber das genaue Gegenteil trat ein.

Sie bekam ein komplettes neues Outfit, wurde seitdem zu konspirativen Treffen mitgenommen und er vertraute ihr seinen Laptop an, in dem das reine Chaos herrschte.

Richtig verstanden hatte sie das erst vor einigen Wochen und sofort erkannt – das war ihre Chance.

Als Sandy ihr dann am Dienstag mitteilte, dass Sebastian ermordet worden war, wusste sie, der Zeitpunkt war gekommen. Sie besprach mit Sandy und Charlene ihren Plan, den sie sich vor Längerem überlegt hatte.

Der Abend der Rache nahte.

Die ledernen Gurte für die Arme hatte sie rechts und links am Bett angebracht, sowie die Stoffschlaufe am hinteren Gitter. Genauso, wie es damals in der „Klapsmühle" üblich war. Der aufgeladene Elektroschocker lag auf dem Nachttisch. Auch die weiße Karaffe, gefüllt mit Wasser stand bereit. Nur war dieses Mal nicht *nur* Wasser darin.

Taten sie wirklich das Richtige? Was wären die Konsequenzen? Was, wenn Steven etwas bemerken sollte? Oder, wenn er körperlichen oder geistigen Schaden davontrüge?

Egal. Das Schwein hatte es mehr als verdient. Er soll am eigenen Leib spüren, wie es sich anfühlt gedemütigt und geschändet zu werden ohne etwas dagegen unternehmen zu können.

Bevor sie es sich noch anders überlegen würde, schickte sie die Nachricht an Sandy.

20 UHR – HINTERTÜR OFFEN – SCHLÜSSEL UNTER TOPFPFLANZE VOR WOHNUNGSTÜR – SEID BITTE PÜNKTLICH! – HEUTE ABEND ZEIGEN WIR ES DEM SCHWEIN!

Sandy leitete den Text sofort an Charlene weiter.

„Und, wie sieht's aus? Ist er dabei?", fragte Sandy wenig später, als Charlene zurückrief.

„So ganz überzeugt scheint er noch nicht. Aber ich denke schon. Wenn nicht, auch gut. Dann ziehen wir drei das alleine durch. Dieses Schwein wird es bereuen geboren zu sein."

Donnerstag / 11:20 Uhr

Nach fast einer Stunde setzten sich viele Puzzleteilchen zu einem Gesamtbild zusammen. Sowohl was den Mord an Sebastian König anging, als auch zu dem Überfall auf Bettina Roth und Gundula Krämer.

Die Beweislage gegen Willibald Eisenbart schien mehr als eindeutig. Ein Geständnis wäre natürlich von Vorteil. Aber darauf würde Nicole wohl oder übel warten müssen. Ebenso auf die Antwort, wer den Apotheker überfallen hatte.

Nun musste sich Nicole auf die Befragung von Helene und Herbert konzentrieren. Sofort keimte der Unmut gegen Harald wieder auf.

Wie konnte er sie nur so hintergehen?

Ja, sie empfand die Zurückhaltung von Informationen, speziell die von Helene und Herbert, schon beinahe als einen Akt des Betrugs. Das hatte sie ihm heute Morgen auch deutlich zu verstehen gegeben.

Aber, wenn sie ehrlich zu sich selbst war, war sie einfach nur enttäuscht, frustriert, deprimiert – alles zusammen.

Benahm sie sich wirklich wie eine Furie, wenn die beiden Hobbykriminalisten ihr einen oder zwei Schritte voraus waren? Ihre Hinweise hatten jedenfalls immer zur Lösung beigetragen. Also gut, mal hören was sie zu sagen hatten.

Bis zum Eintreffen von Nicole – eine Polizistin hatte Helene und Herbert darauf hingewiesen, dass die Kriminalhauptkommissarin sie zu sprechen wünschte – überlegten sich beide mental und entsprechend unabhängig voneinander, ihre Vorgehensstrategie.

Helene hatte sich, während des Aufenthalts in der Polizeikantine und der folgenden Wartezeit von einer halben Stunde auf unbequemen Kunststoffstühlen, auf dem Flur des Polizeipräsidiums dafür entschieden, erst einmal Zurückhaltung zu üben.

Hingegen befahl Herbert seinem Gesicht als auch seiner Stimme, einen freundlichen, jedoch keinen fröhlichen Ausdruck – also neutral. Seiner Erfahrung nach, sollte man seinem Gegenüber so wenig wie möglich Angriffsfläche bieten, was Emotionen betraf. In diesem Fall waren die auf Nicoles Seite eher als aggressiv einzuschätzen.

Sein Schachzug schien aufzugehen. Zumindest die Standpauke blieb aus. Vermutlich hatte Harald im Vorfeld ganze Arbeit geleistet.

Obwohl – was nicht ist, kann ja noch kommen, schlich sich der Gedanke in Herberts Kopf. Zu deuten war Nicoles Gesichtsausdruck nicht wirklich, als sie durch die Tür kam.

„Wie ich hörte, habt ihr den Roths zu einer Aussage geraten“, begann Nicole das Gespräch. „Sehr löblich.“

Das klang schon wieder zynisch, bemerkte Nicole schnell.

„Trotzdem bitte ich euch, zu wiederholen, was die beiden euch gestern Abend erzählt haben. Nur, dass wir uns richtig verstehen. Ich will sicher sein, dass sie nichts vergessen haben.“

Nach einer halben Stunde nickte die Kriminalkommissarin zufrieden und klappte die Akte zu.

„Damit können wir Eisenbart schon mal wegen des Überfalls auf Frau Roth und der Körperverletzung an Frau Krämer anklagen, sobald er wieder bei Bewusstsein ist. Vorher geht gar nichts“, setzte sie nach. „Möglicherweise können wir ihn auch wegen des Mordes an Sebastian König überführen. Aber das wird die DNS beweisen.“

„Habt ihr schon eine Hausdurchsuchung beim Eisenbart durchgeführt?“, stellte Herbert vorsichtig die Frage.

„Nein“, zog Nicole die Antwort argwöhnisch in die Länge, dagegen ihre Stirn in Falten. „Warum sollten wir? Auch wäre es Sache unserer bayrischen Kollegen. Immerhin ist es ihr Einzugsgebiet. Wie kommst du jetzt darauf?“

„Naja, es ist nur, weil… Herbert winkte ab. „Ach bestimmt habt ihr des schon selbst rausgefunde.“

„Was herausgefunden?“

„Des mit der selbst hergestellten Medizin, die er unterm Ladentisch verkauft, wie mer so sagt.“

Nicole fiel das Fläschchen mit der übelriechenden Substanz ein. *Ob der Doc schon eine Analyse vorliegen hat?*

„Ach, davon wisst ihr also auch? Ach ja, natürlich von den Roths. Herr Roth gab zu für seine Frau ab und zu bei Eisenbart Medikamente, die dieser auf pflanzlicher Basis selbst hergestellt hatte, gekauft zu haben.“

„Wenn der Eisenbart des Zeugs selbst zusammegemixt hat, dann muss er doch die *Rohmaterialien*“, Herbert malte mit den Fingern Anführungsstriche in die Luft, „von irgendwoher habe.“

Darauf hoffend, dass Nicole seinen Gedankengängen mit einem weiteren Impuls folgte, schaute er sie gespannt an.

„Kannst du dir vorstellen, dass ein Apotheker seine Grundstoffe im Internet bestellt?“, warf Helene dazwischen und trommelte unruhig mit den Fingerspitzen auf der Tischplatte herum und fixierte Nicole ebenfalls durch, noch weiter als üblich, aufgerissene Augen.

„Wollt ihr damit andeuten, dass Eisenbart womöglich die Giftpflanzen auch noch selbst angebaut hat?“

Helene beugte sich verschwörerisch Nicole entgegen und flüsterte: „Nicht andeuten; wir können es beweisen.“

„Auf Eisenbarts Grundstück steht ein Gewächshaus“, nahm Herbert wieder das Gespräch auf. „Da drin gedeihe alle mögliche Pflänzjer, die mer halt so braucht, um Medizin herzustelle. Jedenfalls hat mer des so im Mittelalter gemacht. Die Helene hat da so ein Buch, wo mer das nachlese kann.“

Er holte sein Handy aus der Brusttasche seines Jacketts und zeigte die Aufnahmen.

Nicole nahm das Mobiltelefon in die Hand und wischte von einer Aufnahme zur anderen.

„Wie seid ihr denn da drangekommen?“

„Das, Frau Kriminalhauptkommissarin, willst du nicht wirklich wissen“, sagte Helene.

Nicole nickte geistesabwesend und starrte weiter auf die Fotos.

„Und hier sind unsere Recherchen dazu.“ Helene griff in ihre Tasche und holte die Ausdrucke, die Herbert aus dem Internet heruntergezogen hatte, hervor.

„Da siehst du, bei welchen Krankheiten diese Kräuter zum Einsatz kommen.“

„Das ist ja kaum zu fassen. Das erklärt, warum Eisenbart unbedingt dieses Medicodings wollte.“

„Medico-Physicum“, half Herbert.

„Dein Handy müssen wir jetzt erst mal beschlagnahmen“, sagte Nicole, nun wieder ganz im Ermittlungsmodus. „Wir brauchen die Fotos.“

„Müsst ihr nicht“, wiedersprach Herbert und legte einen USB-Stick vor die Kommissarin. „Alles schon erledigt.“

„Du siehst unseren guten Willen, euch zu helfen“, setzte Helene nach. „So, und jetzt gehen wir. Ich habe Hunger.“

Als hätte Herberts Magen verstanden, knurrte dieser unüberhörbar.

Nicole lächelte. „Es gibt hier ganz in der Nähe einen guten Italiener, wenn ihr wollt. Ich käme dann in einer halben Stunde nach?“

„Kann der auch en gute Fisch?“, fragte Herbert.

„Und wie der kann“, bestätigte Nicole und schrieb die Adresse auf einen Zettel.

Herbert erhob sich und verzerrte kurz das Gesicht.

„Ist was mit deinem Fuß?“, erkundigte sich Nicole.

„Dienstunfall“, grinste Herbert. „Is aber schon besser. Muss ihn nur noch a bissje schone. Aber, mein Helenchen fährt ja sowieso besser Auto als ich.“

Donnerstag / 12:55 Uhr

Harald, wie auch Lars versuchten aus Nicoles Mimik herauszulesen, wie die Befragung verlaufen war. Aber ihre Chefin hatte ihr berühmtes Pokerface aufgesetzt und verkroch sich zudem sofort hinter ihrem Computer. Also entschlossen sich beide vorerst ebenso hinter ihren Bildschirmen zu kauern und genossen die Ruhe vor dem Sturm.

„Kommt bitte mal her! Ich will euch was zeigen."

Der Tonfall sowie die Euphorie in Nicoles Stimme, ließen Lars und Harald aufatmen. Die Befragungen waren wohl positiv verlaufen.

Unser kleiner Disput von heute Morgen scheint auch abgehakt, dachte Harald erleichtert.

„Schaut euch das an." Nicole winkte ihre Kollegen zu sich. „Diese Giftpflanzen stehen im Gewächshaus in Eisenbarts Garten."

Lars machte große Augen. „Wie bist du…?"

Harald war natürlich über den Enthüllungsreporter im Bilde, hatte aber die Aufnahmen selbst auch noch nicht gesehen.

„Wollt ihr nicht wissen. Lars, häng dich ans Telefon. Die Kollegen in Bayern sind bestimmt an einer Hausdurchsuchung interessiert."

Zwei Minuten später hatte Lars den zuständigen Beamten in der Leitung. Auf Nachfrage des bayrischen Kollegen betonte Lars, dass die Angaben glaubwürdig und absolut verlässlich wären.

Nach dem Gespräch mit Helene und Herbert, musste auch er kein Hellseher sein, um zu wissen, woher die Infos stammten.

Im Gegenzug erfuhr Lars, dass für den heutigen Abend Razzien in verschiedenen einschlägigen Etablissements des horizontalen Gewerbes angesagt waren, die mit Thilo Schulz in Verbindung gebracht werden konnten. Zudem hätte eine anonyme Anruferin, vor einigen Stunden, weitere Hinweise auf Thilo Schulz hinterlassen.

„Der Kollege schwebte, bezüglich der Menge an Informationen zu Thilo Schulz, die das Kommissariat zurzeit quasi überfluteten, gänzlich auf Wolke sieben“, berichtete er nun Nicole und Harald. „Ließ sich sogar zum Beckenbauer-Zitat: *Ja, is den heut schon Weihnachten?* hinreißen.“

„Anonym sagtest du?“, fragte Nicole nach.

„Ja, leider. Nur, dass es eine Frauenstimme gewesen war, konnte festgestellt werden.“

„Könnte das vielleicht deine Charlene gewesen sein?“

„Glaube ich nicht“, antwortete Lars. „Außerdem ist sie nicht *meine* Charlene. Die hat jetzt ganz andere Sorgen. Sie kommt morgen früh hierher, wegen der Formalitäten, für die Beisetzung ihres Freundes. Ich habe angeboten, ihr dabei behilflich zu sein.“

„Sehr ritterlich“, kommentierte Harald.

„Dann drücken wir den Kollegen für heute Abend mal die Daumen“, sagte Nicole. „Und jetzt treffe ich mich mit Helene und Herbert und dem Ehepaar Roth bei unserem Italiener. Andy kommt auch mit. Was ist mit euch?“

Lange brauchten Harald und Lars nicht zu überlegen.

Um kurz nach vierzehn Uhr saßen die Kriminalbeamten wieder an ihren Schreibtischen.

In der festen Annahme, dass Willibald Eisenbart als Mörder von Sebastian König überführt war, wenn auch noch nicht geständig, verfasste Harald Weinert schon mal vorsorglich einen Bericht für ihren Boss, Dr. Lechner.

Etwas übereilt, wie sich herausstellen sollte.

Gerade wollte Nicole sich der Aussagen von Bettina und Ferdinand Roth widmen, als Linda und Paul McCartney die Aufmerksamkeit auf sich zogen, indem sie den Bondsong LIVE AND LET DIE in den Raum plärrten.

„Sorry“, entschuldigte sich Nicole bei ihren Kollegen. „Habe vergessen, die Lautstärke zu reduzieren. Ist der Doc.“

„Der Titel passt zumindest“, kommentierte Harald.

„Hallo Martin. Was hast du für mich? ... Nein, das kann nicht wahr sein. Bist du dir sicher? ... Natürlich, entschuldige. Und von wem stammt die DNS? ... Unbekannt? So ein Mist. ... Trotzdem danke.“

Nicole wollte das Gespräch schon beenden, wurde aber offenbar von dem Gerichtsmediziner darin gehindert.

„Wenigsten eine gute Nachricht. ... Ja, schick mir die Analyse auf meinen Rechner. Danke.“

Sehr behutsam drückte Nicole die Beenden-Taste. Für Harald und Lars ein sicheres Zeichen, dass sich die Stimmung ihrer Chefin erneut auf den Nullpunkt zubewegte.

Voller innerer Anspannung warteten sie ab, was jetzt folgen würde.

Nach einer gefühlten Ewigkeit, sagte die Kommissarin: „Jungs. Der Eisenbart ist nicht unser Mörder. Die DNS vom

Umhang stimmt nicht mit der von Eisenbart überein. Wir stehen wieder am Anfang. Scheiße."

Sie lehnte sich in ihrem Bürosessel zurück und starrte wie benommen vor sich hin.

„Von woher hatten wir eigentlich eine Vergleichsprobe", wagte Lars leise zu fragen.

„Aus der Apotheke", antwortete Nicole ausdruckslos und ohne weitere Erklärung.

„Meinen Bericht an Lechner kann ich jetzt in die Tonne kloppen", murmelte Harald fuchsig. „Alles für die Katz."

Erneut meldete sich Nicoles iPhone. Diesmal leiser und mit einem normalen Klingelton.

„Das ist die Klinik. Hoffentlich gute Nachrichten."

Das Gespräch war kurz und, wie ihre Kollegen mitbekamen, Nicoles Reaktionen ebenfalls.

„Herr Eisenbart ist aus dem Koma erwacht und vernehmungsfähig. Auch, wenn es nicht direkt in unseren Bereich fällt, bin ich doch gespannt, ob und was er zu sagen hat. Wer kommt mit mir?"

„Ich nehme mir nochmal die Akten vor", antwortete Lars.

Nicole nickte. Ihre Euphorie war gänzlich verschwunden. Die Befragung von Eisenbart hätte sie alleine durchführen können, aber sie war frustriert und brauchte Gesellschaft.

Vielleicht ergibt sich ja auch das eine oder andere in einem Gespräch auf der Fahrt.

Aus Erfahrung wusste sie, wenn man sich auf andere Dinge konzentrierte und Abstand gewann, machte es irgendwann *Pling*.

Ein leises *Pling*, allerdings aus ihrem Computer, kündigte eine Mail an. Sie kam aus der Gerichtsmedizin.

Nicole überflog den Text, der ungewöhnlicherweise mit einer Menge medizinischer Ausdrücke gespickt war, die ihr alle nichts sagten.

Am letzten Satz der Nachricht blieb sie jedoch hängen.

„Der Eisenbart leidet an Diabetes und seine Nieren sind entsprechend stark in Mitleidenschaft gezogen", las sie laut. „Ohne kurzzeitiges Dialyseverfahren, oder eine Spenderniere, hat er nicht mehr allzu lange zu leben, sagt der Doc."

„Dann ist ihm sowieso alles egal", mutmaßte Lars.

„Die Substanz in dem Fläschchen spricht dagegen", entgegnete Nicole. „Laut dem Doc versuchte Eisenbart sich selbst zu behandeln und zwar mit einer Mischung aus verschiedenen Kräutern. Eines davon ist Geißraute – hochgiftig."

„Wenn aber die Krankheit dermaßen weit fortgeschritten ist, wie der Doc sagt", warf Harald ein, „müsste Eisenbart, der selbst als Arzt tätig gewesen war, doch klar sein, dass Kräuter in seinem Fall nicht mehr helfen."

„Vermutlich will er es nicht wahrhaben", entgegnete Lars. „Ist doch bekannt, dass Ärzte die schlechtesten Patienten sind."

„Oder, er ist von sich dermaßen überzeugt, dass er alle Vorsicht in den Wind schießt", sagte Harald.

„Man kann es aber auch Arroganz nennen", brachte Lars es auf den Punkt.

Donnerstag / 15:10 Uhr

Nachdem die Dame am Empfang Nicoles Anwesenheit im Klinikum gemeldet hatte, schoss auch schon Dr. Detlev Liebig aus dem Fahrstuhl. Seine Wiedersehensfreude mit der Kriminalhauptkommissarin erfuhr einen jähen Dämpfer als er Harald erblickte. Doch der Stationsarzt hatte sich schnell wieder im Griff.

„Wie ich sehe, haben Sie Verstärkung mitgebracht. Ich hoffe nicht, meinetwegen."

Sein Lachen klang selbstgefällig. Die ausgestreckte Hand übersahen Nicole wie auch Harald bewusst.

„Konnte festgestellt werden, ob die Kopfverletzung durch einen Sturz verursacht worden ist, oder ob Herr Eisenbart von jemandem angegriffen wurde?"

„Ich dachte mir, dass Sie das fragen, Frau Wegener. Tatsächlich fand ich klitzekleine Holzspäne in der Wunde. Bei einem einfachen Sturz, dringen keine Späne in die Kopfwunde, zumindest nicht so tief. Dazu reicht die Aufschlagskraft nicht aus. Wir können also mit Sicherheit davon ausgehen, dass Herr Eisenbarts Kopf absichtlich gegen eine Holzkante geschlagen wurde."

„Aha. Demnach haben Sie den Verletzten selbst operiert?"

Dr. Liebig nickte. „Die Holzsplitter habe ich auch."

Sichtlich stolz auf sich, wippte der Arzt auf den Fersen vor und zurück.

„Wurde die zuständige Polizei vor Ort schon unterrichtet?", wollte Nicole wissen.

„Eh, nein, noch nicht."

Der Arzt fuhr sich mit einer Hand durch sein strohblondes struppiges Haar. „Ich dachte, Sie wollten sich zuerst mit Herrn Eisenbart unterhalten, weil…, weil Sie ihn doch gefunden haben. Ich…ich wollte Ihnen einen Gefallen tun, wegen dem Kompetenzgerangel unter Kollegen. Man kennt so etwas doch."

„Kompetenzgerangel?", wiederholte Nicole mit hochgezogenen Augenbrauen.

„Dann holen Sie das schleunigst nach und händigen die Beweisstücke an die zuständige Polizeibehörde aus", mischte sich Harald in das Gespräch. „Ansonsten könnten Sie in den Verdacht kommen, eine Straftat verschleiern zu wollen."

„Und jetzt bringen Sie uns bitte zu Herrn Eisenbart", verlangte Nicole. „Unsere Zeit ist begrenzt, Herr Liebig."

Der Arzt schaute einen Moment verdattert. Dann machte er eine Geste, die besagte, dass die Beamten ihm folgen möchten.

„Wir konnten Herrn Eisenbart bereits heute Morgen aus dem künstlichen Koma holen und von der Intensivstation auf die normale Station verlegen", erklärte er noch im Aufzug. „Er ist jetzt stabil. Das heißt aber nicht, dass er schon über den Berg ist. Also bitte, überfordern Sie den Mann nicht."

„Wir werden uns bemühen", antwortete Nicole und Harald grinste.

„So da wären wir."

Liebig blieb vor einem Zimmer stehen, klopfte kurz und trat ein. „Herr Eisenbart. Die Kriminalpolizei möchte Sie sprechen. Mich entschuldigen Sie bitte. Ich habe noch andere Patienten, um die ich mich kümmern muss."

Man merkte dem Arzt deutlich an, dass er sich nicht ganz wohl in seiner Haut fühlte. Mit wehendem Kittel flatterte er aus dem Raum.

„Jetzt hast du ihn aber sehr verärgert, den lieben Dr. Liebig", raunte Harald Nicole zu.

Willibald Eisenbarts Kopf war mit einem weißen Verband umwickelt. Aus der Flasche, auf einem Infusionsständer neben seinem Bett, tropfte in gleichmäßiger Regelmäßigkeit eine Flüssigkeit in die Kanüle, die in seinen Arm führte.

Ansonsten deutete nichts auf weitere Verletzungen hin.

„Wie geht es Ihnen, Herr Eisenbart?", erkundigte sich Nicole.

„Wie soll es mir schon gehen? Ich habe Kopfschmerzen. Ist normal, bei einem Sturz auf den Kopf", antwortete Eisenbart mürrisch.

„Ach, Sie sind gestürzt? Wie ist das passiert?"

„Wie so etwas halt passiert. Man bewegt sich etwas ungeschickt und zack stolpert man und fällt hin. Unglücklicherweise schlug ich mit meinem Kopf auf die Theke auf. Wieso interessiert sich eigentlich die Polizei und dann auch noch die Kripo dafür?", wollte Eisenbart wissen.

Nicole beugte sich zu Eisenbart herab, schnellte aber sofort wieder zurück.

Wieder dieser penetrante eigenartige Geruch.

„Herr Eisenbart. Ich habe Sie in Ihrer Apotheke gefunden und das viele Blut um Ihren Kopf herum kann unmöglich nur durch einen Sturz verursacht worden sein. Ich habe derartige Verletzungen schon öfter gesehen."

Eisenbarts Augenlider zitterten.

„War es nicht so, dass jemand absichtlich Ihren Kopf auf die Theke geschlagen hat?“, griff Harald ein. „Wer und wieso?“

„Wie kommen Sie auf sowas? Niemand hat mich geschlagen. Ich bin einfach nur unglücklich gestürzt“, beharrte Willibald Eisenbart weiter.

Nicoles Handy vibrierte in ihrer Hosentasche. Sie entschuldigte sich und ging aus dem Zimmer.

„Lars was gibt’s? ... Ach ja? ... Also stimmt es ... Interessant. Danke.“

Nach Lars‘ telefonischem Kurzbericht ging sie wieder in das Krankenzimmer.

„Herr Eisenbart beharrt weiterhin darauf, dass er gestürzt sei“, wurde sie von Harald informiert. „Obwohl der Arzt gegenteiliger Meinung ist und auch die Beweise dagegensprechen.“

„Wenn Herr Eisenbart es so will – sein Problem“, erwiderte Nicole. „In spätestens einer viertel Stunde werden die Kollegen von der bayrischen Kriminalpolizei hier eintreffen.“

„Was? Warum?“

Willibalds Gesicht verfärbte sich von einem blassrosa in ein fast leuchtendes Rot, sodass der weiße Verband noch weißer erschien.

„Ihr Grundstück wird gerade durchsucht. Speziell Ihr kleines Gewächshaus mit den außergewöhnlichen Pflanzen. Zudem erhielten die Kollegen einen Hinweis, dass Sie die Damen des horizontalen Gewerbes, die für Thilo Schulz arbeiten – illegal versteht sich – betreuen. So kann man es doch ausdrücken, oder?“

„Dabei wissen wir doch alle drei", sprang Harald geistesgegenwärtig auf den Zug auf, „dass Sie Ihre Approbation als Arzt schon seit sehr langer Zeit verloren haben."

Es war interessant zu sehen, wie sich die Röte in Eisenbarts Gesicht in eine fahle Blässe zurückverwandelte.

„Ich sage nichts mehr. Ich will einen Anwalt."

„Das ist ihr gutes Recht, Herr Eisenbart. Wenn er sein Handwerk versteht, wird er Ihnen raten ein Geständnis abzulegen", sagte Nicole. „Wie mein Kollege schon sagte, sprechen die Beweise eindeutig gegen Sie. Ich kann Ihnen schon mal die Anklagepunkte aufzählen. Ärztliche Tätigkeit ohne Lizenz, Anstiftung zum Diebstahl – Sie erinnern sich? Das Buch aus der Klosterapotheke in Seligenstadt. Hinzu kommt Hehlerei, schwere Körperverletzung und nicht zu vergessen, Anbau von giftigen Kräutern, sowie die Herstellung von Heilmitteln aus den selbigen und deren Vertrieb."

„Es kommt eine ganze Menge auf Sie zu, Herr Eisenbart", sagte Harald zum Schluss.

Der Apotheker schwieg.

Im Eingangsbereich des Klinikums trafen Nicole und Harald auf zwei Kriminalbeamte der bayrischen Dienststelle, die nach Willibald Eisenbart fragten.

Nicole und Harald gaben sich als Kollegen zu erkennen und informierten die Polizisten in wenigen Worten über die soeben erfolgte Befragung von Eisenbart. Im Gegenzug setzten diese Nicole und Harald von der Hausdurchsuchung in Kenntnis.

Anhand der ihr vorliegenden Fotos wusste Nicole natürlich, was im Treibhaus auf Eisenbarts Grundstück gefunden worden war.

„Wenigstens können Sie einen Erfolg vorweisen. Sollten wir noch Informationen erhalten, werden wir Ihnen diese natürlich zur Verfügung stellen“, versprach Nicole.

„Wir tappen nach wie vor im Dunkeln, was den Mörder von Sebastian König betrifft. Benachrichtigen Sie uns bitte, sollte Herr Eisenbart doch noch zur Einsicht kommen und sein Schweigen brechen“, ersuchte Nicole die Kollegen.

Donnerstag / 16:50 Uhr

„Steven“, brüllte Thilo Schulz durch die offene Tür. „Wo sind die Fotos. Ich kann nichts finden, auf dem Rechner.“

Steven eilte mit langen Schritten in Thilos Büro.

„Hatte ich nicht klare Anweisungen gegeben?“, blaffte Thilo. „Ist dein Spatzenhirn nicht einmal zu den einfachsten Dingen fähig?“

„Ich habe es Lea ausgerichtet. Genauso, wie du gesagt hast, Boss“, antwortete Steven mit seiner hohen Stimme.

„Und warum finde ich die Aufnahmen dann nicht?“

Steven zuckte mit den Schultern und Thilo fuchtelte wild mit den Armen. Zudem flackerten seine Augen unruhig hin und her. Für Steven ein sicheres Zeichen, dass Thilo sein *Medikament* braucht. Er öffnete den Mund und wollte ihn darauf hinweisen. Doch Thilo schrie: „Verschwinde, du Nichtsnutz.“

Steven trottete zurück in den öffentlichen Bereich des Lokals, in dem sich um diese Uhrzeit noch niemand befand, nicht einmal der Barmann. Ronny, der die Gäste am Eingang kontrollierte, kam sowieso immer erst kurz vor Öffnung.

Im Nebenraum hörte er Thilo knurren. „Die kann was erleben. Das wird der Schlampe eine Lehre sein. Den Abend wird sie nicht so schnell vergessen.“

Dann sah Steven, wie sein Boss sich über seinen Schreibtisch beugte. Das Geräusch war eindeutig und Steven lächelte zufrieden. Alles klar. Doch, einige Minuten danach schrie Thilo erneut nach ihm.

„Ruf dieses Luder an. Sag ihr, ich komme früher, in einer Stunde. Sie soll schon mal alles vorbereiten. Ich habe heute große Lust auf unsere Spielchen.“

Steven wusste, was Thilo unter Spielchen verstand. Das verzerrte Grinsen auf dessen Gesicht verriet ihm, dass er richtig lag. Der Abend würde nicht so ausgehen würde, wie Lea sich das vorstellte.

Steven drehte Thilo den Rücken zu. Noch während er das Mobiltelefon vom Tresen nahm, kamen die Erinnerungen.

Das geschwollene Auge, die aufgeplatzte Lippe und die blauen Flecken an Leas Armen und Hals. Damals hatte er sich geschworen, dass er es nie mehr zulassen würde, dass Lea je wieder geschlagen wurde; Halbbruder hin oder her.

Dieses engelsgleiche Wesen mit dem fantastischen Körper, den er, Steven, nur bewundern, aber niemals würde anfassen dürfen. Was sollte eine solche Frau auch mit einem ungehobelten Kraftprotz wie ihm anfangen?

Und dennoch, manchmal wenn sie zusammen an einem Tisch in einer Ecke des Lokals saßen, weil Thilo Geschäfte im Hinterzimmer machte, hatte Steven den Eindruck, dass Lea ihm zugetan war, ihn vielleicht sogar mochte. Vielleicht war es aber auch nur Wunschdenken. Denn, sobald Thilo auftauchte, war er, Steven, wieder Luft für Lea.

Steven wusste, er war bestimmt kein sanfter Kerl, brachte für Thilo schon hin und wieder seine *Damen* auf Kurs. Aber übermäßig brutal war er nie. Vielleicht lag es aber auch ganz einfach an seinem Äußeren. Wenn er auf die Frauen zuging, sie hart abpackte, sodass später ein paar blaue Flecken zu sehen waren, genügte das schon.

Ein einziges Mal war eine gebrochene Hand dabei – da hatte er seine Kraft falsch eingeschätzt.

„Was ist nun?“ wurde er von Thilo unsanft in die Wirklichkeit katapultiert.

„Sie sagt, du kannst jederzeit kommen. Es wäre alles schon vorbereitet “, log Steven.

„Sie kann es wohl nicht erwarten, ihre Lektion zu lernen.“

Thilo lachte hämisch. „Wenn die wüsste.“

„Was hast du vor?“, wagte Steven zu fragen.

„Na, was glaubst du?“

Thilo ging zum Safe, öffnete ihn und nahm ein kleines braunes Fläschchen heraus. Steven wusste, dass es eine Substanz enthielt, die Frauen gefügig machte.

„Was guckst du so blöd? Passt dir das etwa nicht? Oder willst du selbst mal ran? Vielleicht lasse ich dich ja, später, wenn ich mit der kleinen Schlampe fertig bin. Ich weiß, du stehst auf sie.“

Stevens Hände zitterten. Zwei Schritte und er stand Thilo gegenüber.

„Was ist? Kannst du es nicht erwarten?“

In dieser Stunde, in dieser Minute, in dieser Sekunde, lachte Thilo Schulz sein dreckiges Lachen zum letzten Mal.

Donnerstag / 17:10 Uhr

Was sollte er tun? Eisenbart zermarterte sich sein Hirn, stellte Pro und Kontra gegenüber und kam immer wieder auf das gleiche Ergebnis. Es war aus und vorbei.

Die Kommissare haben recht. Die Beweise sind eindeutig. Ok, das Labor erklärt sich durch meine Forschungen. Aber der OP-Raum? Für was braucht ein Apotheker einen Operationsraum? Dass ich Versuche an Tieren durchführe, klingt nicht glaubwürdig.

Der Apotheker lachte verzweifelt.

Aber, weshalb soll ich alleine meinen Kopf hinhalten? Wenn ich auspacke, die ganze Mischpoke auffliegen lasse, ist vielleicht sogar ein Deal für mich drin?

Willibald Eisenbart rief nach dem Polizisten vor seinem Zimmer. Seine Hoffnung, mit den Kriminalkommissaren aus Hessen reden zu dürfen, wurde aber abgelehnt. Sein Wohnsitz sei hier in Bayern, weshalb auch die hiesige Polizei verantwortlich wäre, wurde ihm erklärt; zumindest vorerst und für die Straftaten, die ihm vom bayrischen Staat zur Last gelegt würden. Für seine anderen Vergehen, auf hessischem Boden, würde man sich mit den Kollegen einigen müssen.

Donnerstag / 17:30 Uhr

„Ach, da seid ihr ja endlich", wurden die Kriminalkommissare von Lars begrüßt. „Stellt euch vor. Gerade erhalte ich eine Mail von den Bayern. Bei der Hausdurchsuchung in Eisenbarts Villa fanden die Kollegen im Keller einen komplett eingerichteten Operationssaal mit Labor."

„Einen Operationssaal?" Nicole krauste die Stirn, hinter der es plötzlich im Akkord arbeitete.

Na klar, das passt. Die Damen, die Thilo Schulz beschäftigt, brauchen unter Umständen ab und zu medizinische Betreuung oder auch mehr. Die Freier werden nicht immer guter Stimmung sein.

„Und, während ihr durch Abwesenheit geglänzt habt und die Stille sich über das Büro ausbreitete…"

„Spinnst du jetzt, oder hast du was genommen?" Harald machte hinter Lars mit der Hand die Scheibenwischergeste.

„…hatte ich plötzlich eine Art Eingebung", ließ Lars sich nicht beirren. „Zugegeben, erst als ich von dem OP in Eisenbarts Keller erfuhr, fiel der Groschen."

Nicole ging es genauso.

„Es hängt alles zusammen. Unser Opfer, Sebastian König, Eisenbart und der Kleinganove, Thilo Schulz. Wir hatten alle Beweise vor Augen, konnten sie nur noch nicht in einen Kontext bringen. Also hört zu.

Wie bekannt, musste Sebastian König für Thilo Schulz in feudale Häuser einsteigen, um seine Schulden zu begleichen. Zufällig ist die Villa von Eisenbart dabei. Der erwischt ihn und erfährt, dass Sebastian für Thilo arbeitet. Er bringt ihn in seinen Keller und zeigt seine blitzenden scharfen Skalpelle – so nach Art mittelalterlicher Folter – und nötigt ihn zum Diebstahl des Objekts seiner Begierde, das Medico–Physicum, dieses Buch aus dem Mittelalter. Soweit die Fakten."

„Jetzt geht aber deine Fantasie mit dir durch, Kleiner", grinste Harald.

Nicole hob die Hand und deutete damit an, Lars weiterreden zu lassen.

„Zu diesem Zeitpunkt weiß Sebastian aber noch nicht, dass der Apotheker *auch* für Thilo Schulz, den *Boss*, arbeitet. Könnt ihr mir folgen?"

Lars machte eine Kunstpause.

„Weil Sebastians Leiche im Klosterhof gefunden wurde, nahe dem Einbruchsort, gingen wir davon aus, dass Eisenbart sein Mörder ist, weil er womöglich einen Mitwisser beseitigen wollte. Stellt sich die Frage: Weshalb überfällt er dann aber Bettina Roth? Wohl doch nur, weil das Buch noch immer nicht in seinem Besitz ist. Er weiß aber von Herrn Roth, dass dessen Frau, mehr oder weniger regelmäßig, nachts im Klosterhof herumschleicht. Eisenbart zählt eins und eins zusammen und fragt sich, ob vielleicht Bettina Roth das Exponat gefunden hat. Vielleicht hat er auch gesehen, wie ihr den Roth abgeführt habt. Er will Gewissheit und besucht Frau Roth. Das mit Frau Krämer kann man, denke ich, unter dem Begriff *Kollateralschaden* einordnen. Falsche Zeit, falscher Ort."

„Lass sie das mal nicht hören", warf Harald dazwischen. „Das mit dem Kollateralschaden."

„Das ist der erste Teil. Jetzt kommt die anonyme Anruferin ins Spiel. Sie behauptet, Thilo Schulz würde illegale

Prostituierte in seinen Etablissements beschäftigen und Eisenbart kümmere sich um die Damen. Versteht ihr? Ständig kreuzen sich die Wege von Eisenbart und diesem Schulz. Vielleicht haben wir uns zu sehr auf einen Mann und ein Motiv fixiert. Charlene war von jeher davon überzeugt, dass Thilo der Mörder von Sebastian ist. Was ist, wenn sie recht hat?"

Lars strahlte, als hätte er gerade die Relativitätstheorie präsentiert.

„Ich gebe zu, es klingt logisch." Harald nickte anerkennend.

„Meine Gedanken gingen in die ähnliche Richtung", sagte Nicole. „Würde Eisenbart endlich auspacken…"

„hätten wir die Beweise und könnten den Fall abschließen", vollendete Harald ihren Satz.

Das Festnetztelefon klingelte. Harald schlenderte in sein Büro, setzte sich lässig auf die Kante seines Schreibtischs und nahm den Hörer ab.

„Hauptkommissar Weinert."

Gleich danach schoss er in die Höhe.

„Was?... Damit hatten wir ja kaum noch… Das ist ja prima… Ja, natürlich. Haben Sie etwas zum Schreiben?"

Er diktierte dem Anrufer die Nummer des Faxgeräts, bedankte sich und legte auf.

„Jetzt lass dich nicht so feiern", forderte Lars. „Was ist los?"

„Du hast nicht zufällig einen Zauberspruch losgelassen?" Harald schaute schmunzelnd und gleichzeitig misstrauisch zu Nicole. „Eisenbart hat gerade ein Geständnis abgelegt. Wir erhalten gleich ein Fax von den bayrischen Kollegen."

Donnerstag / 18:30 Uhr

Lea tigerte unruhig vom Flur durchs Wohnzimmer zum Fenster und wieder zurück.

„Er sollte schon längst hier sein. Er ist immer überpünktlich. Es muss etwas passiert sein."

„Ruf ihn nochmal an", schlug Charlene vor.

„Was soll das bringen?", fragte Sandy.

Sie saß mit untergeschlagenen Beinen auf der Couch und blätterte lustlos in einer Zeitschrift. „Wenn Thilo schon beim ersten Mal nicht ans Handy geht, warum sollte er jetzt?"

„Wir sitzen hier jetzt schon über eineinhalb Stunden herum. Ich fahr da jetzt zu seinem Schuppen und schau nach. Ich ruf an, wenn ich etwas weiß."

Ohne auf eine Antwort zu warten, stürmte Tim aus der Wohnung. Er hätte sich sowieso nicht zurückhalten lassen. Die ganze Sache war ihm eh suspekt. Was Lea, Charlene und Sandy mit dem Typ anstellen wollten, sobald er an Leas Bett gefesselt war, war Tim schon klar. Aber was sollte danach mit Thilo geschehen? Und für WAS brauchten sie *ihn*?

Auch nach mehrmaliger Nachfrage von seiner Seite, war Charlene die Antwort schuldig geblieben.

Wie konnte ich mich nur auf eine solche Sache einlassen?

Auf der Straße atmete Tim erst einmal tief durch. Ihm war, als hätte er die ganze Zeit über die Luft angehalten. Er sprang in seinen Wagen, den er einige Meter weiter geparkt hatte und steuerte ihn durch den Aschaffenburger Feierabendverkehr.

Zwanzig Minuten später hatte er das Lokal erreicht. Der Parkplatz war verwaist, die Türen verschlossen. Etwas anderes hatte er auch nicht erwartet. Der Klub öffnete normalerweise erst um 20 Uhr. Aber auch Thilos Auto konnte er nirgendwo erblicken. Das allerdings war ungewöhnlich.

Soweit Tim wusste, hielt sich Thilo immer Stunden bevor die Bar öffnete in seinem Büro auf. Und natürlich war Steven stets an seiner Seite; sowohl als Fahrer, als auch als Bodyguard.

Tim ging um die Ecke des Gebäudes, rüttelte an der Hintertür. Aber auch die war logischerweise abgesperrt. Licht konnte er im Inneren auch nicht erkennen. Er nahm sein Handy aus der Hosentasche und rief Charlene an.

„Und? Ist er da?“

„Nein. Weder er noch Steven. Auch kein Auto weit und breit“, antwortete Tim, dessen Stimme nun klang, wie durch einen Trichter.

„Steven auch nicht?“ rief Lea im Hintergrund.

„Sagte ich doch“, antwortete Tim ungehalten. „Ich fahre jetzt nach Hause.“ Er legte auf.

Wer weiß für was es gut ist.

Tim war irgendwie erleichtert.

„Du kannst jetzt doch nicht so…“

Charlene starrte ihr Handy an. „Aufgelegt. Was nun?“

„Ja, nix“, antwortete Sandy. „Ich würde sagen, die Sache ist für heute gelaufen. Vielleicht ist er ja in einem seiner anderen Klubs. Nur wissen wir nicht wo.“

„Glaub ich nicht“, widersprach Lea. „Er hat noch nie ein *Spielchen* versäumt. Dafür ist der Kerl einfach zu pervers.“

„Vielleicht ist er dahintergekommen, dass du Daten aus seinem Rechner kopiert hast und hat eins und eins zusammengezählt", sinnierte Charlene und ließ ihren Gedanken freien Lauf. „Daten, Polizei, Gefängnis, versteht ihr. Lea, er hat erkannt, dass du ihn in der Hand hast."

Sie wippte mit der Fußspitze „Mädels, der große Boss hat einfach kalte Füße bekommen und ist getürmt."

Lea lachte freudlos auf. „Träum weiter. Der doch nicht. Hätte Thilo etwas bemerkt, was ich bezweifle, weil, mit dem Lesen und Schreiben haperts bei ihm, hätte ich jetzt mindestens ein blaues Auge und einige gebrochene Rippen." Sie schüttelte den Kopf.

„Da muss etwas anderes passiert sein."

„Sagtest du gerade, dass Thilo nicht lesen und schreiben kann? Du machst Witze, oder?" Sandy sah Lea zweifelnd an.

„Was glaubst du denn, weshalb Steven Tag und Nacht an seiner Backe klebt? Bestimmt nicht nur, weil er sein Halbbruder ist und deshalb ideal als Bodyguard. Steven hat einen Führerschein und Thilo nicht. Wie auch, bei einer Lese- und Schreibschwäche."

„Was?", riefen Charlene und Sandy gleichzeitig. „Steven ist Thilos Halbbruder?"

„Steven erzählte es mir, als er mal einen über den Durst getrunken hatte", nickte Lea. „Ich konnte es anfangs auch nicht glauben. Dann zeigte mir Steven seine Geburtsurkunde. Darin stand Steven Schulz Die würde er immer bei sich tragen, verriet er mir. Damit sie ihn daran erinnerte, dass sie Brüder sind – er und Thilo – wenn er mal wieder Dinge für den *Boss* tun sollte, die man eigentlich nicht tun dürfte."

Lea seufzte. „Steven ist eigentlich ein guter Kerl."

„Dann ruf ihn doch an“, schlug Sandy vor. „Frag ihn einfach, wo Thilo steckt. Sag, du würdest noch immer auf ihn warten.“

Lea schaute unsicher. „Bei dem, was wir mit Thilo vorhaben, ist das nicht unfair gegenüber Steven? Er erzählte mir auch, dass Thilo sein einziger, noch lebender Verwandter sei und wenn ihm etwas passieren sollte, stünde er ganz alleine da. Davor hat Steven Angst.“

„Wir wollen Thilo ja nicht umbringen. Wir wollen ihm nur einen gehörigen Denkzettel verpassen. Los, jetzt ruf Steven schon an“, forderte Sandy eisern.

Etwa zur gleichen Zeit fuhr ein dunkler 7 er-BMW in das Parkhaus am Kloster in Seligenstadt. Der Fahrer stellte den Wagen auf dem unteren Parkdeck ab und ging in Richtung Innenstadt. Auf halben Weg, auf der Aschaffenburger Straße, betrat er den Klosterhof. In Höhe der Mühle warf er einen kurzen Blick zu den Mühlrädern, die heute stillstanden. Kaum merklich nickte er mit dem Kopf und stapfte weiter zum Freihofplatz. Er betrat eine Gaststätte und suchte sich einen freien Sitzplatz am Fenster. Dann bestellte er Steak, Pommes und Mineralwasser.

Als der Kellner das gewünschte Getränk servierte, läutete die Glocke der Basilika – 19 Uhr. Noch zirka drei Stunden würde er noch warten müssen, bis es dunkel war. So dunkel, dass niemand sehen konnte, was er auf den Mühlrädern der Klostermühle ablud.

Sein Handy vibrierte. Er musste nicht schauen, wer versuchte ihn zu erreichen. Vielleicht würde er sie zurückrufen, wenn alles erledigt wäre. Oder auch nicht.

Freitag / 02:15 Uhr

Im Fernseher räkelten sich halbnackte Frauen und Mädchen in lasziven Posen und baten um einen Anruf.

Aber nicht der Klingelton von der Mattscheibe schreckte Lea auf, sondern der ihres iPhones auf dem Wohnzimmertisch.

Thilo? Verschlafen schaute sie auf das Display. *Steven*!

Sie drückte die grüne Taste. „Steven, was ist los?“

„Lea, ich mss mit dir rdn.“

Er ist stockbetrunken, bemerkte Lea. *Er trinkt doch sonst nicht.*

„Steven. Du bist betrunken. Ich verstehe dich kaum. Rede bitte deutlicher. Wo bist du? Was ist…?“

„Tlo is tot.“

„Was? Sagtest du gerade Thilo ist tot?“

„Hm. Kann ich raufkommn.?“

Lea war bereits aufgesprungen und drückte den Türöffner. „Komm hoch“, sagte sie. „Aber sei vorsichtig und vor allen Dingen leise.“

Die Haustür fiel ins Schloss und etwas Großes, Schweres stolperte unbeholfen die Treppe hoch in den ersten Stock.

Dann stand Steven vor ihr, schwankend und mit glasigen Augen. Lea zog ihn in ihre Wohnung und dirigierte ihn zum Sofa. Das Sitzmöbel ächzte empört, als Steven hineinsank.

Das Glas Wasser, das Lea ihm reichte, leerte er in einem Zug. Dann schaute er sie verunsichert an.

„Erzähl, was ist passiert", forderte sie und setzte die Kaffeemaschine in Gang. „Was ist mit Thilo?"

Noch während sie das sagte, ahnte sie, dass jemand ihrem eigenen Racheplan zuvorgekommen war.

In Stevens Kopf purzelten die Bilder durcheinander.

Traum oder Wahrheit? Er konnte es nicht einordnen. Hatte er es wirklich getan? Hatte er seinen Halbbruder getötet?

Die weit aufgerissenen Augen, kaum eine Nasenspitze von seinem eigenen Gesicht entfernt. Zweifelnd, was gerade geschieht infrage stellend. Dann der erschlaffte Körper, der zuerst auf die Knie, dann auf den Boden fällt. Die Augen, noch immer ungläubig, jetzt mit roten Äderchen durchzogen, auf ihn gerichtet. Ähnlich, wie die Sebastians und doch anders.

Sebastian! Er hatte ihn gemocht und doch drückte er zu; weil Thilo es so wollte – nein, verlangte. Eigentlich verlangte Thilo ständig irgendetwas von ihm.

Steven fahr mich dahin, fahr mich dorthin. Beeil dich, du Dummkopf. Steven mach der Schlampe klar, dass sie zu spuren hat. Steven tu dies, Steven tu das.

Erneut packte ihn die Wut. Als würde er einen Film anschauen, sich selber zusehen, spulten sich die Ereignisse vor seinem geistigen Auge ab.

Der massige Kerl trug Thilo zum Hinterausgang und legte ihn in den Kofferraum des BMW. Dann schloss er sorgsam die Tür ab, setzte sich in das Auto, startete und fuhr los. Raus aus Aschaffenburg, ein kurzes Stück auf der A3 in Richtung Kleinostheim, dann die Abfahrt nach Seligenstadt.

Es regnete und die Scheibenwischer machten quietschende Geräusche und hinterließen Schlieren. Am Parkdeck zum Kloster stellte er den Wagen in die untere Ebene und ging durch den Klosterhof in die Altstadt. In einer Gaststätte auf dem Freihofplatz bestellte er sich Steak mit Pommes und Wasser, anschließend ein Weizenbier und später noch eins.

Als es draußen fast dunkel war, bezahlte er und ging zum Parkdeck zurück. Zwischenzeitlich hatte es aufgehört zu regnen. Dennoch waren nur wenige Leute unterwegs. Trotzdem wartete er noch eine Stunde im Wagen. Dann fuhr er die Aschaffenburger Straße hinunter, bis vor die Einfahrt zum Klosterhof.

Zwischenzeitlich war es stockdunkel und der Bereich um das Tor nur von der gegenüberstehenden Straßenlaterne erhellt.

Das Schloss war für ihn, wie schon Sonntagnacht, kein Problem. Er hob den Leichnam aus dem Kofferraum, legte ihn sich rechtsseitig über die Schulter und stapfte durch das Tor, das er wieder zumachte. Der Kies knirschte unter seinen Schuhen und die groben Pflastersteine waren durch den Regen rutschig. Ein paar Mal schaute er sich um, konnte aber keine Menschenseele ausmachen, die ihn hätte beobachten können. Im Grund war es ihm sowieso egal.

Das schwierigste war, die Leiche auf eines der Mühlräder zu legen. Schließlich schaffte er es, irgendwie. Einen kurzen Moment blieb er noch stehen, betrachtete den leblosen Körper, fast wollte er ein Gebet sprechen. Dann ging er zurück zum Wagen und fuhr nach Hause. Dort gab er sich die Kante.

Eine sanfte Berührung an der Schulter riss Steven aus seinem tranceähnlichen Zustand. Er zuckte zusammen.

Lea saß neben ihm auf der Armlehne des Sofas.

„Gut, dass du es mir gesagt hast."

Steven schaute verwirrt. Er hatte nicht bemerkt, dass er die Erinnerung der letzten Stunden laut von sich gegeben hatte.

„Aber weshalb gerade dort, in Seligenstadt, auf dem Mühlrad?", wollte Lea wissen.

„Weil im Mittelalter Mörder und Diebe auf ähnliche Art gerichtet wurden, natürlich viel bestialischer", antwortete Steven. „Und, weil Sebastian dort sein Leben verlor; durch mich."

„Du hast Sebastian getötet? Warum?"

Steven nickte. Er schien wieder ganz nüchtern zu sein. Lea vermutete, dass es mit seiner Statur und überhaupt mit seiner Konstitution zusammenhing. Letztlich war es nicht wichtig.

„Seit Donnerstag hatte sich Sebastian nicht mehr gemeldet. Auch über sein Handy konnte ich ihn nicht erreichen und Thilo war stinksauer. Deshalb sollte ich mich in seiner Wohnung umsehen. Dort fand ich eine Notiz:

Seligenstadt, Klosterhof, 23 Uhr. W.E.

Was die Initialen W.E. bedeuteten war uns, also Thilo und mir, sofort klar. Willibald Eisenbart, der Apotheker.

Ich sollte Sebastian nur soweit einzuschüchtern, dass er seine Zusammenarbeit mit Eisenbart überdenkt, wenn du verstehst?“, sagte Steven mit gesenktem Kopf.

„Es war keine Absicht; das musst du mir glauben. Ich habe einfach meine Kraft unterschätzt. Thilo wollte, dass ich ihm eine Lektion erteile, weil er doch auch für den Apotheker, Eisenbart, arbeitete. Thilo konnte es noch nie ertragen, wenn er nicht die Kontrolle über alles hatte oder er sich hintergangen fühlte. Er ganz allein wollte das Sagen haben. Du weißt doch noch, wie er reagierte als du ihn auf die Schreibfehler in diesem Vertrag hingewiesen hast?“

Lea nickte. „Das werde ich bestimmt nicht so schnell vergessen.“

„Es ging nicht um die Fehler in dem Schreiben. Das wurde sowieso seinem Anwalt vorgelegt. Es ging darum, dass du ihn darauf aufmerksam gemacht hast, im Beisein seiner Geschäftspartner. Deswegen hat er dich geschlagen. Es war eine Art Machtdemonstration. Aber daran war ich nicht ganz unschuldig, denn ich habe das Schreiben verfasst. Und als ich dich später sah mit all den Verletzungen, habe ich mir geschworen, so etwas nie wieder zuzulassen.“

„Und deshalb hast du Thilo umge…getötet?“

Steven nickte. „Lea, ich habe zwei Menschen umgebracht! Vielleicht sogar drei. Der Apotheker, Eisenbart. Zumindest blutete er am Kopf, als ich ging. Ich habe ihm einige Beweise untergejubelt. Es sollte aussehen, als sei er Sebastians Mörder, zumindest für die Polizei. Vielleicht ist er auch tot.“

Lea sah den großen, unbeholfenen Mann voller Mitgefühl an.

„Ich könnte die Krankenhäuser in der Umgebung anrufen um zu erfahren, ob dort jemand mit einer Kopfwunde eingeliefert worden ist“, bot sie an. „Aber, egal was du jetzt vorhast. Ich unterstütze dich. Ich lasse dich nicht im Stich.“

„Ich glaube, ich sollte zur Polizei gehen. Ich habe viele schlimme Dinge getan. Es wird Zeit dafür zu büßen.“

Lea hatte Steven noch nie so viele Worte an einem Stück sagen hören. Und schon gar keine so sachlichen, abgesehen von seinem Geständnis, vor einigen Minuten. Aber da war er irgendwie entrückt.

„Wieso hast du dir all die Beleidigungen von Thilo gefallen lassen? Immer hat er dich behandelt wie seinen Laufburschen, der nicht alle Tassen im Schrank hat. Dabei wäre er ohne dich aufgeschmissen gewesen.“

„Weil er mein Bruder ist…war. Thilo spielte bereits in der Schule den *Boss*, obwohl er immer schmächtig war. Kam es zu Schwierigkeiten, versteckte er sich hinter mir, seinem großen und starken Bruder. Thilo, der Denker und Steven der Macher. Wir waren ein eingespieltes Team. Keiner wollte sich mit uns anlegen. So blieb es.“

„Aber du bist doch auch nicht dumm.“ *Und du hast den besseren Charakter*, fügte Lea in Gedanken an.

„Meinst du das ernst? Dass ich nicht dumm bin?“

„Du kannst gar nicht dumm sein, wenn du Stevens Korrespondenz erledigt hast“, versicherte sie. „Und du bist ein guter Mensch. Auch das habe ich immer gewusst. Deshalb gehe ich morgen, nein heute“, berichtigte sie sich mit einem Blick auf die Wanduhr, die viertel nach vier anzeigte, „mit dir zur

Polizei. Und ich besorge dir den besten Anwalt, den ich auftreiben kann."

„Warum bist du bei Thilo geblieben?", wollte Steven jetzt von Lea wissen. „Dich hat er doch auch nicht besser behandelt?"

Lea atmete tief. „Nachdem Thilo mich zusammengeschlagen hatte, hatte ich natürlich Angst. Aber später kam immer mehr der Gedanke an Rache durch. Ja, ich wollte mich an ihm rächen, für das was er mir angetan hatte. Ich musste nur abwarten und genügend Beweismaterial zusammentragen.

Jetzt habe ich die Beweise. Einen Teil habe ich bereits der Polizei zugespielt. Den Rest hätte ich Charlene gegeben, die es ihrerseits diesem Kriminalkommissar hätte geben können. Zuvor wollte ich aber meine eigene, ganz spezielle Rache. Ich hatte alles vorbereitet. Willst du es sehen?"

Steven nickte mechanisch und folgte Lea ins Schlafzimmer. Ein Blick genügte und er wusste, was Lea vorhatte.

Die ledernen Armbänder an beiden Seiten und dem Kopfteil des Betts, sowie der Elektroschocker und die beiden Sektgläser auf dem Tisch und das kleine Fläschchen daneben. Der mit Wasser gefüllte Eimer stand etwas abseits.

„Charlene, Sandy, Tim und ich haben gewartet, gestern Abend", erklärte Lea. „Aber Thilo kam nicht."

„Ich bin froh, dass ich dir zuvorgekommen bin", äußerte Steven. „Darf ich einmal deine Hand halten?"

Lea nickte und legte ihre schmale Hand in die Pranke des sanften Muskelmanns.

Freitag / 07:10 Uhr

Hans Wilke schloss den Geräteschuppen auf. Für heute stand eigentlich eine Neubepflanzung der Beete an. Aber es regnete zu stark. Stattdessen würden er und sein Gehilfe sich in der Orangerie nützlich machen. Wobei von *nützlich machen* bei dem jungen arbeitsscheuen Burschen nicht wirklich die Rede sein konnte. Er würde ein letztes Mal eindringlich mit ihm sprechen.

Vielleicht lag ihm ja das Gärtnern nicht. Soll vorkommen. Obwohl Wilke für sich selbst keinen anderen Beruf hätte vorstellen können. Immer in der freien Natur, die Blumen, das Gemüse und auch die Obstbäume, die man in die Erde gepflanzt hatte, wachsen zu sehen. Was gab es Schöneres?

Nicht jeder hat eben einen grünen Daumen, dachte Wilke und blickte dabei traurig auf seinen Azubi.

Ist ja im Grunde kein schlechter Kerl. Halt noch jung. Der macht auch noch seinen Weg. Nur nicht bei mir, wurde dem Landschaftsgärtner klar, als der Bursche mit einem 10 Zentimeter langen Dreizack, einem sogenannten Handgrubber, die einwöchigen Setzlinge bearbeiten wollte. Der erfahrene Gärtner packte seinen Gehilfen gerade noch am Arm.

„Doch nicht mit dem brachialen Gerät, Junge. Das sind noch Kinder. Schau, ich zeig's dir."

Hans Wilke zupfte mit den Fingern das wenige Unkraut um die Pflänzchen heraus und lockerte dabei gleichzeitig die Erde.

„Da wird man ja ewig nicht fertig", maulte der Azubi.

„Geh, mach die Runde über den Hof. Schau, dass alles in Ordnung ist“, sagte Wilke leicht säuerlich.

Hauptsache, ich habe einige Zeit meine Ruhe vor dir, fügte er gedanklich an.

Der Bursche trottete lustlos davon. Doch die Ruhe, die Hans Wilke sich erhoffte, hielt nicht lange an. Keine drei Minuten später hörte er Schreie, eindeutig von seinem Gehilfen.

„Herrgott im Himmel. Was ist denn jetzt schon wieder?“, murmelte der Gärtner vor sich hin und trat ins Freie.

Der Junge kam über den Hof gespurtet, fuchtelte wild mit den Armen und schrie: „Herr Wilke, Herr Wilke. Da hängt einer im Mühlrad.“ Mit hochroten Backen und außer Atem stoppte er vor Hans Wilke. „Ich glaub‘ der ist tot.“

„Jetzt mach aber mal halblang.“ Wilke schüttelte den Kopf. „Du fantasierst doch. Den Toten hat die Polizei doch längst weggebracht, am Montag.“

„Nein, bitte glauben Sie mir. Da ist eine Leiche.“ Der Junge zog seinen Chef am Ärmel. „Kommen Sie.“

Hans Wilke konnte kaum glauben, was er sah. Tatsächlich lag da ein Mann oben auf dem äußersten der drei Mühlräder.

„Ich bleibe hier keine Minute länger“, murmelte Wilkes Azubi. „Hier läuft ein Verrückter rum.“

Er warf seinem Ex-Chef – daran gab es keinen Zweifel – einen letzten Blick zu, rannte über den Hof und durch das Tor zur Aschaffenburger Straße.

Hans Wilke konnte es dem Burschen nicht verübeln. Zwei Leichen in einer Woche, an der gleichen Stelle? Das war wirklich zu viel.

Treibt sich ein Massenmörder in meiner Klosteranlage herum, fragte sich der Landschaftsgärtner.

Er fingerte sein Handy aus der Seitentasche seiner Hose und rief die Polizei an.

Freitag / 07:30 Uhr

So richtig gut geschlafen hatte Nicole nicht, weshalb die Frau, die ihr im Spiegel entgegenblickte, eindeutig müde aussah und unzufrieden.

Auch fünf Tage nach dem Mord an Sebastian König lief der Täter noch immer frei herum und sie standen wieder am Anfang.

Eisenbart hatte ein volles Geständnis abgelegt, bezüglich des Überfalls auf Bettina Roth und Gundula Krämer. Auch hatte er zugegeben, Thilos Damen medizinisch zur Seite gestanden zu haben, wie er sich ausdrückte. Gerade deshalb könne er sich den Überfall auf seine Person, ausgeübt von Thilos Bodyguard, diesem Steven, nicht erklären. Es gäbe keinerlei Missverständnisse zwischen ihm und Thilo Schulz, betonte er nachdrücklich.

Mit dem Tod von Sebastian König hätte er jedoch nichts zu tun, was Dr. Martin Lindners forensische Ergebnisse bestätigten.

Während Nicole unter der Dusche stand – *ich habe ein paar Pfunde zu viel*, stellte sie fest – ging sie alle Details noch einmal durch.

Wer war die Person – wenn nicht Eisenbart – die sich in der Nacht, als Mönch verkleidet, im Klosterhof aufhielt? Was sollte das mit dem Kapuzenmantel, den die Roths neben Eisenbart gefunden hatten, der aber keine DNS von Eisenbart aufwies. Von Thilos Bodyguard dort platziert? Warum? Wer ist diese unbekannte Anruferin? Wenn die Frau nachprüfbare Informationen hat, weshalb gibt sie diese nicht auf normalem

Weg an die Polizei weiter? Handelt es sich vielleicht um eine ehemalige Professionelle? Oder ist sie sogar noch in dem Gewerbe tätig? War es nicht doch Charlene, obwohl Lars dies für unwahrscheinlich hält? Immerhin brennt sie darauf Rache an Thilo Schulz nehmen zu wollen.

Thilo Schulz, mit dieser Traumfrau an seiner Seite, nach Lars' Beschreibung. Und sein Bodyguard, den Lars nur den Hulk nannte. Mit diesen drei Personen müssen wir reden!

„Nicole! Telefon für dich." Andy wedelte vor der Duschtür mit dem Mobiltelefon herum. „Es wurde eine Leiche gefunden."

Nicole stellte das Wasser ab und zerrte an der Magnettür, die sich nicht schnell genug öffnen lassen wollte.

„Was? Wo?"

„Das wirst du nicht glauben." Andy reichte ihr das Handtuch.

„Jetzt mach's nicht so spannend."

„Schon wieder in der Klostermühle. Also eher auf einem der Mühlräder. Harald ist bereits unterwegs. Aber hier, sprich selbst mit ihm."

Ein paar Minuten später kam Nicole in die Küche. Ihre langen dunkelblonden Haare waren lässig mit einer Spange am Hinterkopf befestigt. Sogar ein wenig Makeup hatte sie aufgetragen, wenn auch nicht so perfekt, wie sie es sich vorgenommen hatte. Auf die Schnelle hatte sie ein pinkfarbenes Shirt gegriffen, das schrill gegen die hellgraue Jeans vom Vortag antrat.

„Wow. Damit stichst du auf jeden Fall die blasse Leiche aus“, bemerkte Andy grinsend. „Für ein Frühstück ist aber noch Zeit?“ Andy schenkte Kaffee in einen Becher.

„Wenn ich nach dem Frühstücksbüffet zu urteilen hätte, könnten all diese Dinge bis morgen ihr Haltbarkeitsdatum überschritten haben? Oder hast du vor, den Kühlschrank abzutauen?“

„Erstens, mein Schatz, braucht man die neuen Kühlschränke nicht mehr abzutauen. Die können das ganz von alleine; die sind schon groß. Zweitens bleibt morgen Abend garantiert eine Menge übrig. Wir brauchen Platz. Und wo ist der beste Platz für Nahrungsmittel, außer im Kühlschrank?“ Andy wartete mit hochgezogenen Augenbrauen auf eine Antwort. Als diese nicht spontan eintraf, sagte er: „Na, im Magen.“

„Ok. Klärst du mich auch auf, weshalb wir morgen mit einer größeren Menge an übergebliebenen Lebensmittel rechnen?“

„Wie ich Helene und Herbert kenne, werden die beiden so viel auffahren, dass die halbe Stadt davon satt werden könnte.“

„Ach du Scheiße“, entfuhr es Nicole. „Unsere Einweihungsparty. Die hatte ich ganz vergessen.“

Andy schmunzelte. „Zum Glück hast du mich und Helene und Herbert und Elfi und…“

„Ist ja gut.“ Nicole hob beide Arme. „Ich entschuldige mich im Voraus; bei euch allen.“

„Ich habe sogar vorsorglich ein Zelt bestellt, falls es regnen sollte. Du siehst, wir haben alles im Griff. Du kannst dich voll und ganz auf deine Mörder konzentrieren.“

„Wir haben noch nicht den Mord an unserem ersten Opfer aufgeklärt", antwortete Nicole bitter. „Und schon kommt die zweite Leiche hinterher. Vielleicht sollten wir die ganze Feier absagen."

„Helene wird dir die Hölle heiß machen, wenn du das tust. Sie und Herbert haben bereits den Supermarkt leergekauft."

Es klingelte und Nicole blieb eine Antwort schuldig.

Freitag / 08:10 Uhr

Der Schauplatz war der gleiche, die Ausstattung ebenfalls. Nur der Tote war ein anderer.

Diesmal trafen Nicole und Harald vor der Spurensicherung am Tatort ein. Aber natürlich nicht vor der ortsansässigen Polizei, bestehend aus Polizeihauptkommissar Josef Maier, Polizeikommissar Hans Lehmann, sowie einem Jungkollegen, mit Namen Tobias Neuer. Wie sich herausstellte, kam dieser direkt von der Polizeischule und war sehr ambitioniert.

Mit seinen rotblonden, beidseits bleistiftkurzen Haaren, mittig jedoch pyramidenähnlich aufgerichtet, sah er dem Tim aus der europaweit bekannten Comicserie *Tim und Struppi* sehr, sehr ähnlich.

Harald und Maier warfen sich vielsagende Blicke zu, als der junge Mann, aus jeder denkbaren Perspektive mit seiner Kamera die Leiche und den Fundort fotografierte, der bereits vorschriftsmäßig abgesperrt war.

Gerade kam der herbeigerufene Arzt an, zur Erstbeschauung der Leiche. Auf einen RTW hatte man verzichtet, nachdem schon aus etwa zwei Meter Entfernung erkennbar war, dass der Mann tot ist.

Sofort wurde der Arzt von dem jungen Polizisten in Empfang genommen und instruiert.

„Ja, so kann ich unmöglich eine Erstbeschau vornehmen“, echauffierte sich der Allgemeinmediziner, den man von seinen Patienten weggeholt hatte. „Dazu muss der Leichnam schon vom Mühlrad runter.“

„Erst müssen sich die Kollegen von der Spurensicherung den Fundort ansehen. Ob es ein Tatort ist, wissen wir ja noch nicht", setzte der junge Kollege den Arzt in Kenntnis.

„Die sind aber noch nicht hier. Also heißt es warten."

„Und wieso wurde ich dann aus meiner Praxis geholt? Mein Wartezimmer sitzt voll mit Patienten, die zwar meine Hilfe benötigen, aber ansonsten noch sehr lebendig sind, im Gegenteil zu diesem armen Menschen."

Der Arzt zeigte auf den Toten und bekreuzigte sich.

In diesem Moment fuhren zwei weiße Kastenwagen auf das Gelände der ehemaligen Abtei. Mit ihm drängten auch einige neugierige Passanten, dessen Aufmerksamkeit es nicht entgangen war, dass hier etwas Außergewöhnliches passiert, durch das kleinere Tor daneben.

„Kollege Neuer. Machen Sie sich nützlich. Entfernen Sie die Leute dort und schließen Sie das Tor und die Pforte", forderte Maier seinen jungen Mitarbeiter auf und deutete zum sperrangelweit offenstehenden Klostertorportal.

„Oh, daran habe ich nicht gedacht", entschuldigte sich der Angesprochene und eilte, den Auftrag auszuführen.

Die Leute von der Spurensicherung stiegen aus ihrem Fahrzeug und streiften sich sofort ihre weißen Arbeitsoveralls über.

„Guten Morgen. Drei zu eins für uns", rief Kriminaloberkommissar Kai Schmitt von der Kriminaltechnik und kam auf Nicole zu. „Sie holen langsam auf."

„Ich habe dahingehend keinerlei Ambitionen", antwortete diese mit einem schiefen Lächeln.

„Und, was haben wir?“ Schmitts Blick ging zur Mühle und zum Mühlrad. „Oje. Gerädert.“

„Kollege, ich bitte Sie“, missbilligte Harald die Wortwahl des technischen Ermittlers.

„Das war ganz und gar nicht verächtlich gemeint, lieber Kollege. Im Mittelalter wurden verurteilten Mördern, bevor der Scharfrichter ihnen den Gnadenstoß zuteilwerden ließ – heißt ihnen entweder ins Herz stach, oder auf den Hals zielte – die Gliedmaßen gebrochen. Dazu wurden ihnen mit einem Rad, an dem zusätzlich Eisen angebracht war, die Glieder zertrümmert. Wenn es sich um Diebstahl und Mord handelte, wurden die Täter zusätzlich noch auf das Rad gebunden. Die schnelle Todesart des sofortigen Kopfabschlagens wurde nur selten praktiziert.

Hier wollte jemand eindeutig etwas zur Schau stellen, sozusagen etwas demonstrieren“, fügte der Kriminaltechniker an. „Das nur so als Hinweis.“

Kai Schmitt schaute sich um.

„Nur für uns wieder einmal ungünstig platziert“, seufzte er. „Was man bei denen nicht sagen kann. Logenplatz“, sagte er, wieder etwas lauter und machte eine Kopfbewegung zu der kleinen Ansammlung der Bewohner des Klosterhofs, die abseits zusammenstanden.

„Ich sorge dafür, dass sie sich abseits halten“, sagte Maier. Auch er hatte bemerkt, dass sich die Gruppe Stück für Stück näherte. Was er nicht mitbekam war, dass Ferdinand Roth gerade eine SMS abgeschickt hatte.

SCHON WIEDER EINE LEICHE IM KLOSTERHOF – KOMMT BITTE SOFORT!

Der Polizeibeamte bewegte sich auf Bettina und Ferdinand Roth und deren Nachbarn zu, unter denen sich natürlich auch Klara Kuhn befand zu. Selbstverständlich wurde er sofort mit Fragen bestürmt.

„Ich kann Ihnen nur so viel sagen. Es hat wieder einen Toten gegeben.“ Maier machte eine kurze Pause. „Was mich natürlich interessiert ist, hat jemand von Ihnen etwas gesehen oder gehört, in der letzten Nacht? Ist Ihnen vielleicht gestern etwas Verdächtiges aufgefallen, vielleicht auch in den letzten Tagen?“

„Für uns war es ein sehr anstrengender Tag“, antwortete Ferdinand Roth. Dabei legte er fürsorglich den Arm um seine Frau. „Wir sind ziemlich früh schlafen gegangen.“

Auch den anderen Anwohner verneinten die Fragen.

Wie beim letzten Mal. Keiner hat etwas gesehen. Keiner etwas gehört.

„Falls Ihnen doch…Sie wissen ja, wo Sie mich finden.“

Der Leiter der Polizeistation Seligenstadt ging zurück zu den Kriminalbeamten, die sich gerade mit Hans Wilke, dem Gärtner, unterhielten.

„Natürlich müssen wir mit dem Mann sprechen“, hörte er Nicole Wegener gerade sagen.

„Haben Sie gewusst, dass der Gärtnergehilfe die Leiche entdeckte?“, wurde Maier von Harald Weinert gefragt.

Maier schüttelte den Kopf und sah Wilke vorwurfsvoll an.

„Wieso haben Sie mir das nicht erzählt? Ich dachte, Sie hätten den Toten gefunden. Sie haben uns doch angerufen.“

„Ja, habe ich“, bestätigte Hans Wilke. „Nachdem der Junge die Beine in die Hand genommen hatte und hinausrannte. Der konnte sich ja noch nie so richtig mit dem Beruf anfreunden. Aber das war dann doch zu viel. Jetzt darf ich mir wieder einen neuen Azubi suchen. Wird nicht leicht. Es will sich ja keiner mehr die Hände schmutzig machen.“

Nicole und Harald nickten, konnten aber in Wirklichkeit kein echtes Mitgefühl für den Landschaftsgärtner aufbringen. Sie beide hatten nicht viel für Gartenarbeit übrig, weshalb sich Harald vor drei Jahren auch für eine schicke Neubauwohnung mit großem Balkon entschieden hatte. Die Blumenkübel, die hauptsächlich seine Lebensgefährtin Dr. Marion Haus bepflanzte und betüddelte, reichten ihm vollkommen.

Nicole wohnte zwar jetzt in einem Haus mit Garten. Aber um den kümmerte sich Andy. Und er machte das gern, womit auch Nicole gut leben konnte.

„Ich nehme mal an, die Bewohner konnten keine weiterführenden Hinweise liefern?“, sprach Nicole Josef Maier an.

„Leider nein“, gab dieser zurück. „Wie beim letzten Mal. Gibt es hier etwas Neues?“

Die Leiche war mittlerweile ebenerdig auf eine Folie gelegt worden und der Arzt hatte mit der äußeren Leichenschau begonnen.

„Können Sie uns schon etwas sagen, Herr Doktor…? Entschuldigung ich weiß Ihren Namen nicht“, sprach Harald den Mediziner an und nahm damit Maiers Frage auf.

„Specht, Dr. Siegfried Specht“, kam die gemurmelte Antwort. „Ich denke, er wurde erwürgt. Sehen Sie hier die Male?“ Der Arzt fuhr mit seinen behandschuhten Fingern am Hals des Opfers entlang.

„Die hervorgetretenen Augäpfel sprechen ebenfalls dafür. Ansonsten kann ich keine äußeren Verletzungen feststellen.“

„Wie lange ist das her?“, wollte Nicole wissen.

„Ich würde sagen, so in etwa 13 bis 15 Stunden, plus minus.“

Blitzartig rechnete Nicole zurück. „Das wäre dann gestern so zwischen 17 und 19 Uhr gewesen. Also wurde er nicht hier ermordet, sondern ist später nur hier abgelegt worden.“

„So ist es, meine Gute“, bestätigte Dr. Specht mit einem Zwinkern in Nicoles Richtung. „Wenn ich noch einen Hinweis geben darf?“

Nicole zuckte mit den Schultern. „Aber immer gern.“

„Wer auch immer die Leiche auf das Rad gehievt hat, muss überdurchschnittlich groß sein und auch über enorme Kraft verfügen. Ich nehme nicht an, dass das Opfer selbst hinaufkletterte und sich dann dort oben erwürgen ließ. Aber, das ist natürlich nur meine laienhafte Meinung.“

„Unseren bisherigen Verdächtigen können wir ja wohl ausschließen“, sagte Harald zu Nicole, dem sofort wieder Eisenbart in den Sinn kam.

„Übrigens, da ist seine Brieftasche.“

Der Allgemeinmediziner reichte Nicole die Geldbörse. „Kann ich mich jetzt wieder um die Lebenden kümmern, die auf mich warten?“

„Ja, natürlich. Und vielen Dank, Herr Dr. Specht.“

Nicole wollte dem Arzt die Hand reichen. Der eilte aber bereits in Richtung Freihofplatz davon.

„Man könnte meinen, er ist Geburtshelfer, so eilig wie er es hat“, meinte Harald. Dabei schaute er etwas verschämt auf Nicoles Bauch.

„Was guckst du mich so an? Ich bin nicht schwanger. Mir wurde lediglich ein reichliches Frühstück aufgezwungen. Kühlschrank muss leer werden.“

In Gedanken fügte sie an: *Und ich muss trainieren.*

„Aha, verstehe. Ich aber…eh, ich meine wir, also Marion.“

„Wie? Marion ist schwanger? Das finde ich ja wunderbar.“

„Nicht so laut“, bremste Harald die Begeisterung seiner Chefin über die freudige Nachricht. „Aber ja. Sie sagte es mir, vor einigen Tagen.“

„Wann ist es denn soweit?“, fragte Nicole flüsternd.

„In sechs Monaten“, antwortete Harald erfreut.

Im gleichen Moment trafen die Bestatter ein. Mit Leichenbittermienen, im wahrsten Sinne des Wortes, legten sie den Toten in den Zinksarg, um ihn anschließend in die Gerichtsmedizin zu bringen.

Harald erfuhr öfter als ihm lieb war, dass Leben und Tod eng zusammenlagen. Aber, so richtig darüber nachgedacht hatte er eigentlich noch nicht.

Jetzt wurde er sich der konträren Situation bewusst.

Noch in diesem Jahr würde seine Tochter oder sein Sohn in dieser Welt ankommen, falls alles gutging.

Mist, nicht darüber nachdenken. Natürlich würde alles gutgehen. Marion ist gesund und noch nicht mal 30 Jahre alt. Was sollte da schiefgehen?

„Das gibt es doch nicht. Schau dir das an.“

Nicole hielt ihrem Kollegen den Ausweis des Opfers unter die Nase.

„Thilo Schulz“, murmelte Harald vor sich hin. Dann, augenblicklich in die Gegenwart katapultiert. „*Der* Thilo Schulz?“

„Sieht so aus. Wohnort Aschaffenburg“, bestätigte Nicole. „Ich hatte also recht. Die Fälle hängen zusammen.“

„*Du* hattest recht, oder Lars?“ Harald krauste die Stirn.

„Lars sprach es aus. Aber ich und mein Bauch hatten das gleiche Gefühl.“ Nicole grinste.

„Keine Sorge, ich werde Lars die Lorbeeren überlassen.“

Josef Maier hatte soeben seine Mitarbeiter, Hans Lehmann und den jungen Kollegen dazu abkommandiert so lange vor Ort zu bleiben, bis die Kriminaltechniker ihre Arbeit beendet hatten, als sein Handy klingelte.

Seiner Gesichtsmimik nach und einigen kurzen Äußerungen gingen Hans Lehmann und Tobias Neuer davon aus, dass etwas Außergewöhnliches passiert sein musste. Sie hofften von ihrer langweiligen Aufgabe erlöst zu werden. Stattdessen eilte ihr Chef auf die Kriminalbeamten zu.

„Frau Wegener, Herr Weinert. Sie sollten zu uns auf die Dienststelle kommen. Dort wartet jemand auf Sie, der ein Geständnis ablegen will.“

Freitag / 09:00 Uhr

Wie Lars dem Fax entnahm, war die gestrige Razzia der Kollegen aus Bayern ein voller Erfolg gewesen. Etliche Damen, die illegal dort arbeiteten, sowie die Besitzer der einzelnen Etablissements und deren Bodyguards wurden vorläufig festgenommen. Bei einigen der Frauen gestaltete sich die Vernehmung schwierig, weil sie, meist aus den Ostblockstaaten, der deutschen Sprache nicht mächtig und auch enorm eingeschüchtert waren. Die Befragung dauerte noch an.

Weniger erfreulich war, dass sie Thilo Schulz selbst nicht angetroffen hätten, weder in einem der Klubs, noch in seiner Wohnung. Er sei wie vom Erdboden verschluckt, ebenso wie sein ständiger Schatten, Steven Siebert.

„Thilo Schulz kann keinen Ärger mehr machen", setzte Lars sogleich die bayrischen Kollegen telefonisch in Kenntnis. „Kurz nach sieben Uhr wurde seine Leiche in Seligenstadt, an der Klostermühle, gefunden. Allerdings fehlt von seinem Bodyguard jede Spur."

Lars kam mit den Bayern überein, dass beide Polizeidienststellen die Fahndung nach Steven Siebert, der nach neuesten Erkenntnissen mit Nachnahmen Schulz hieß, absetzen werden. Somit erfolgte die Suche landesübergreifend.

Kaum hatte er bei der Staatsanwaltschaft dahingehend interveniert, wurde er von dem Kollegen in der Anmeldung informiert, dass eine Charlene Steiner ihn zu sprechen wünscht.

„Charlene Steiner?" Schon wollte Lars sagen: *Kenne ich nicht*. „Ach ja, Charlene. Ich komme runter."

Wieso hatte er nie nach ihrem Nachnamen gefragt?

Freitag / 09:20 Uhr

Polizeihauptkommissar Maier führte die Kriminalbeamten in sein Dienstzimmer. Dort wartete ein ungleiches Paar.

Die Frau war etwa Mitte Zwanzig, mit einer vollkommenen Figur, wie Harald feststellte, als sie von ihrem Stuhl aufstand, um den Beamten ihre Hand zu reichen. Ihre langen schwarzen Haare hatte sie zu einem Zopf geflochten, der nach vorn über ihre Schultern fiel.

Der Mann hingegen, ein Hüne von fast 2 Metern, mit Glatze und gefühlten 100 Kg Lebendgewicht, wirkte auf den ersten Blick wie ein russischer Türsteher. Auch er erhob sich, als die Beamten eintraten.

Josef Maier stellte die beiden als Lea Franke und Steven Schulz vor. „Herr Schulz möchte ein Geständnis ablegen. Die Personalien habe ich bereits aufgenommen. Es geht um die Morde im Klosterhof“, fügte er erklärend hinzu.

„Um *die* Morde?“, kam Nicole nicht umhin nachzufragen. Sie dachte sich verhört zu haben.

Maier nickte, stand auf und reichte Nicole die Personalausweise. „Sie können mein Büro benutzen. Ein Aufnahmegerät steht hier auf dem Schreibtisch. Diesen Knopf drücken. Aber das wissen Sie ja.“ Er zeigte auf den Ein- und Ausschalter und verließ mit ernstem Gesicht den Raum.

Nicole nahm einen der zwei Stühle, die seitlich an der Wand standen und setzte sich Steven Schulz gegenüber. Keinesfalls wollte sie hinter dem Schreibtisch des Dienststellenleiters und auf dessen Bürosessel Platz nehmen.

Sie selbst mochte es nicht leiden, wenn dies jemand in ihrem Büro getan hätte.

Harald rückte sich den zweiten Stuhl zurecht.

„Herr Schulz“, begann Nicole das Gespräch. „Sie möchten also eine Aussage machen, bezüglich der Morde im Klosterhof?“

Steven Schulz schüttelte den Kopf. „Keine Aussage, ein Geständnis. Ich habe Sebastian König und Thilo Schulz ermordet.“

Im Laufe der nächsten Stunde wiederholte Steven, was er letzte Nacht bereits Lea erzählt hatte. Nur hin und wieder wurde er wechselseitig von den Kommissaren unterbrochen, um Details nachzufragen.

„Eins würde mich noch interessieren“, sagte Nicole abschließend. „Weshalb haben Sie die Leiche Ihres Bruders, Entschuldigung Halbbruders, nach Seligenstadt in den Klosterhof gebracht und auf das Mühlrad gehievt?“

Steven schaute die Kommissare mit deutlich zweifelndem Blick an. So, als würde er überlegen, ob sie seine Handlungsweise wirklich nachvollziehen können.

Dann sagte er: „Zum einen, weil ich Sebastian dort getötet habe, obwohl ich das nicht wollte“, beteuerte Steven noch einmal. „Mal wieder habe ich meine Kraft unterschätzt. Zum anderen sollte es eine Symbolik darstellen.

Im Mittelalter hat man Diebe, die auch Mörder waren, bevor sie durch den Scharfrichter endgültig getötet wurden, die Knochen zertrümmert und anschließend auf ein Rad gebunden.“

Die Vermutung des Kollegen der Kriminaltechnik stimmt also, erinnerte sich Nicole.

„Thilo war beides und noch viel Schlimmeres. Er war ein Sadist, ein Dieb und ein Mörder – auch wenn er die Frauen nicht direkt getötet hat. Er hat ihre Seelen zerstört und ermordet. Und, als ich mitbekam, was er Lea antun wollte, bin ich ausgerastet. Das konnte ich nicht zulassen."

Steven blickte zu Boden.

„Ich denke, wir sind hier fertig!", sagte Nicole und schaltete das Aufnahmegerät aus. „Sie werden heute noch dem Haftrichter vorgeführt, Herr Schulz."

Nicole nickte ihrem Kollegen zu, der bereits mit dem Handy am Ohr in den Flur ging um entsprechende Maßnahmen vorzunehmen.

„Haben Sie einen Anwalt, der Sie vertreten kann?", wollte Nicole von Steven Schulz wissen.

„Darum kümmere ich mich", äußerte Lea.

Sie hatte die ganze Zeit über, Stevens Hand gehalten. Nun nahm sie ihr Handy und ging ebenfalls aus dem Zimmer.

Freitag / 09:40 Uhr

Lars fuhr auf das Gelände des Zentrums der Rechtsmedizin, in der Hoffnung auf einen Parkplatz im Innenhof.

„Hier ist das?“ Charlene schaute ungläubig auf die Jugendstilvilla.

„Ja“, bestätigte Lars. „Würde man von außen nicht vermuten. *Trotzdem ist es nicht kuschelig da drin,* setzte er gedanklich nach.

Wenn es irgendwie möglich war, vermied er es diese Räumlichkeiten zu betreten. So ganz konnte er es selbst nicht verstehen; schaute er doch ohne Scheu Filme an, in denen Untote durch die Gegend schwankten.

„Ich habe uns telefonisch angekündigt und, dass Sebastians…eh, Leichnam später von einem Bestatter abgeholt wird.“

Charlene nickte mechanisch. „Meinst du, ich könnte Bastian noch einmal sehen?“, fragte sie plötzlich, kaum, dass sie aus dem Wagen gestiegen war.

„Eh, was? Wieso das denn?“

Damit hatte Lars jetzt nicht wirklich gerechnet. Er zupfte nervös am Kragen seiner leichten Lederjacke herum.“

„Du musst nicht mitkommen, wenn es dir unbehaglich ist“, sagte Charlene.

„Nein, nein. Das ist es nicht“, log er. „Ich weiß nur nicht, ob das möglich ist. Du bist weder mit Sebastian verwandt, noch mit ihm verheiratet. Aber ich werde versuchen, es zu ermöglichen.“

Lars öffnete die Eingangstür und ließ Charlene den Vortritt. Dann fragte er den jungen Mann hinter dem Tresen nach Viktor Laskovic. Ja, Viktor sei in den unteren Räumen, hieß es.

Wo auch sonst. Der alte Leichenfledderer fühlt sich bei den Kalten doch am wohlsten, dachte Lars angespannt, während sie warteten.

„Hallo Lars." Beschwingt und, nach Lars' Meinung mit unangebracht guter Laune kam Viktor Laskovic die Treppe hoch. „Du bist ein bisschen zu früh dran. Machst es wohl deiner Chefin nach, wie?"

Lars zog die Augenbrauen zusammen. „Ich verstehe nicht ganz? Ich hatte uns doch angekündigt. Das ist Charlene Steiner", stellte er seine Begleitung vor. „Sie ist…war die Freundin von Sebastian König. Wir kommen wegen der Formalitäten zur Übergabe an den Bestatter."

„Oh, dann bist du gar nicht…Ich dachte, die junge Dame wäre eine neue Kollegin von dir."

Viktor streckte Charlene seine Hand entgegen, während er bei Lars keinerlei derartige Anstalten machte. Er wusste, dass der Kollege der Kriminalpolizei ihm niemals die Hand reichen würde, wenn er direkt von seinen *Klienten* kam.

„Entschuldigen Sie bitte", sagte der Rechtsmediziner nun in ernstem Ton.

„Ich möchte, falls das möglich ist, Bastian noch einmal sehen", äußerte Charlene.

„Wenn Sie nicht verwandt sind, ist das eigentlich nicht möglich." Viktor warf einen kurzen Blick auf Lars. Dann sagte er: „Bitte, folgen Sie mir."

„Was hattest du damit gemeint, ich würde Nicole nacheifern?“, flüsterte Lars Viktor zu, als sie ins Untergeschoß gingen.

„Ich dachte, du kämst wegen der Leiche, die vor etwa einer Stunde hergebracht wurde“, antwortete Viktor ebenso leise.

„Welche Leiche?“

„Na, der zweite Tote, der in Seligenstadt an der Mühle gefunden wurde.“

„Ein weiterer Mord, in der Klostermühle in Seligenstadt?“, fragte Charlene und prallte gegen Lars, weil der augenblicklich stehengeblieben war.

„Wer ist es? Ist es Thilo Schulz?“, fragte Lars.

Ihn erfasste gerade eine schlimme Vorstellung. Jedoch genügte ein Blick über seine Schulter um festzustellen, dass Charlene ebenso überrascht war wie er.

„Ja“, bestätigte Viktor. „Woher, eh…?“

Lars winkte ab. Er tippte auf seinem Mobiltelefon die Kurzwahl von Nicole ein. Nach drei Minuten hatte er die Bestätigung und, dass der Täter, Steven Schulz, bereits gestanden hätte.

„Du kennst ihn unter dem Namen, Steven Siebert“, fügte Nicole erklärend hinzu. „Die Einzelheiten später. Wir, Harald und ich, werden in zirka einer Stunde im Büro sein.“

Samstag, 28. Mai 2016

„Ich glaab, ich werd mich aus dem aktive Kriminalgeschäft zurickziehe", verkündete Sepp mit todernster Miene. „Des werd mer doch alles a bissje zu viel. In moim Alter zieht mer die Fäde besser im Hinnergrund. Ich kann ja üwer moim Handy mit em Herbert un de Helene Kontakt halte, wenn se mol widder en Mord ufzuklärn hawe."

Nachdem Leon, Sepps Enkel, ihm den Pin-Code genannt und die Funktion noch einmal eingehend erklärt hatte, fuchtelte Sepp ständig damit herum.

„Ich hoab mir des net leicht gemacht. Mir hawe ja doch zusamme schon so viel dorschgemacht, wenn's um die Ufklärung von dene Morde gegange is. Awer mir langst jetzt. Wenn ich mir mit euch die gruselische Filme oguck, do hab ich genuch Äktschen."

Sepp lachte aufgekratzt und schlabberte mittlerweile an seinem dritten oder auch vierten Eierpunsch.

Das Wort *Action*, benutzte sein Enkel zurzeit in jedem dritten Satz. Und alles was Leon *total cool* fand, war für Sepp *die* Richtlinie. Schließlich wollte er mithalten können.

„Ja, wenn de des moanst. Also, ich fühl mich noch net zu alt, die Verbrecher zu jaache“, widersprach Schorsch energisch. „Awer ich bin ja aach zwaa Johr jinger wie du. Außerdem hab ich ja eischentlich nur alle vier Johr Geburtstag. Des muss mer aach bedenke. Des läppert sich. Des sinn, warte e mol.“

Schorsch zählte, unter Zuhilfenahme seiner Finger die Jahre, die seiner Meinung nach – weil am 29. Februar 1928 in einem Schaltjahr geboren – jahraus jahrein, Vorteile brachte. „22 Johr wärn des, wenn ich mich net verzählt hab“, verkündete er voller Stolz.

„Schorsch, das sind keine 22 Jahre, sondern nur 22 Tage“, wurde er von Gundel belehrt. „Ein Tag, pro Jahr. Außerdem spielt das keine große Rolle.“

„No siehst de. Wie ich immer saach. Die paar Daach, mache de Bock aach net fett“, triumphierte Sepp.

„Trotzdem werd ich net dehoam sitze un die Händ in de Schoß leeche, wenn's mal widder oan erwischt, nur weil du net mehr willst“, beharrte Schorsch. „Odder net mehr kannst“, setzte er leise nach.

„Und ich schon gleich gar nicht“, gab Gundel kund.

Sie hatte sich gerade eine zweite Portion von Helenes Heringseintopf nach *Mutter Hansens Rezept* auf den Teller geladen. Dazu ein Stück von dem deftigen Klosterbrot.

„Immerhin kenne ich mich hier im Ort gut aus und konnte den Kriminalbeamten schon so manch guten Hinweis geben“, betonte sie zwischen zwei Gabeln.

„Do hast de recht, Gundel“, stimmte Schorsch zu. „Was wärn die ohne uns? Vor zwaa Johr, wärn die koan Schritt weiterkomme, weil nur mir gewusst hawe, was domols, in de Nachkriechzeite, werklich passiert war."

Auch er hatte die zweite Portion Steak und Würstchen vor sich stehen. Auf einem Teller daneben türmte sich ein ansehnlicher Berg Kartoffelsalat, vom dem sich Sepp ungeniert bediente.

„Der schmeckt dir wohl besser, als der von mir?", forschte Gundel deutlich pikiert.

Ihr Angebot, einen Kartoffelsalat oder einen Kuchen zu der Einweihungsparty beisteuern zu dürfen, wurde von Helene, wie auch von Herbert strikt abgelehnt.

Immerhin wimmelt es bei der Feier nur so von Polizei. Wer weiß, was du da rein mischst, erinnerte Herbert seine ehemalige Nachbarin an die mit Cannabis versetzten Kekse, die sie mit Schorsch und Sepp großzügig geteilt hatte.

Nicole, die das Gespräch ihrer betagten Nachbarn mit einem Ohr mitgehört hatte, hoffte inständig, dass Sepp Richter Wort hielt und im besten Fall seine *Komplizen* Schorsch und Gundel ebenfalls überzeugen konnte, sich von eventuell kommenden Mordermittlungen fernzuhalten.

Helene und Herbert, das war Nicole klar, würde sie selbst weiterhin im Auge behalten müssen. Sie wusste noch immer nicht, wie Herbert an die Aufnahmen auf dem USB-Stick gelangt war, den er ihr bei der Befragung *zugespielt* hatte. Dazu schwieg Herbert, wie auch Helene, eisern.

Letztlich wollte Nicole es auch gar nicht wissen. Die Hausdurchsuchung bei Willibald Eisenbart hatte Herberts Hinweise auf illegalen Anbau von Giftpflanzen bestätigt und nur das war von Belang. Und aus dem Tötungsdelikt an Thilo Schulz hatten sich die beiden auch rausgehalten.

Nicole schöpfte Hoffnung für die Zukunft.

Was sie nicht wissen konnte war, dass Herbert zwar die Nachricht von Ferdi erhalten hatte, aber, noch immer gehandikapt durch seine Fußverletzung, nicht rechtzeitig am Tatort eingetroffen war. Letzten Endes war das auch nicht erforderlich, weil der Täter ziemlich zeitnah ein Geständnis abgelegt hatte.

„Was ist jetzt eigentlich mit meinem Schmerzensgeld?“, wurde Nicole plötzlich von Gundula Krämer angesprochen.

„Natürlich können Sie noch immer eine Strafanzeige wegen Körperverletzung stellen. Aber, ich bezweifele, dass es etwas bringt; weder finanziell noch sonst wie, meine ich“, erklärte Nicole die juristische Sachlage.

„Wie bitte?“, echauffierte sich Gundel. „Immerhin hatte ich eine Gehirnerschütterung.“

„Aber Sie haben Herrn Eisenbart mit einem Nudelholz geschlagen“, erinnerte Nicole. „Also könnte auch er Anzeige erstatten.

„Das war Bettina. Damit habe ich nichts zu tun“, entgegnete Gundula Krämer. „Hat sie denn schon Strafanzeige gestellt?“

„Ist doch gelungen, eure Einweihungsparty, oder?“ Helene kam auf Nicole zu. „Aber, du solltest dich um deine Gäste kümmern.“

Sie nahm Nicole am Arm und befreite sie so vor weiteren Fragen.

„Ich danke dir“, sagte Nicole und drückte Helene an sich. „Das hätten wir ohne euch nicht geschafft.“

„Ich nehme an, das bezieht sich jetzt wohl eher auf die Party, als auf die Lösung der Morde?“, feixte Helene und lächelte spitzbübisch.

Nicole hob warnend den Zeigefinger. Dann sah sie in die Runde. „Die Party erinnert eher an ein Fest der Polizei, als an eine private Feier, oder?“

Helene schaute sich ebenfalls um.

Nur zwei von Nicoles und Andys Kollegen kannten Herbert und sie wirklich – Lars und Harald. Die anderen Gäste hatten sich ihnen beim Eintreffen vorgestellt. Und, nach Helenes Empfinden, machten alle einen sehr angenehmen Eindruck auf sie.

„Es mag dich vielleicht an eine Polizeiveranstaltung erinnern, weil viele deiner Kollegen hier sind“, sagte sie jetzt zu Nicole. „Mir kommt es aber vor, wie ein Fest mit guten Freunden. Schau dich doch mal um. Fühlt sich hier irgendjemand fehl am Platz oder unwohl?“

Nicole beobachtete Harald, der intensiv in ein Gespräch mit dem Doc vertieft war, während sich seine Freundin, Dr. Marion Haus, die Nicole sofort das Du angeboten hatte, sich mit dessen Ehefrau unterhielt. Viktor Laskovic und seine Freundin, eine aparte Mittzwanzigerin mit langen schwarzen Haaren, in die grüne und rote Highlights eingearbeitet waren – annähernd Haralds Vermutungen entsprechend – standen zusammen mit Lars bei Andy am Grill.

Bettina und Ferdinand Roth hatten sich, zusammen mit Elfi und ihrem Ehemann, Gerald, an einem der Tische im Zelt zurückgezogen und schienen sich ebenfalls gut zu amüsieren.

Die Roths standen eigentlich nicht auf der Gästeliste zur Einweihungsparty.

Das hatte sich am Abend zuvor einfach so ergeben.

Nach dem üblichen Schreibkram, den die drei Kommissare am späten Freitagnachmittag noch hinter sich brachten und somit den Fall ad acta legten, freute sich Nicole auf einen ruhigen Abend mit Andy.

Bereits auf der Heimfahrt malte sie sich aus, wie sie nach einer ausgiebigen Dusche, in ihren alten bequemen Jogginganzug schlüpfte und es sich auf der Couch mit einem Glas Rotwein gemütlich machte.

Doch schon im Flur empfing sie Stimmengemurmel. Sie dachte noch – *oh, bitte keinen Besuch*!

Als sie das Wohnzimmer betrat saßen Andy und die Roths, sowie Helene und Herbert auf *ihrer* Couch. Von den zwei Weinflaschen, die auf dem Tisch standen, war eine geöffnet und der Inhalt zu dreiviertel geleert.

Andy stürzte direkt auf sie zu – Küsschen – und erklärte, dass Bettina und Ferdi nur kurz gekommen wären, um sich für die Unannehmlichkeiten, die sie der Polizei und ihr, Nicole im Besonderen, bereitet hatten, zu entschuldigen.

Zusätzlich zur wörtlichen Entschuldigung hatten die Roths zwei Flaschen ihres besten Rotweins mitgebracht; den gleichen, wie Nicole nach dem ersten Schluck feststellte, den sie bei Herbert und Helene kosten durfte.

Wenn schon keine Dusche und der geliebte Jogginganzug, dann doch wenigsten hervorragenden Rotwein, dachte Nicole.

Nach 1 ½ Stunden – Andy hatte noch Pizzen in den Herd geschoben – verabschiedeten sich die vier Besucher; die Roths mit der Einladung zur Einweihungsparty am nächsten Tag.

Nun lächelte Nicole. „Ich glaube, du hast recht, Helene. Wie eine große Familie."

Herbert kam angelaufen. Er strahlte übers ganze Gesicht.

„Wo steckst du denn die ganze Zeit?", fragte Helene vorwurfsvoll.

„Polizeiarbeit." Herbert zwinkerte Nicole zu. „Ja, wir habe auch einen Fall abgeschlossen.

Bevor die Chefin des K11 der Kriminalabteilung Gewaltdelikte sich äußern konnte, klopfte er an sein Glas.

„Ich habe euch etwas mitzuteile", sprach er feierlich in die Runde. „Nein, Helene ist net schwanger", lachte er und Helene verzog das Gesicht.

„Wie euch allen bekannt ist – ich sprech jetzt von den Seligenstädtern – habe wir es immer öfter mit solche Schmierfinke zu tun, die unsere schöne Häuser verschandele. Der Sepp war ja jetzt auch betroffe."

Herbert hob sein Glas in die Richtung des *Dreigestirns*, wie er Gundel, Sepp und Schorsch im Geheimen nannte.

„Aber, der Sepp is ja net auf de Kopp gefalle und hat mal gleich ein paar Fotos von seiner verunzierten Hauswand gemacht. Die hat er mir dann gebracht und ich hab die unter die Leut gebracht."

„Ja, der Herbert is nämlich im Facebook", ergänzte Sepp, sprach die Bezeichnung des sozialen Netzwerks korrekt aus und war augenscheinlich sehr stolz darauf.

„Richtig", antwortete Herbert. „Und was soll ich euch sage, keine zwei Stunde später hatte ich zirka fünfzig Likes. Und grad jetzt hat mich unser Polizeichef, der Josef Maier angerufe, dass er den Sprayer dingfest gemacht hat. Zwei andere, *richtige* Graffiti-Künstler, mit städtischer Genehmigung, habe den Schmierfink zur Polizei geschleift, weil der sich grad nebe ihrne Bilder verewige wollt."

„Schad, dass der jetzt geschnappt is", äußerte Schorsch bedauernd und mit schwerer Zunge. „Mer hätte den Wiwwel doch zu gern amol erschreckt. Vor a paar Tag wollte mer des in de Nacht an unserm Gundel-Schätzje ausprobiern." Schorsch gluckste. „Es war uns nur zu spät oigefalle, dass du ja im Krankehaus geleeche host."

„An mir?" Gundel sprang auf. „Ich sollte euch als Versuchskaninchen dienen? Ihr seid wirklich nicht mehr ganz klar im Kopf. Ich hätte einen Herzinfarkt bekommen können."

„Ach, du doch net", lachte Schorsch. „Du host doch a Konstruktion, eh noa, wie heest des widder? Also ich moan, du host die Natur von em Gaul. Dich kann so schnell nix umhaue."

„Oh, das ist zu viel. Jetzt reichts."

Wie ein Brummkreisel drehte sich die mollige, 1,45 Meter kleine Frau herum, schnappte sich den Teller mit dem restlichen Kartoffelsalat und drückte ihn Schorsch ins Gesicht.

Einen Moment herrschte vollkommene Ruhe im Garten. Nicht mal ein Vogel ließ sein Tirili erklingen.

Dann kam Sepp mit seinem Rollator um die Ecke und blickte auf die Szenerie, brummelte irgendwas von *net amol ufs Klo kann mer gehe* und erhob sein Glas.

„Uf gude Nachberschaft."

Helenes Koch- und Backrezepte

Zuerst die Geschichte zum nachfolgenden Rezept:

Am Mittwoch bekam ich einen Anruf von Mutter Hansen aus der kleinsten Stadt Deutschlands, Arnis.
Von Lindauhof vorbei an der Schleibrücke in Lindaunis, der 1926 errichteten Eisenbahn-Klappbrücke, ging es an der Schlei in Richtung Arnis. Hier rücken Angeln und Schwansen bis auf 250 m zusammen.
Mutter Hansen wohnt in der Langen Straße und hat wieder Probleme mit ihren Beinen. Die alte Dame ist nicht mehr so gut zu Fuß. Und kaltes Wetter machte ihr, wie immer, besonders zu schaffen.
Das eigentliche Problem war diesem Tag aber nicht Mutter Hansen selbst: Sie machte sich vielmehr Sorgen um ihren Kater, Kalle. **Der Gute hatte ein Triefauge** und wenn der Doktor doch schon mal da sei…
Nachdem Mutter Hansen und Kater Kalle versorgt waren und da sowieso gerade „Middag“ war, lud mich Mutter Hansen zu einem kleinen Imbiss ein…

Mutter Hansens Heringseintopf (für mien Jung)

Zutaten: für 4 Personen

6 Matjesfilets, 200 g Zwiebeln, 2 rote Äpfel

2 Gewürzgurken, 3 Wacholderbeeren, 100 g Mayonnaise

¼ Liter saure Sahne, 1 bis 2 Lorbeerblätter

Zubereitung

Die Matjes in gabelfertige Stücke schneiden, die Wacholderbeeren zerdrücken, Mayonnaise und saure Sahne verrühren. Die geschälten Zwiebeln in Ringe, die ungeschälten Äpfel in kleine Stücke und die Gurken in Würfel schneiden.

Lorbeerblatt zugeben und alles zusammen in einen Steinguttopf durchziehen lassen.

Am besten schmeckt der Heringstopf, wenn er mindestens eine Nacht gestanden hat.

Labskaus

Zutaten: für 4 Personen

Kartoffeln, je nach Hunger

1 Dose Corned Beef, 1 Zwiebel, Lorbeerblätter, Butter,

Rote Bete, saure Gurken, 2 Eier

Zubereitung:

Kartoffel schälen und mit Wasser und Salz zum Kochen bringen. Die Zwiebel würfeln und in heißem Fett dünsten. Corned Beef hinzufügen, zerdrücken und unter die Zwiebel mischen, weiter andünsten. Etwas Wasser hinzufügen, sodass ein

geschmeidiger Brei entsteht. Einige Lorbeerblätter hinzufügen, mit Salz und Pfeffer würzen und ca. 5-10 Minuten köcheln.
Bei den fertig gekochten Kartoffeln das Wasser abgießen und die Kartoffeln zerstampfen.
Aus dem Corned Beef-Brei die Lorbeerblätter herausnehmen.
Alles vermischen und auf den Tellern anrichten.
Dazu gibt es 1-2 Spiegeleier und klein geschnittene Rote Bete und saure Gurken.

Eierpunsch

Zutaten:
2 Eier, 250 ml Eierlikör, 2 Deziliter Weißwein,
2 Messerspitzen Zimt, Mark einer Vanilleschote,
geriebene Orangenschale (unbehandelt)
1 Messerspitze Lebkuchengewürz, süße Sahne
Zubereitung:
Eier, Eierlikör, Wein und Zimt mit einem Mixer 1-2 Minuten mixen. Mit Vanillemark und Orangenschale abschmecken. In der Mikrowelle (Neuzeitlich) oder im Wasserbad (nicht auf der Herdplatte!) auf max. 65 °C erhitzen.
In Gläser füllen und mit der steifgeschlagenen Sahne garnieren. Wer es etwas stärker mag, kann auch noch einen Schuss Amaretto hinzugeben und erhitzen.

Kartoffelpfannkuchen

Zutaten: für 8 Stück
ca. 350 g rohe Kartoffeln, 1 Schalotte, 1 Teelöffel Öl,
50 g Mehl Type 405, ½ Teelöffel Backpulver, 2 Eier
Salz und Pfeffer, 8 Teelöffel Öl zum Ausbacken
Zubereitung:
Kartoffeln schälen, auf der Haushaltsreibe mit den feinen Löchern oder durch den Fleischwolf drehen. Anschließend die Kartoffelmasse kräftig ausdrücken und in eine Schüssel geben.
Eine Schalotte schälen, in kleine Würfel schneiden und mit den Eiern, Mehl und Backpulver zur Kartoffelmasse geben, mit Salz und Pfeffer würzen und alles zusammen vermengen. 1 großen TL Öl in einer beschichteten Pfanne erhitzen. Etwa je 3 EL Teigmischung in die Pfanne geben, mit dem Löffel sofort zu einem etwas kleineren, nicht zu dünnen Pfannkuchen backen.
Dabei die Temperatur der Herdplatte beim Wenden herunterschalten, damit die Pfannkuchen auch in der Mitte gut durchbraten und nicht zu dunkel werden.
Auf einem vorgewärmten Teller, oder im auf 100 ° C im vorgeheizten Backofen warmhalten, bis alle Kartoffelpfannkuchen fertig gebacken sind.

Seligenstädter Klosterbrot ist ein Roggenmischbrot, bestehend aus: 70% Roggen- 30% Weizen mit 5 Gewürzen:
Kümmel, Fenchel, Anis, Koramon, Koriander
Der Steinbackofen in der Klostermühle wird jeden Mittwoch angeheizt, zum letzten Mal um 20 Uhr. Am Donnerstag, frühmorgens um 07.30 Uhr wird das erste Brot gebacken – zum zweiten Mal um 09.30 Uhr

Seligenstädter Ausdrücke zur Weiterbildung:

Dreggwiwwel	-	kleiner Dreckfink
Griffel	-	Finger
keifern	-	unentwegt plappern
Lumpeseckel	-	hinterhältige Person
Rotzleffel	-	Gassenjunge (laufende Nase)
Schluri	-	Schuft
Trumm	-	mächtig großer Gegenstand
Zergus	-	Ärger

Aus Düsteres Erbe und Noth Gottes

Babbeldasch	-	Frau die tratscht
Blätzje	-	Keks, Plätzchen
Dabbes, Dilldobb	-	tollpatschiger Mensch
Derrabbelisch	-	schlank – fast mager
Dorschenonner	-	Durcheinander
Dreggsack	-	schlimmer Mensch
Dreggwatz	-	schmutziger Zeitgenosse
Flitzebooche	-	gespannter Pfeil
Gassehocker	-	Herumtreibender (Straße)
Gefezzt	-	gestritten
Gegiggel	-	albernes Kichern
Gelurt	-	neugierig beobachten, lauern
Jungspund	-	junger Mensch
Kreuderlikeer	-	Kräuterlikör
Kabbesbabbeler	-	Unsinn Redender
Kokolores	-	Blödsinn/ Unsinn

Lulatsch	-	langer Mensch
Pienzje	-	schnell
		eingeschnappter Mensch
Simpel	-	einfältiger Mensch
Schoiheilisch	-	scheinheilig
Schnud	-	Mund
Verklickern	-	erklären
Wiwwel	-	nervöser Mensch
Zores	-	Streit

Literaturhinweis:

Hexenfurz und Teufelsdreck
Alte Heil- und Giftkräuter – neu entdeckt
Gerd und Marlene Haerkötter,
Anaconda Verlag GmbH, Köln

Ein herzliches Danke

Herrn Paschold, Verwalter der Außenstelle Seligenstadt, Verwaltung der Staatlichen Schlösser und Gärten für die sachkundige Unterstützung.

Gisela Schierle, stellvertretend für meine Protagonistin Helene, die norddeutschen Rezepte und für die Plattdüütsch Spraak.

Ganz besonders möchte ich mich bei meinen Korrekturlesern bedanken; für ihre Zeit, ihre Ausdauer und die gerechtfertigten Hinweise auf Fehler, die sich unerbittlich einschleichen, wenn ich im Schreibmodus gefangen und betriebsblind bin.

Manfred, meiner besseren Ehehälfte
Andrea Heeke, die mir auch bei technischen Problemen hilfreich zur Seite gestanden hat und mir hoffentlich auch in Zukunft erhalten bleibt.

Ein großes DANKE geht an die Familie Binsack für die Erlaubnis ein Foto ihrer Leihgabe

MEDICO–PHYSICUM

oder

Schatz-Kammer Medicinich- und Natürlicher Dinge

eine Publikation von 1743 über Heilkunde, in meinem Roman verwenden zu dürfen.
Zu besichtigen in der Klosterapotheke.

Rita R. Schönig – Düsteres Erbe
erschienen 2016

Beim Aushub eines Grundstücks werden die Überreste eines US-Piloten aus dem 2. Weltkrieg, sowie eine etwa 65-jährige Babyleiche gefunden.
Um an Informationen zu gelangen, bedient sich Kriminalhauptkommissarin Nicole Wegener, der guten Beziehungen zwischen Helene Wagner, ihrer Vermieterin und den alteingesessenen Nachbarn.

Rita R. Schönig – Noth Gottes
erschienen 2017

Sie wollten nur die Grabschänder erwischen, die auf dem Friedhof ihr Unwesen treiben. Stattdessen entdecken sie in der Friedhofskapelle – der Noth Gottes – die Leiche einer jungen Frau.
Für Helene und Herbert erneut eine Chance ihr kriminalistisches Gespür auf die Probe zu stellen. Bei ihren Recherchen enthüllen sie einen längst vergessenen Fall von Fahrerflucht mit tödlichem Ausgang.
Kriminalhauptkommissarin Nicole Wegener ist nicht begeistert, dass ihr die Hobbykriminalisten dazwischenfunken. Allerdings helfen ihr und ihrem Team die Insiderinformationen bei ihren eigenen Ermittlungen weiter.

Rita R. Schönig – Regenbogen am Horizont
erschienen 2008

Josefina, Tochter einer Kleinbauernfamilie ist zwölf Jahre alt, als Hitler endgültig die Macht im Deutschen Reich übernimmt. Zwischen Zuversicht und Enttäuschung hin und her gerissen versucht sie, in einem menschenunwürdigen Chaos nicht unterzugehen.
Nach Kriegsende stellt sie verbittert fest, dass sie um ihre Jugend und ihr Glück betrogen wurde. Dennoch hofft und arbeitet sie für eine lebenswerte Zukunft.

ISBN 978-3-7467-6917-2
9 783746 769172 00007
www.epubli.de